穆旦译文集

MUDAN YIWENJI

查良铮

1

人民文学出版社

图书在版编目(CIP)数据

穆旦(查良铮)译文集:全8卷/查良铮译.—北京:人民文学出版社,2020(2020.1重印)
ISBN 978-7-02-011794-9

Ⅰ.①穆… Ⅱ.①查… Ⅲ.①诗集—世界—近代②民间故事—英国—近代 Ⅳ.①I11

中国版本图书馆CIP数据核字(2018)第023694号

责任编辑	陈　旻
责任印制	徐　冉

出版发行	人民文学出版社
社　　址	北京市朝内大街166号
邮政编码	100705
网　　址	http://www.rw-cn.com
印　　刷	北京新华印刷有限公司
经　　销	全国新华书店等
字　　数	1857千字
开　　本	880毫米×1230毫米　1/32
印　　张	116.625　插页19
印　　数	2001—5000
版　　次	2005年10月北京第1版
印　　次	2021年1月第2次印刷
书　　号	978-7-02-011794-9
定　　价	480.00元(共八卷)

如有印装质量问题,请与本社图书销售中心调换。电话:010-65233595

一九六二年于天津。

一九七三年查良铮、周与良于天津睦南道一百四十七号。

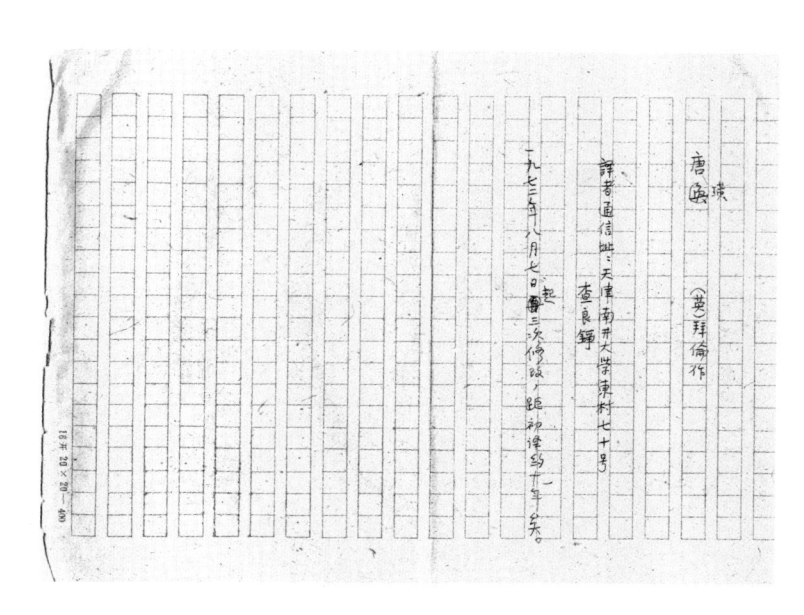

《唐璜》手稿封面，初译于一九六二年。一九七二年八月萧珊去世。为了纪念亡友，查良铮埋头于补译丢失的《唐璜》章节和注释，修改了其他章节。一九七三年六月十八日将手稿寄人民文学出版社编辑。

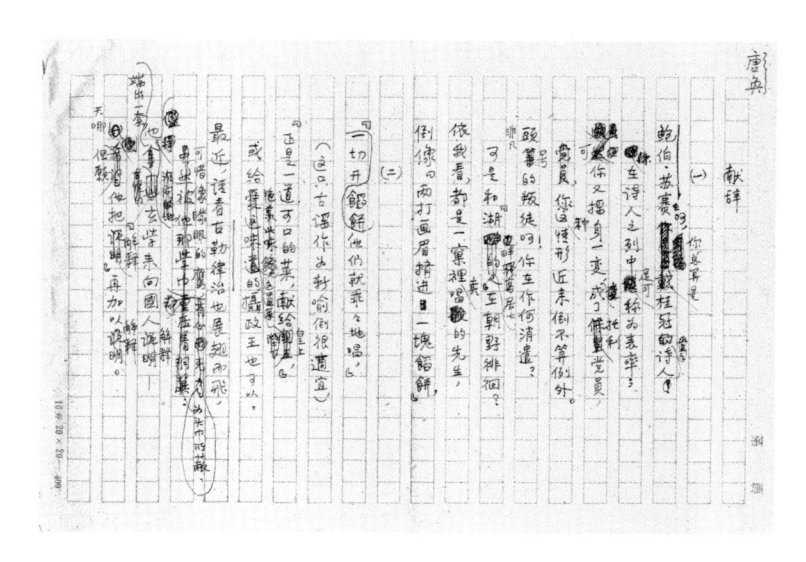

《唐璜》译文手稿第一页。

一九八〇年出版的《唐璜》封面。

译 本 序

拜伦(1788—1824)写《唐璜》,是一八一八至一八二三年间的事。这时他已移居意大利,年龄虽刚过三十,在人生经验和艺术修养上却都已臻成熟之境。

所谓人生经验,主要是指两点:第一,他在英国国内曾以一个有诗名的青年贵族身份成为名公贵妇们的座上客,在时髦社会上大红了一气,但后来因离经叛道的言行和私生活上的问题又反而大受攻击,他于是愤然离国去意;第二,他在意大利参加了烧炭党人的地下抗奥活动。这样,他对英国上层社会的炎凉世态和欧洲大陆的民族解放运动都有了亲身体会。

所谓艺术,是指他已从初期的抒情诗、故事诗、纪游诗、诗剧进到讽刺诗,风格也从绚烂归于平易,能够写得得心应手了。

换言之,在人生经验和艺术修养两方面,拜伦已经为写《唐璜》准备了条件。

《唐璜》不好写,因为这是一个欧洲中世纪旧传说,传说中的唐璜其人是一个专门玩弄妇女的登徒子,而且已经由莫里哀和莫扎特写进过喜剧和歌剧,要把他写得风流放荡不难,要把他写得有点不同或有点意义却不易。

那么,拜伦笔下的唐璜又是什么样子?

他写他是一个热血青年,心地善良,虽然也落进过情网并参加过战争,却有正义感,怜悯弱小,例如在伊斯迈战役里从哥萨克骑兵的刀下救出了小姑娘莱拉。

他又写他充满了青年人的天真和好奇心,观察力特别敏锐,这样就可以通过他的眼睛把欧洲的现实尽量收了进来。为此拜伦还把唐璜的活动年代从中世纪拉到十八世纪,否则也就谈不上参加俄土之间的伊斯迈战役了。

这样就使得唐璜从登徒子变成了英雄。这是拜伦的一大创新。

而这样做,又把故事的内容充实了。《唐璜》吸引人之处首先在于它是一个极有趣的故事,从唐璜受少妇朱丽亚勾引、被她的伯爵丈夫带人举着火把搜查她的卧室开始——这是一个绝妙的轻歌剧场面——跟着来了一连串动人的情节,诸如海行遇险,在希腊岛上与海黛恋爱,被卖为奴而混入土耳其苏丹后宫,参加伊斯迈战役,受俄国女皇宠幸以及被派为使节去英,抵英后的各种奇遇,等等,都会教人读得入迷,放不下书来。世界名著之中,内容生动、戏剧化能同《唐璜》相比的,确实不多。

然而《唐璜》又不仅仅是一个故事。读者会注意到作者一边讲故事,一边发议论。他始终在场,好像此书有两个主角:一个是唐璜,一个是拜伦自己,而且两者形成对照,一个天真,一个世故,一个行动,一个旁观而冷言冷语。他的议论把十九世纪的欧洲现实拉了进来,例如他这样评说滑铁卢战役的获胜者、英国军阀惠灵吞:

> 你"杰出的刽子手呵,"——但别吃惊,
> 　这是莎翁的话,用得恰如其分,
> 战争本来就是砍头和割气管,
> 　除非它的事业有正义来批准。
> 假如你确曾演过仁德的角色,
> 　世人而非世人的主子将会评定;
> 我倒很想知道谁能从滑铁卢
> 得到好处,除了你和你的恩主?
>
> 　　　　　　　　　　(第九章第四节)

这是拜伦有意插进的一段话。他写此诗的目的之一是讽刺,尤其是讽刺他所处的十九世纪社会,因此借题发挥,除了这里骂惠灵吞,还在别处骂英国国王、众多大臣和无行文人,骂得不够还常宣告人民革命之必然到来:

> 我仿佛听见鸟的歌说,待不很久
> 人民就会强大……
>
> 　　　　　　　　　　(第八章第五十节)

2

> 唯有革命
> 才能把地狱的污垢从大地除净。
>
> （第八章第五十一节）

有的时候，他也谈书论艺，回忆过去（如自豪于曾经泅渡海峡——见第二章第一〇五节），瞻望将来（如预言有一天人会坐飞船登上月球——见第十章第二节），既有有趣的话题，又有机智、锋利的言词，构成了全诗另一种吸引人的内容。

所以我们可以说，此诗有一种历史的层积：中世纪、十八、十九世纪集合于此，再加有两个主人公出没于诗行之间。它一点儿不单薄，这又是它胜过一般故事诗的地方。

能够做到这点，拜伦在技巧上得力于两个因素。

一个是常在的因素，即他对于口语英文的绝对掌握。他写诗以十八世纪的蒲柏为师，而蒲柏就善于用一种干净、机智的口语入诗。

一个是他到意大利后才获得的本领，即学到了如何运用意大利八行体（ottawa rima）。这诗体经过意大利诗人普尔其、勃尼等人的运用，有一个显著的优点，即能够适应口语风格，做到庄谐并陈，伸缩自如。它的脚韵安排是 ab ab ab cc，最后二行可以用来小结或转接。拜伦对它进行了一点改造，即把意大利原型的每行八音节延长为更适合英语诗的十个音节，但保留了它的韵律，特别是在最后互韵的两行上下功夫，使它们能起到所谓"倒顶点"的作用，即到诗段之末，突然出现一个倒笔，把前面六行所说的一下勾销，取得特殊的讽刺效果。关于惠灵吞的另一段之末就有这样的倒笔：

> "各族的救星"呀，——其实远未得救，
> "欧洲的解放者"呀，——使她更不自由。
>
> （第九章第五节）

这种否定迅如闪电，效果特别明显，就是因为运用了倒笔。

另一例如：

> 帝王支配万物，但不能变其性，
> 而皱纹，该死的民主党，绝不奉承。
>
> （第十章第二十四节）

则是更多地带有冷嘲味道,意味也更隽永了。

这些评论是有趣的,但拜伦又注意使它们不喧宾夺主。它们毕竟是故事的附庸,而故事一直在进行着。拜伦虽未最后完成这部巨著,但巨著的总结构已经清楚。其中的主线之一是唐璜的两次旅行,一次自西向东,从西班牙到俄国,一次自东到西,自俄国到英国。这两次旅行使他接触到欧洲广大地区的山川、城堡、人物、事件,更使得本诗内容五彩缤纷。我们读着本诗,享受到既读故事又读游记的乐趣,而拜伦早是纪游的能手,这已有四册《恰尔德·哈罗德游记》为证,无须我们多说了。

这一切使得《唐璜》的内容异常丰富,但还要加上另外一点,即弥漫全书的浪漫气氛。唐璜毕竟还是一个浪漫青年,他同海黛的恋爱是浪漫的,他的两次旅行是浪漫的,等到他到了英国,我们又看到了他的浪漫气质是怎样地同世故、虚伪的英国社会不调和。拜伦的笔不论怎样讽刺,总是满载着浪漫情思的,写景则纵情歌唱:

> 黄昏的美妙时光呵!在拉瓦那
> 　那为松林荫蔽的寂静的岸沿,
> 参天的古木常青……

(第三章第一〇五节)

写人则一往情深:

> 每人就是对方的镜子,谁看谁
> 　都是眼里亮晶晶地闪着欢乐:
> 他们知道,这宝石一般的闪光
> 　无非是他们眼底深情的反映。

(第四章第十三节)

无须多引了,亲爱的读者,读吧,这部讽刺史诗里有一个现实的欧洲,又有一个浪漫的想象世界。

王佐良
一九九二年八月

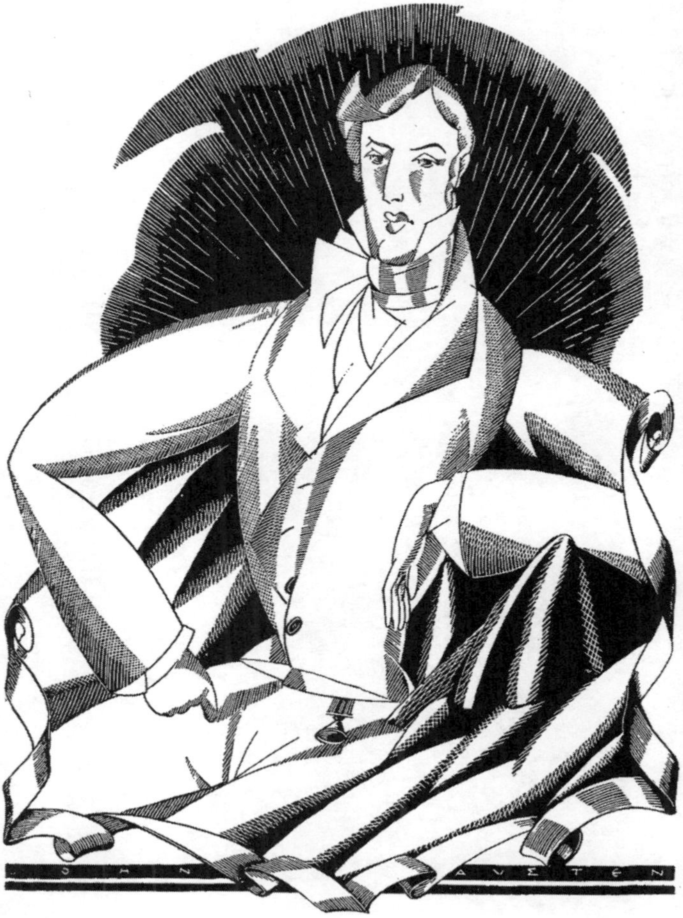
OHN AUSTEN

献　辞[①]

一

鲍伯·骚塞呵,你总算是桂冠诗人,
　　在诗人之列中足可称为表率;
虽说你摇身一变,当上托利党[②]员,
　　您这种情形近来倒不算例外。
杰出的叛徒呵!你在做何消遣?
可是和"湖畔居士"们在朝野徘徊?
依我看,都是一窠里卖唱的先生,

[①] 本诗的献辞,是写给英国反动浪漫主义诗人罗勃特·骚塞(1774—1843)的。罗勃特可简称为鲍伯(带有亲昵的意思)。骚塞及其友人威廉·华兹华斯(1770—1850)和塞缪尔·泰勒·柯勒律治(1772—1834)并称为"湖畔诗人",因为他们曾住在英国北部湖区畔的凯泽克,并且是反动浪漫主义的代表。他们早年一度同情法国资产阶级革命,以后投靠反动阵营,骚塞在一八一三年被英国皇室封为"桂冠诗人",因此拜伦选中他为本诗献辞的嘲讽对象。他和华兹华斯及柯勒律治所以引起诗人憎恨,是在于他们背叛了进步思潮,成为可耻的叛徒。此外,反动浪漫主义诗作中浓厚的神秘主义倾向,以及骚塞和华兹华斯的"枯燥"、"冗长"(内容贫乏的别称),也受到诗人的鞭挞。

"献辞"和本诗的第一章同时写成于一八一八年秋。拜伦在把本诗前两章送给出版商莫瑞发表时,曾在函中说:"既然这篇诗得匿名发表,那就撇开献辞吧。我不愿在暗中打这只狗。这种勾当只有像他那样的恶棍和叛徒才做得出来。"但尽管"献辞"没有发表,它还是广泛地流传开。它在一八三三年(拜伦死后)始正式刊印在《拜伦诗集》中,但还是经过编者删改的。

[②] 托利党,十八、十九世纪英国议会中有两党,一是托利党,一是惠格党。托利党代表地主贵族和教会上层的利益,至十九世纪中叶改名为保守党;与它对立的惠格党亦译为民权党,它反对王权和国教,代表资产阶级拥护议会权利,以后演变为自由党。拜伦是同情惠格党的。

倒像"两打画眉挤进一块馅饼";①

二

"馅饼一切开,他们就乖乖地唱,"
　　(这支古谣作为新喻确很适宜,)
"正是一道可口的菜,献给皇上,"
　　或给馋这道菜的摄政王②也可以。
最近,请看柯勒律治也展翅而飞,
　　可惜像蒙眼的鹰,为头巾所蔽③,
他尽拿一套玄学来向国人解释④——
我希望他把"解释"再加以解释。

三

鲍伯呵!你可知道你有些狂妄,
　　只因为不够称心便蛮干到底:
你原想在那道菜里唯我独尊,
　　把其他啾啼的众生一一排挤;
岂不知你用力过猛,鸿图未展,
　　倒使自己跌一跤,像一条飞鱼

---

① "两打画眉挤进一块馅饼":这一句和第二节中的两句引语都取自英国的一首民谣,其中讲到有二十四只画眉鸟被包在馅饼里。
② 摄政王,指英王乔治四世,他在一八一一至一八二〇年间是摄政王,代替其父(即瞎眼和发疯的乔治三世)执政。他的反动统治及其个人的荒淫生活受到当时进步舆论的谴责。
③ "像蒙眼的鹰,为头巾所蔽",西方的鹰猎游戏中,以头巾蒙住鹰的头和眼,以训练其捕食。和大学制服的外套相连的头上的方巾或罩帽,亦称头巾。所以这里的"头巾"语意双关,亦隐指柯勒律治过于学究气。
④ "他尽拿一套玄学……",柯勒律治著有哲学及文学评论集《文学传记》,发挥了他的神秘唯心主义观点。其中论列了康德、费希特和雪苓的唯心哲学及华兹华斯的诗。

落在甲板上喘气。因你飞得太高,
又缺水分,鲍伯呀,你可就十分干燥!

四

华兹华斯写了篇冗长的《漫游》①,
　(印在四开本上,大约不下五百页,)
为他新创的体系的博大精深
　提供了范例,教圣人也难以理解;
这是诗呀——至少他自己这么说;
　对,等有一天天狼星②祸害到世界,
也许是的。谁若是理解它,就准能
给巴别的通天塔③又加高一层。

五

诸位君子呵,由于你们长期以来
　不曾见过世面,一意固步自封,
你们死守在凯泽克那一隅落,
　仍旧继续在彼此间心灵交融,
于是有了自认为最合理的结论,
　即诗的花冠只该落在你们手中;
唉,这种见识未免是所见太窄,

---

① 《漫游》,这是华兹华斯一八一四年发表的长诗,分九卷,其中宣扬宗教信仰和温顺的处世哲学,并附以散文的序言,其中提到"作者并不想正式宣告一个体系"。实则诗中充满长篇的议论和教诲。
② 天狼星,天空中最明亮的星(Sirius),古代认为它可以引起酷热、瘟疫等灾害。
③ 巴别的通天塔,见《圣经·旧约·创世记》第十一章。据说人们在示拿平原要建一座城和一座塔,塔顶通天;但由于耶和华的干预,使众人变乱语言,彼此语言不通,因此那城和那塔都未建成。它们被名为巴别,意指语言的混乱;巴别的通天塔象征喧哗和混乱。

我倒希望你们从湖边迁往大海。

六

我不想仿效你们的个人打算,
　　把自爱也铸成如此卑鄙的行为,
不管变节给了你们多少荣华,
　　它的代价可远超出黄金的范围。
你们领到薪金;以往就为此写作?
　　华兹华斯谋了一个税局的职位①。
可耻的一群!——但毕竟列居诗人中,
于是堂正地高踞于不朽的顶峰。

七

那桂花可能把你们前额的空虚——
　　甚或几点美德的羞赧——予以隐蔽,
算了吧,桂枝和果实我毫不羡慕;
　　至于你们想在世上独揽的声誉,
那可是个竞赛场:凡是能感到
　　心灵之火的都能占有一席之地:
司各特、罗杰斯、甘培、穆尔、克莱伯②,
将把这一争论交与后代去定夺。

---

① 华兹华斯的职位可能在海关——我想若不是在海关,就是在税局——此外还有一个位置是在朗斯德尔勋爵的桌边,在那儿,这个诗坛的江湖骗子和政界的寄生虫敏捷而精练地舐食着面包渣。这个变节的雅各宾派早已变成了一个小丑般的阿谀者,不惜把贵族的最恶劣的偏见加以颂扬。——拜伦注(华兹华斯于一八一三年通过朗斯德尔勋爵的关系,从英国政府取得了维斯摩兰特郡税票发行人的闲差,因此拜伦称之为"政界的寄生虫"。——译者)

② 华尔德·司各特(1771—1832),苏格兰诗人和小说家。塞姆尔·罗杰斯(1763—1855),托玛斯·甘培(1777—1844),托玛斯·穆尔(1779—1852),和乔治·克莱伯(1754—1832)都是英国诗人。在这里,拜伦把他们的诗歌作了过高的评价。

八

至于我,我是和地上的缪斯①同行,
　　无法和你们飞翔的神驹相比!
我但愿命运之神能赐给你们
　　你们所嫉妒的声名,所缺的技艺。
而且我想:一个诗人尽可给同辈
　　以应有的赞扬,这无损于他自己;
同时,目前的怨天尤人却不一定
就是使自己被后代赞扬的途径。

九

那自谓把桂花留予后世欣赏的
　　(可惜后世又常常不承接这遗产,)
只能是害了自己,因为这种说辞
　　使他总是收获不丰,没什么可传;
虽说过去也有过稀世的天才
　　像巨灵般从茫茫的寂寞下显现,
但大多数追求花冠的人都被抛到了
天知道什么地方!——人怎么能知道?

---

① 缪斯,据希腊神话,缪斯是雷神宙斯的九个女儿,分别掌管诗歌、艺术、历史和各门科学。她们住在巴纳斯山的卡斯达里泉水之旁。缪斯(诗神)爱骑有翅的飞马彼加沙(象征诗的灵感)。拜伦此处讥讽"湖畔诗人"是乘着"飞翔的神驹",而自谦为和地上的缪斯同行,亦即不是靠脱离现实的玄学及空虚的幻想而写作的。

一〇

确实,弥尔顿①生逢乱世,遭人诽谤,
　　因此请求复仇者"时间"予以公断,
而"时间"确也对他的遭遇忿忿不平,
　　就把"弥尔顿风格"一词演化为"庄严";
须知他没有违背自己的心作歌,
　　也不曾把他的才能变为罪恶渊源。
他并不为了捧后生而咒骂前生,
他以仇恨暴君始,至死也不变更。

一一

请想想,假如那双目失明的老人
　　像撒缪尔②一样,能从坟墓中起来,
再次宣告他的预言,使帝王颤惊;
　　或者又活在人间,两鬓都已斑白,
受着种种苦难:那绝望的眼睛,

---

① 约翰·弥尔顿(1608—1674),英国诗人,著名史诗《失乐园》的作者。他参加了十七世纪四十年代英国的资产阶级革命,协助克伦威尔成立共和国。以后共和国失败,一六六〇年斯图亚特王朝复辟,弥尔顿自此即在政治迫害下度过了困苦的晚年。一六六三年写成《失乐园》,为英国诗歌的庄严文体树立了楷模。诗中着重描写了撒旦对上帝的反抗精神,因此拜伦称赞他"以仇恨暴君始,至死也不变更"。弥尔顿在共和国任职时期,即已双目失明。据海莱的《弥尔顿传》(1793)称,弥尔顿晚年受到女儿的残酷虐待。
② 撒缪尔,见《圣经》。他是以色列的先知,曾列举国王的暴虐,劝以色列人不要选立国王来治理他们。但以色列人不听,立扫罗为王,以后果受其害。撒缪尔在死后,因扫罗的召唤,自墓中起来,预言了扫罗的死亡,使暴君立即惊倒。次日他与他的三个儿子果然都死于战场上。

那冷酷的女儿,贫困,苍老,病衰①——
　　他可会对一个苏丹拜倒?他可会
　　听命于那心智上的太监卡色瑞②?

一二

　　那个粉面、冷血、泰然自若的恶棍!
　　　爱尔兰的血沾满了他光滑的手,
　　但这只是小试其锋;接着他奉派
　　　到邻邦去满足他大屠戮的胃口。
　　这是暴政所需的最卑鄙的工具,
　　　除了必要的才干外,再多也没有:
　　刚够使他添一节别人打的镣铐,
　　或者给端上早经人配成的毒药。

一三

　　还是一个废话连篇的演说家,
　　　鄙陋不堪,却邪恶得头头是道,
　　连最下流的捧场人都无从恭维,
　　　而敌人(世界万邦)则不屑于一笑;

---

① 据说,弥尔顿的两个大女儿劫去了他的书,还在家务管理上骗钱和折磨他,等等。身为父亲和学者,他对这种虐待定会感到特别难受。海莱把他比为李尔王(莎士比亚剧中人物。——译者)。可参看威廉·海莱所著《弥尔顿传》第三部分。——拜伦注

② 罗勃特·卡色瑞(1769—1822),英国伦敦德里侯爵,曾任爱尔兰部大臣,使爱尔兰并入英国。以后任军政及殖民大臣。一八一二至一八二二年任外交大臣。一八一五年,在拿破仑失败后,他代表英国出席维也纳会议,与俄国、普鲁士及奥地利共谋组织反动的"神圣同盟",以镇压各民族独立运动为其目的。以后英国因故未参加,卡色瑞极为不满,称英国的这一决定是"极不可解而荒唐"的。在本诗中,拜伦除对他的国内外反动政策予以抨击外,并屡次嘲笑他的陈词滥调、废话连篇的演说,以及他的庸碌无能。他于一八二二年自杀。

他的嘴像地狱的磨盘,但迸不出
　一星活跃的火花,越出轨外照耀:
好一个磨石,转个不停,磨个不停,
　使人懂了无尽的折磨,不息的运行①。

一四

就论那恶心的行业他也很拙劣:
　总是修补又修补,事情弄到终了,
还是剩些破绽使主子放心不下——
　还有会议得召开,阴谋一再制造,
或思想还得统制,国家还得镇压,
　就这样笨拙地为人类钉着镣铐:
这个奴隶钉制匠呵,专修旧锁链,
他的每笔生意只招得天怒人怨。

一五

我们也可从他的内心推知其人:
　一点骨气没有,他只有两个目标:
一是怎样侍主,另一是怎样捆人,
　他相信他戴的锁链别人不可少;
像一个尤丑庇阿斯②,他对于什么
　高贵,自由,智慧,讥讽,都一概不晓;
他是无畏的,——一块冰怎能有感情?
他的勇气也不过是内心的僵硬。

---

① "不息的运行",当时西方有些人设想发明一种旋转的物件,能超越空气的阻力和摩擦作用等而永远旋转下去,以作为机器的发动力。
② 尤丑庇阿斯,纪元后四世纪东罗马帝国阿卡狄阿斯皇帝宠幸的太监。以残酷和贪婪无厌为人所憎恨,最后因惹怒皇后而受审,于纪元三九九年被处死。

一六

我在哪儿才看不到他的桎梏?
　　因为我绝不要身受它。哦,意大利①!
古罗马的英魂才在你身上复苏,
　　又在这国贼的弥天谎言下萎靡;
你的镣铐的声音在我心里激荡,
　　爱尔兰②的新创也向我高声呼吁。
欧洲依旧有奴隶、国王、军队、同盟③——
而骚塞却对它唱着拙劣的歌颂。

一七

桂冠大人呵,我现在就向您献出
　　这以朴实无华的诗句写成的歌。
如果说,我不善于阿谀的辞令,
　　那是因为我还保有黄蓝的服色④;
我的政见当然很有待于教导,
　　何况变节也很时髦:谁要想持着

---

① 意大利,在维也纳会议后,意大利被置于奥地利和专制统治之下,意大利人民反抗甚烈。此处所谓"古罗马的英魂"是指:古代罗马曾是一个(建立在奴隶制上的)共和国,而在拿破仑统治时期,也曾给意大利以某种资产阶级共和国的形式,因此使"古罗马的英魂""复苏"了。但维也纳会议扼杀了它。
② 爱尔兰,爱尔兰在中世纪原是一个独立的民族国家,有其自己的语言、文化和宗教信仰(天主教)。十七、十八世纪受到英国的残酷压迫和剥削。一八〇〇年,英国以"合并法案"将爱尔兰合并于英国,统称为"大不列颠及爱尔兰联合王国",并取消爱尔兰议会。这使爱尔兰的民族运动如火燎原,更加蓬勃发展起来。
③ 同盟,指俄、奥、普三国发起的"神圣同盟",它是维持欧洲专制政体的黑暗统治的主要工具。
④ 黄蓝的服色,惠格党俱乐部及其主持人查理士·福克斯以黄蓝色衣为其制服;惠格党的刊物《爱丁堡评论》也以黄蓝色为封面。此处指:拜伦认为自己一向拥护惠格党及其政见,不像骚塞似的背叛了它而投入当权的托利党的怀抱。

一种信念,最近已变得难上加难——
　　您说对吗,我最会变节的托利党员?

　　　　　　　　一八一八年九月十六日,威尼斯。

第 一 章①

一

说来新鲜,我苦于没有英雄可写,

　　尽管当今之世,英雄是迭出不穷,

年年有,月月有,报刊上连篇累牍,

　　而后才又发现:他算不得真英雄;

因此,对这些我就不人云亦云了,

　　而想把我们的老友唐璜②来传颂——

我们都看过他的戏,他够短寿,

似乎未及天年就被小鬼给带走。

---

① 拜伦在一八一八年九月六日在意大利的威尼斯开始写作这一章,同年十一月一日完成。章前曾附以荷拉斯的如下一句话:"把普通事物表达得好是不容易的。"
② 唐璜,唐璜是欧洲文学中的一个传奇人物。据传他原是十四世纪西班牙塞维尔城的一个世家子弟,因为引诱了该城军事统领的女儿唐娜·安娜,当场被其父撞见,唐璜在殴斗中杀死了统领。人们在统领的墓上竖立了一个石像。当唐璜和他胆小的仆人去看这个石像时,却见石像的头在动转。唐璜以诙谐口吻约请它去晚宴。石像果然如约而来,捉住了唐璜,并把他带到魔鬼那里去。(又一说是寺院僧人杀了他,而伪造上述石像的故事)关于唐璜还有许多不同的流传,但总的说来,他的名字成了那种邪恶而无信义的诱惑女人者的代称。莫扎特的著名舞剧《唐·吉奥凡尼》,莫里哀的戏剧《石像的筵席》,都以他为主人公。英国戏剧家托玛斯·沙得威尔(1642—1692),以上述故事写成剧作《放荡者》,本节诗中"我们都看过他的戏"即指由此剧改编成的二幕哑剧,它当时在英国上演,颇为轰动。

二

上一代有弗农,沃尔夫,豪克,凯培,

　　刽子手坎伯兰,格朗贝①,等等将军,

不论好坏吧,总算被人谈论一阵,

　　像今日的韦斯雷②,招牌上也标过名。

呵,这群声誉的奴仆,那"母猪的崽仔"③,

　　都曾昂首阔步,像班柯的帝王之影④;

---

① 爱德华·弗农(1684—1757),英国海军上将,于一七三九年占领巴拿马港口波头·贝洛。
杰姆斯·沃尔夫(1727—1759),英国将领,在加拿大魁北克攻城战中阵亡。
爱德华·豪克(1715—1781),英国海军上将,于一七五九年基布朗海湾(法国西北)一役中击败了法国海军。
奥古斯大·凯培(1725—1786),英国海军上将,因使法国舰队逃去而于一七七九年受军事审判,以后又无罪开释。
坎伯兰公爵(1721—1765),英王乔治二世的次子,曾在多次战役中以残酷著称。
格朗贝侯爵(1721—1790),是"七年战争"后英国在德国驻军的统帅。上述这些英国海陆军将领,都是在英国从事陆地和海上的掠夺战争中一度扬名而结果并不佳的。
② 阿瑟·韦斯雷(1769—1852),即惠灵吞公爵,英国将军,在对拿破仑战争中著有战功,滑铁卢一役后受到封赏,一八一五年后任欧洲联军司令并代表英国出席国际会议,是拜伦痛恨的反动政要之一。
③ 那"母猪的崽仔",见莎士比亚悲剧《麦克白》第四幕一场六十五行。在那里,第一个女巫说,"泼进那吃了自己一窠猪崽仔的母猪的血。"这里引用"母猪",似指声誉;并暗示声誉的奴仆们(即"母猪的崽仔"们)是声誉的受害者。
④ "班柯的帝王之影",见莎士比亚悲剧《麦克白》第四幕一场。班柯和麦克白同为苏格兰国王的将军。麦克白谋害国王,篡夺了王位。班柯亦为其所害。但麦克白对是否能保持王位仍不能放心,要求荒原上的三个女巫给他呈现未来的影像。这时在麦克白的眼前就走过了八个国王的影子,他们都是班柯的后代。

同样,法国有个拿破仑和杜莫埃①,
在《导报》、《醒世报》上都赢得了记载。

---

① 查理·杜莫埃(1739—1823),法国(资产阶级)革命的将领,于一七九二年十一月曾击败奥地利军。

三

法国还有康多塞,布里索,米拉伯,

  拉法叶特,培松,丹东,马拉,巴那夫①,

我们知道,他们都是赫赫有名,

  此外,还有尚未被遗忘的,例如:

朱拜,荷什,马尔索,兰恩,德赛,摩罗②,

---

① 康多塞侯爵(玛里·让·安托万)(1743—1794),在法国革命期间,被选为立法会议的议长(1792),一七九四年被吉隆特党人排斥,因怕上断头台而服毒自杀。
让·皮埃·布里索(1754—1793),法国革命主要煽动者之一,一七八九年七月曾掀起练武场暴动。一七九三年十月被处死于断头台上。
米拉伯伯爵(1749—1791),法国革命初期立宪议会的领袖,主张君主立宪政体。
拉法叶特侯爵(1757—1834),法国贵族,曾参加美国独立战争。法国革命初期,任国民卫队统帅,抗击奥地利和普鲁士军的入侵。但于一七九二年因不满革命的进展而投靠敌军。
吉罗姆·培松(1753—1794),法国革命初期任巴黎市长(1791)。后因革命的进展而失势,为逃避追缉而隐居荒野,为狼所食。
乔治·丹东(1759—1794),法国革命期间曾主持革命法庭。一七九四年上断头台。
让·保罗·马拉(1744—1793),在法国革命期间,主持了一七九二年九月的镇压行动。一七九三年七月十三日被夏劳蒂·考尔台刺死。
安托万·皮埃·巴那夫(1761—1793),在法国革命期间,曾任立宪议会议长(1791)。一七九三年十一月上断头台。
② 巴塞雷米·朱拜(1769—1799),法国将军,在拿破仑执政期间,率军进攻意大利,颇有战功。一七九九年于诺威一役,与苏瓦洛大军会战阵亡。
拉扎尔·荷什(1768—1797),法国革命中的将领,曾两次被控叛国而受审;以后率军打败奥地利人,并任陆军部长。
弗朗斯瓦·马尔索(1769—1796),法国青年将军,在凡尔登和望德战役中以英勇作战著称。以后在战斗中阵亡。
让·兰恩(1769—1809),法国元帅,拿破仑的名将之一。曾出征意大利、埃及、西班牙等地。一八〇九年在维也纳附近战役中,重伤而死。
路易·查理·德赛(1768—1800),拿破仑的将军,在埃及作战获胜。在玛伦哥战役中,重伤而死。
让·维克多·摩罗(1763—1813),拿破仑的将军,一八〇〇年在普鲁士作战屡胜。一八一三年在德累斯顿之役为炮弹重创致死。

以及许多军界要角,难以尽述;
他们有一时都非常、非常烜赫,
然而,用在我的诗上却不太适合。

四

纳尔逊①一度是大不列颠的战神,
　　可惜为时不久,就改换了风尚;
特拉法尔加已不再为人提起,
　　它已和我们的英雄一起埋葬;
因为陆军的声望一天天隆盛,
　　海军界的人士岂能无关痛痒,
更何况,我们王子只为陆军撑腰,
把什么郝、邓肯②、纳尔逊早已忘掉。

五

英雄人物何止一个阿加门农③,
　　在他前后,也出过不少俊杰之辈,
虽然英勇像他,却又各有千秋;
　　然而,只因为不曾在诗篇里留辉,
便被世人遗忘了。——我无意针砭,

---

① 霍拉萧·纳尔逊(1758—1805),英国海军上将,在击败法国海军方面著有战功。一七九九年率领英国舰队镇压了意大利的共和运动。一八〇五年在特拉法尔加海战中击败法国和西班牙的联合舰队,同时在战斗中阵亡。
② 瑞恰德·郝(1726—1799),英国海军上将,在"七年战争"中以守英伦海峡而立功。一七八三至一七八八年任海军部长。一七九四年战败法国海军。
亚当·邓肯(1731—1804),英国海军上将,统率北海海军,曾击败荷兰舰队。
③ 阿加门农,见荷马史诗《伊里亚特》。在古希腊和特洛伊的战争中,他是希腊军的统帅,打败了特洛伊。但在凯旋回家时,为其妻克利教内斯霞所杀。

但老实说,当代我实在找不到谁
适用于我的诗(就是这新的诗章),
因此,我说过,我就选中了唐璜。

六

史诗作者多从故事中途叙起,
　(荷拉斯①开辟了这条阳关大道,)
以后,作为倒插笔,再让主人公——
　随诗人高兴,在什么关节都好——
回顾他的过去;自然,那是对着
　他的情人,而且晚餐已经吃饱;
地方呢,也许是宫室,乐园,花苑,
对于情侣,连山洞也赛似旅馆。

七

史诗的叙述法通常就是这样,
　但我却要从头说起,一反惯例;
我的布局规定有严格的章法,
　若竟胡乱穿插,岂不坏了规矩?
因此,我将要诌上一段开场白
　(好,足足费了我半小时力气!)
谈一谈唐璜的父亲是什么人,
如果您同意,也谈谈他的母亲。

---

① 荷拉斯(纪元前65—前8),罗马诗人。著有《诗艺》,在此文中他劝告史诗作者要从情节的关键之处开始,勿为前此事件的一长串叙述所累。例如,特洛伊战争的故事并不是从其起因叙起的。

八

唐璜生在塞维尔,一座可爱的城,
　　它以柑橘和美女而名扬海内,
谁要是没见过它,那可真不幸——
　　谚语是这么说的,我认为很对。
在整个西班牙,也许只有卡提斯
　　(这您就会看到)可以和它媲美。
唐璜的父母住在一条河水旁,
瓜达尔奎弗河,也是非同凡响。

九

父亲名约瑟,自然也是尊称唐,
　　他是一个纯粹的西班牙贵族,
论家系代代是最正统的哥特①,
　　从未被摩尔②或犹太血统所玷污;
从未见比他更好的骑士骑上马,
　　或骑上马又下来的,我敢打赌;
就是这贵人生了我们的唐璜,
唐璜又生了——但这后事且慢讲:

---

① 哥特,古条顿族的一支,在三世纪至五世纪期间侵入南欧,在意、法、西建立了王国。当时罗马帝国视之为野蛮人。
② 摩尔,古希腊及罗马称莫里塔尼亚(今之摩洛哥及阿尔及利亚)居民为摩尔人。中世纪欧洲人称一切伊斯兰教徒为摩尔人。

一〇

他的母亲博学多才,远近驰名,
　　各科各门的学问无一不精通,
凡基督教的语言都难不倒她,
　　而品德之高,只有她的才争胜①。
最聪明的人遇见她感到自愧,
　　最善良的人也要嫉妒得心痛,
因为他们看到,凡自己之所长
都已被她的作为比得黯淡无光。

一一

她的记忆丰富得像一座矿山,
　　把高尔德仑、罗培②都背得烂熟,
所以,要是有演员忘记了台辞,
　　她能够立即充当活的提辞书。
芬纳格③的绝技碰见她才倒霉,
　　幸好他已关门大吉,另谋生路,
因为,他怎能教人一种记忆力
敢和唐娜·伊内兹的脑筋相比?

---

① 关于唐娜·伊内兹的"才学"及性格的描写,以及她和丈夫之间的诉讼,当时人认为是影射拜伦夫人的。拜伦对此曾有答复,既否认是本诗作者,也否认影射其夫人。但本章十二至十四节及二十七至二十九节所写的,确与拜伦夫人极为相似。
② 彼得娄·高尔德仑(1600—1681),西班牙著名剧作家,著有约一百二十个剧本。罗培·达·维加(1562—1635),西班牙著名剧作家,著有许多剧本、诗及小说。
③ 格里格·芬纳格(1765—1819),自称发明一种记忆术,曾于一八一一年在英国皇家学会等处作公开讲演。

一二

她最心爱的科学是演算之术,
　她最卓绝的美德是宽宏大度,
她的俏皮话(偶尔一试)都极典雅,
　而正经话就更来得神圣而严肃。
总之,在一切方面,她都称得起
　出类拔萃:便装她使用斜纹布,
礼服用绸子,夏天呢,则用细纱做,
如此种种;恕我不在此多琢磨。

一三

她会读拉丁——就是那篇《主祷文》,
　也懂得希腊文——大概几个字母;
法文小说也随处翻看一点点,
　虽然讲起法文来却不免谬误;
对于本国的语文她不大留意,
　至少是,西班牙话讲得不清楚。
她的思想是定律,字字都是难题,
也许她认为,越难懂就越有深意。

一四

英文和希伯来文独蒙她垂青,
　据说,她认为这两者有些相同,
而且似乎用圣诗证明了这一点;
　关于这,只好请看过的人去作证。
不过,有句话是我亲耳听她说的,
　大家可以自己想想,赞成不赞成;

她说:"真奇怪!英文总是用'诅咒'
放在希伯来的名词'我是'之后!"

一五

有的女人爱嚼舌,但她的仪容
　　就是讲演——连一眉一目都在训诫;
她的一切的一切都已持之有方,
　　有如那令人悼念的罗米力勋爵①
毕生都是阐明法理,纠正国风,
　　他的自杀真是奇怪得难以理解;
唉,这又似乎证明了:"一切皆虚空",
　　(但法庭的验证说是:"他发了疯。")

一六

总之,她是个血肉之躯的"审慎",
　　是从艾吉渥斯②小说跳出的人物,
若非崔莫太太③教育人的杰作,
　　也是千里寻夫的"西立勃之妇"④;
她成了妇德的最端正的化身,

---

① 塞缪尔·罗米力(1757—1818),英国法学家和律师,他在妻子死后自杀。经法院确定死因,认为系由于精神失常。在拜伦的离婚诉讼中,他代表拜伦夫人一方,迫使诗人同意分居。
② 玛丽亚·艾吉渥斯(1767—1849),英国小说家和教育家,著有描写爱尔兰地主生活的《莱克伦城堡》(1800)和一些教育儿童的作品。
③ 莎拉·崔莫(1741—1810),写有儿童读物《知更鸟的历史》和其他一些有教育意味的故事。
④ 西立勃之妇,韩娜·穆尔(1745—1833)于一八〇九年发表小说《西立勃寻妻记》,其中叙述西立勃按照其父母所规定的标准去寻找结婚的对象。因此,"西立勃之妇"应指贤德的妻子;但本诗反其意,使人感到具有讽刺意味的是:西立勃在寻贤妻,岂不知贤妻在寻情夫。

连"嫉妒"也挑不出有任何玷污。
哈,尽管别的女人罪过上千条,
她可一条也没有,——这才最糟糕。

一七

她真称得十全十美,无与伦比!
　　当代女界的圣徒都望尘莫及。
狡狯的魔鬼对她已无计可施,
　　她的守护神也随着闭目安息。
她的一举一动,无论什么小节,
　　都像哈里孙①的钟表正确无疑。
在德行上,世间有什么比得上她?
当然除了你"无敌牌"的油,马卡沙②!

一八

是的,她确实贤德,但贤德本身
　　在这古怪的世界却乏味而枯索,
试想从前,我们一对原始的祖宗
　　在逐出乐园前,连接吻都不懂得,
那里只有福泽、安详、天真无邪,
　　(不知每天十二小时都如何挨过?)
而唐·约瑟,不愧为夏娃的后裔,
就去采野果了,不管她是否同意。

---

① 约翰·哈里孙(1693—1776),著名的制表商。英国政府曾以两万镑代价让他承制测量经度的航海仪。
② 关于马卡沙牌发油的无敌的优点,见广告。——拜伦注

十九

他这人做事轻率,从不问后果,
　　不关心学术,对学者也不够敬爱,
他想到哪就做到哪,绝不考虑
　　是不是对他夫人有什么妨害;
而社交界照例是:唯恐天下不乱,
　　所以就津津有味地窃窃议论开,
说他有一个情妇,又一说有两个,
但只要一个,已足以使夫妇不合。

二〇

至于唐娜·伊内兹,虽说德性好,
　　却又因此而免不了自视颇高,
真的,只有圣贤才受得了冷漠,
　　而她,当然,行的也是圣贤之道;
不过,可是……她有一些火气旺盛,
　　又常常把幻想和现实互相混淆,
因此,不管怎样,只要一有机会,
她就逼得她的夫君和她吵嘴。

二一

一个平素理亏的人,而又绝无
　　防人之心,要找他的碴当然不难;
连最机灵的家伙,随他挖空心思,
　　也难免有那么一时、一刻、一天,

会意外地遭到"夫人扇子的一击"①,
　而女人有时可非常不讲情面:
扇子在她的玉手里会变为钢刀,
　至于为何盛怒,那却没有人知道。

二二

可叹有些位博学多才的贞女
　竟然委身于不学无术的丈夫,
或者,即使夫君是世代书香子弟,
　却又听厌了她那科学的谈吐;
唉,关于这,我就不愿多插嘴了,
　我本是个爽快人,而且是鳏夫——
不过,请凡是娶了才女的告诉我:
说真的,你们是否都很怕老婆?

二三

唐·约瑟和夫人吵架了,为什么?
　虽然有上千人想知道个中原因,
但他们猜来猜去,还是个闷葫芦,
　这本来事不关己,又何必操心;
包打听无聊之至,最使我厌恶,
　可是,要说我有什么值得夸矜,
那就是:朋友的家务我一概插手,
因为我自己从没有妻室之忧。

---

① "夫人扇子的一击":见莎士比亚戏剧《亨利四世》二幕三景一句台词:"他妈的!要是我现在碰上这个坏蛋,我能用他夫人的扇子一击打碎他的脑袋。"

二四

因此,我就插手去管他们的事,
 但这片好心却碰了一鼻子灰,
这两个痴人我谁也没有见到,
 我想,他们多半受了鬼使神推……
因为他们的门房后来告诉我——
 但这随它去吧;有一回更倒霉:
当我站在楼下的时候,小唐璜
把一桶婢女的脏水泼到我脸上。

二五

这是一个头发拳曲的活猴子,
 又无赖、又惹事闯祸的小顽童,
他的父母没有一件事彼此同意,
 只是对这淘气鬼却一致放纵;
要是他们不吵架,神志也正常,
 他们早应该把他们的小相公
送去上学,或好好打一顿屁股,
也好教他成人时懂一些礼数。

二六

唐·约瑟和他妻子唐娜·伊内兹
 不算快乐地度过了一个时期,
都不想离婚,只希望对方死掉;
 人家看他们是可敬的贤伉俪,
他们只是关起门来才闹得凶,

而在人面前却非常彬彬有礼。
但终于,冒烟的火爆发出来,
他们这出戏从此搬上了台。

二七

伊内兹找来一些医生,想证明
　她的亲爱的夫君得了神经病,
可是,他并不缺乏清醒的时刻,
　她就又断言他只是败坏德行;
然而等法院要她提出证据时,
　却从她口中得不到一句说明;
她只说,是对上帝和人的职责
使她来控告的,——这可有点奇特①。

二八

她有一本日记,记着他的罪咎,
　还打开过他几箱的书和信札,
这一切,如果需要,都可以搬用,
　何况塞维尔全城都在教唆她;

---

① 本节许多细节影射诗人的离婚诉讼。据梅得温记述拜伦的谈话,拜伦说:"有一天突然有一个医生和一个律师同时闯进我的屋中。我当时还不知道他们来访的真正目的。我觉得他们提问的话奇怪而无聊,如果还不算无礼,至少是纠缠个不休;假如我当时知道他们是派来搜集我发疯的证据的,那我该怎么想?"拜伦夫人在《莫尔先生生平记》中说,她曾请培利医生诊断她丈夫是否精神失常,但他"因为见不到拜伦勋爵,无法对此点加以肯定。"但另一位医生勒曼先生见到了拜伦,并将他的诊断告知拜伦夫人。拜伦夫人在向友人解释她起诉的原因时写道:"我认为我之所以如此做是本着对上帝的职责。"

唐·约瑟和夫人吵架了,为什么?

她的老祖母爱絮叨,自不必说,
　　凡耳闻这案情的也成了话匣,
并且又自任律师,检察官,法官,
有的以此消遣,有的由于宿嫌。

二九

于是这位淑静无比的贤内助
　　便看着夫君受罪,她那种安详
真比得过古代斯巴达①的妇女,
　　在丈夫被杀后,显得如此高尚,
从此没有一句话再把他提起。
　　她泰然听着流言蜚语的传扬,
她是如此庄严地看着他痛苦,
全世界都赞叹:"多么宽洪大度!"

三〇

看着世人咒骂我们而泰然处之,
　　我们昔日的朋友当然做得高超,
他们不仅享受"宽洪大度"的赞辞,
　　而且,更妙的是,还可以藉此达到
自己的目的:呵,像这样的举止
　　被律师控为"恶图"者怎解得其妙:
亲自动手报复,那绝不是美德,
但若别人害你,这可怪不了我!

---

① 斯巴达,古希腊的一个城邦,其居民以尚武和坚忍著称。

三一

设若由于翻脸而把过去的隐私
　都抖出来,加油加盐地公之于世:
那可怪不了我,谁也怪罪不得,
　大家知道,这种事本来一向如此;
何况旧事重提会使人光彩倍增,
　谁不愿炫耀一下昔日的韵事?
丑史的发掘也很有益于科学——
死去的笑柄又可以供人剖解。

三二

他们的朋友想使他们言归于好,
　再加亲戚的劝解,反把事情弄糟,
(在这类纠纷上最好求助于谁,
　真是很难说!我对故旧和知交
不敢赞一辞,亲戚更不用提了;)
　而律师则为离婚查遍了律条;
但是,还没等他们拿一笔讼金,
真可惜,唐·约瑟便已一命归阴。

三三

唉,他死了,可死得太不巧!因为
　据精通这一类讼事的律师说:
(这是我尽力探来的一点口风,
　他们讲话既慎重又模棱两可,)
他的死勾销了一桩绝妙官司,
　而更可惜的是:这意外的结果

未免把公众的情绪泼个冰冷，
请想社会正为此而大大轰动！

三四

唉唉，他死了；和他一起埋葬的
　　有公众的情绪和律师的佣金。
他的宅子卖掉了，仆从也都遣散；
　　他的两个情妇，一个跟了犹太人，
一个归了牧师——至少这样传说。
　　我问及医生关于他致死的原因，
据说他是患了慢性的隔日热，
于是抛下妻子独守着她的厌恶。

三五

然而唐·约瑟是个可尊敬的人，
　　我是他的知交，应该在此点破；
所以，他的毛病毋庸我赘言了，
　　其实，就再挑剔也挑不出许多。
确实，他的热情有时越出规范，
　　有时不像努马①为人那样平和，
（不要忘了努马也称"傲慢大帝"，）
那是由于他教养差，生来有脾气。

三六

但不管他好坏吧，可怜的家伙！

---

① 努马·庞庇利阿，传说为纪元前七世纪的罗马皇帝。他的朝代据说是平静无事的。"庞庇利阿"是"豪华"或"傲慢"一词的引申。

有许多事情真是叫他受不了。
我们得承认——因为这确实有害——
　唐·约瑟有些时刻叫他够难熬:
炉火烧剩了灰烬,他还独自站着,
　只有瑟缩的家神在把他围绕;
情感和自尊心逼得他无可奈何,
不是离婚就是死——他选了后者。

三七

他没有遗嘱,唯有唐璜是后继,
　继承了一桩官司,庄宅和田产,
这些产业在唐璜未成年之期,
　只要妥善管理,收入会很可观;
伊内兹成了监护人,这也合理,
　唯有天性的要求作她的指南:
独母教养着独子,这种教育
当然使唐璜比别人更有出息。

三八

这首屈一指的贤母(甚至贤寡妇)
　决心教他品学兼优,德才出众,
以不负他高贵的门第,(请想吧:
　父系是卡斯底,母系是阿拉贡①!)
而且,万一国王陛下御驾远征,
　他也得学好骑士的各种武功:
骑马,击剑,射击,他已样样熟练,

---

① 卡斯底,阿拉贡,都是西班牙地区名,中世纪时是两个王国,一四七九年合并为西班牙王国。

还会爬墙翻越碉堡——或者尼庵。

三九

但是，唐娜·伊内兹所最关切的，
　　每日在渊博的教师授课以前，
有一件事她必亲自细细查考，
　　那就是，课业在道德上是否够严；
凡是他所学的她都穷加追究，
　　每一门学问都要先经她察看；
人文，艺术，科学，唐璜无不通晓，
只有博物生理之学不甚了了。

四〇

他熟知各种语言，尤其古代语，
　　广猎科学，尤精于抽象的玄学，
在人文艺术领域，至少可以说：
　　凡与实用最没有关系的一切，
他都已经博览无余，深入钻研，
　　只有邪书却没有翻看过一页。
凡是不雅的，或涉及生殖的叙述，
都绝对禁止，——生怕他误入歧途。

四一

古典的作品引起了一些难题，
　　因为男女神的恋爱不堪入目，
他们在以往时代倒有点名气，

怎么却不知穿上胸衣和长裤?
这给可敬的师长惹来不少麻烦,
　　而必须找出古里古怪的名目
去解释《伊尼德》、荷马①史诗等等,
因为伊内兹对神话实在头疼。

四二

奥维德②是浪子,他的诗就是明证,
　　安纳克利融③是一个更糟的榜样,
凯塔拉斯④没写过一篇体面的诗,
　　我认为莎弗⑤的颂诗也不必表扬,
虽然朗吉那斯⑥把她推崇备至,
　　倾心于她那崇高情绪的翱翔;
维吉尔的歌是纯洁的,但有例外:
他那首《牧童柯瑞东》⑦之歌就很坏。

---

① 《伊尼德》,罗马诗人维吉尔(纪元前70—前19)的史诗,叙述伊尼阿斯在特洛伊失败后流浪各地、终于建立罗马的故事。
荷马,古希腊诗人,约生于纪元前十一至前九世纪。《伊里亚特》和《奥德赛》两部史诗传说为他所写。《伊里亚特》叙述特洛伊战争的故事,《奥德赛》描写奥德赛在特洛伊战争后,在归家途中的种种冒险经历。以上三部史诗都有许多希腊和罗马的神话,以及神与人的恋爱故事。
② 纳索·奥维德(纪元前43—18),罗马诗人,著有《爱之艺术》,因此诗的牵涉而被罗马皇帝奥古斯达流放。
③ 安纳克利融,纪元前六世纪的爱奥尼亚诗人,著有许多歌唱爱情与美酒的短歌。
④ 凯塔拉斯(纪元前84—前54),罗马诗人,著有抒情诗及警句等。
⑤ 莎弗,纪元前七世纪的希腊女诗人。她歌唱爱情的诗以热烈的感情著称。
⑥ 见《朗吉那斯》第十节:"她所追求的效果是,不仅能看到一种热情,而且能看到多种情感的汇合。"——拜伦注(朗吉那斯〔213?—273〕,希腊哲学家,文论家,著有《崇高论》。——译者)
⑦ 《牧童柯瑞东》之歌,维吉尔所著十篇《牧歌》的第二篇,写牧童柯瑞东对另一美少年阿荔吉的单相思。这里写的是同性爱。

四三

鲁克瑞西①无神论气味太浓厚,
　　稚弱的心灵易于受他的麻醉;
我还得指出久文纳尔②的谬误,
　　虽然他的本意当然无可厚非,
不过他的诗是如此直言无隐,
　　呵,太露骨了,简直是粗俗无味!
至于马希尔③,哪个正派人愿意
翻看他那令人作呕的警句?

四四

唐璜读的书都是最佳的版本,
　　而且经过了饱学之士的删节,
他们正当地抹去碍眼的部分
　　以保护青年学子的天真无邪;
可是,唯恐诗人被涂得面目全非,
　　而且痛惜于他们如此受肢解:
于是编了个附录把那一切收进④,
事实上,也省得老师再添索引。

---

① 鲁克瑞西,纪元前一世纪罗马诗人,著有唯物主义的哲理诗《论物性》。其中指出自然的运行不是由于神的主使或干预,教人不必畏神。
② 久文纳尔(60—130),罗马讽刺诗人,他的诗描绘并谴责了当时社会的恶习。
③ 马希尔(40—104),罗马诗人,原籍西班牙。著有许多讽刺当代的短诗及警句,笔锋尖刻但有时不雅。
④ 这是事实!现有或曾有过一种版本,把马希尔的所有不雅的警句都置于书尾。——拜伦注

四五

原来那些诗人是一古脑砍下的,
　　并没有留在正文中支离破碎,
他们排成了很可观的一长列,
　　只等后世和天真的学子相会;
因为也许有不太严峻的编者
　　肯于高抬贵手,使其各归原位,
而不致面面相觑地集体罚站,
像花园的众神——看来也不雅观。

四六

还有那本家庭必备的弥撒书,
　　有如一切古版的祈祷书一样,
饰有各种插图;唐璜用的本子
　　更是画满了稀奇古怪的图像。
呀,我真不明白:人们怎能看着
　　那书页边上男女亲嘴的丑样
而还有心祈祷!——但唐璜的母亲
把它收归己有,换给他另外一本。

四七

他读着福音,也耐心听着传道,
　　对圣徒的嘉言懿行极为熟稔;
诸如吉罗姆①和克里索斯托姆②,

---

① 吉罗姆(340—420),罗马教会的神父,他将《圣经》译成了拉丁文。
② 克里索斯托姆(345—407),君士坦丁堡的希腊主教,著有讲道文多篇,因攻击帝国上层人物的恶习而被放逐,死于流放途中。他宣扬宗教的禁欲主义。

他读来还能接受,也能对之钻研。
但它们却没有透彻地指出
　　如何可以笃信,而且笃信颇坚,
远不如奥古斯丁①的《忏悔录》,
　　(他的越轨行为真叫读者羡慕!)②

四八

对于小唐璜,这也是一本禁书,
　　我不能说他的妈妈的禁令坏,
假如要教人有方,就得这么办。
　　她不敢纵他到自己的视线外;
她的婢女都老了,假如来了新的,
　　你可以相信,那准是个丑八怪!
丈夫还在世时,她已如此做了,
这办法很值得一切太太仿效。

四九

小唐璜转眼成了翩翩的少年,
　　他六岁时伶俐可爱,到十一岁,
仪表已经清秀不凡,可以预见
　　他会像一切美男子那么俊美;
他的学业突飞猛进,一日千里,
　　至少为登天作了适当的准备:
因为他是半天在教堂里祷告,

---

① 奥古斯丁(345—430),天主教的主教,他的讲道文成为中世纪教会的经典。
② 见他的《忏悔录》。据圣·奥古斯丁对他自己青年时代的描述,显而易见他正是我们所谓的浪子。他像躲避瘟疫似的逃学;他爱的只是赌博和表演;凡是能拿的,他就从他父亲那里偷去;他编造千百个谎话以逃避棍棒,因为人们不得不用它来惩罚他的越轨行为。——拜伦注

半天由师尊、教父和严母管教。

五〇

我说过,他在六岁时伶俐可爱,
　　在十二岁成了安静的美少年,
虽然小时顽皮得有点像野马,
　　但是现在已驯服得帖帖就范。
他们在他身上尽力压灭天性,
　　至少表面上看来——成绩很可观;
他母亲的最大的喜悦是宣称:
她的小圣人是多么少年老成!

五一

我当时有点怀疑,现在也还有,
　　但我要说的也不过只是胡扯:
我深知他的父亲,我观察个性
　　也还有些本领,——但当然,不能说,
从老子就能预卜儿子的吉凶,
　　而况他确实和他妻子不配合——
算了,我讨厌流言蜚语;我最恨
背后訾议人,即便是半假半真。

五二

不,我不想说什么,不想噜苏了,——
　　但只这一句(我有我自己的理由):
假如我要送一个独生子去上学,
　　(谢谢老天!现在我一个也没有。)
我绝不愿把他和唐娜·伊内兹

关在一屋中,听她把教理传授;
不,我要送他到书院里去学习,
因为我的知识就是得自那里。

五三

因为那儿能学到——呵,不是自夸,
　　我的确学到了——但那不可明说;
除了我后来都忘了的希腊文,
　　在那里还——只要一字就能点破;
和大家一样,我在那里懂了事,
　　就是——算了吧,别管懂的是什么——
我没有结婚;但我想,我很知道
不该教下一代受那样的熏陶。

五四

小唐璜匆匆长到了十六年华,
　　细高、清秀而结实,看来也爱动,
虽然比书童的活泼还有不足;
　　除妈妈而外,人人都把他看成
一个大人了;可是,谁要这么说,
　　必惹得她咬紧嘴唇,气得脸红,
(若不咬紧,恐怕她要尖声叫喊,)
因为她认为,早熟就是万恶之源。

五五

她的朋友虽多,但都慎重选择,
　　无一不是笃信神明,品德端正,
其中有一位名叫唐娜·朱丽亚,

若仅仅说她美,那不足以说明
她的魅力于万一:魅力之于她
　　有如海有盐,花有香一样天成,
或如维纳斯①有腰带,爱神有弓,
(最后这比喻真是又俗又不通。)

五六

她有东方的黑眼珠,这是出于
　　摩尔人②的血统,(说来很不体面,
您知道,她竟不是纯西班牙种!
　　早在骄傲的名城格兰那达失陷
而波布提尔③挥泪逃亡的时候,
　　唐娜·朱丽亚的摩尔族的祖先
有的去到非洲,有的留在西班牙,
她的高曾祖母当时决定留下。

五七

她嫁给一家(可惜我忘了世系)
　　西班牙贵族,因此使他的后辈
承受了不及原来高贵的血统,
　　对这种联亲他的祖先会皱眉:
本来在这类事情上,等级最严,
　　一般的嫁娶总是在近亲以内,
娶着堂妹——不,甚至姑姑,侄女,

---

① 维纳斯,罗马神话中爱与美的女神,爱神丘庇特是她的儿子,他手执弓箭,若以此箭射进人心时,人即感到爱情。
② 摩尔人,居住在北非的阿拉伯人,于八世纪初占领了西班牙。十一世纪,摩尔人在西班牙的势力渐衰,格兰那达是他们最后撤离(1492)的一个城市。
③ 波布提尔,亦称阿布·阿勃杜拉,是摩尔人在格兰那达的最后一个国王。

虽然也繁殖,对品种总归不利。

五八

但异种交配使品种有了起色,
　血统固然不纯了,肉体却转佳;
因为从西班牙最丑的一族里,
　却长出一枝美丽而簇新的花;
男的不再矮小,女的不再粗陋,
　但也有个谣言我想把它按下:
据说,朱丽亚祖母所生的子女,
出于私情者多于合乎法律。

五九

但不管怎么说吧,这一族继续
　改进成品,一代比一代更出色,
直到有一个独生子集其大成,
　而他有个独生女,——我这么一说,
明眼人知道必是朱丽亚无疑。
　趁她出场之际,我想不吝笔墨,
把她多交待几句:她已结了婚,
芳龄二十三,贞洁而又迷人。

六〇

她的眼睛(呵,我爱看秀丽的眼睛!)
　又大又黑,那明亮的眸子半掩,
只在她开口时才灼灼闪着火,
　而那也被柔情所覆,透露着尊严
多于嗔怒,娇爱又多于前两者;

同时,它还荡漾着一种似是欲念
又不像欲念的情愫,幸而有心灵
冲淡那一切,才使她显得淑静。

六一

她的头发光泽,一卷卷环绕着
　美丽、平坦、晶莹得聪明的前额,
她的眉毛又长又弯,好似天弓,
　她的脸蛋儿泛着青春的红色——
有时又光洁透明,仿佛有电闪
　流过她的脉管;她总是保持着
一种异乎寻常的雅致和仪态,
身材也苗条——我恨矮胖的太太。

六二

她出嫁已有几年,虽然她外子
　年已半百,这搭配也并非特殊,
可是我想,这样的与其嫁一个,
　倒不如找两个二十五岁的丈夫,
特别是在挨近太阳的国度;
　话既说到这里,我想顺便指出:
就连德行最高不可攀的女人
也愿和一个三十以下的男人结婚。

六三

唉唉,我得说,这种事很教人痛心,
　这都是由于无耻的太阳在作恶,
它不放过我们可怜的泥土之身,

尽把肉体烘呀,烤呀,烧得火热;
可叹人们白白吃斋、苦修和祈祷,
　　肉体终归不坚,灵魂也随之堕落!
所以,也总是在热带有这类事由:
神仙叫做通奸,人世叫做风流。

六四

哦,道德的北方呀,洁净的乐土!
　　你那儿全是善行,那儿的严寒
把罪恶赶出家门,连衣衫都扣下
　　(圣·安东尼是碰到了雪才向善①);
在你那儿,陪审团②先给妻子论价,
　　然后就照身价处奸夫以罚款;
当然喽,他必须付一大笔钱财,
因为这种罪恶本来可以买卖。

六五

朱丽亚的丈夫名叫阿尔方索,
　　就他的年纪说,模样也还马虎;
她并不太爱他,也不太嫌恶,
　　他们共同生活,像大多的夫妇:
对彼此的毛病都心照不宣,

---

① 圣·安东尼(251?—350),埃及苦修僧,曾多年独居于沙漠中,为基督教禁欲主义的创始者。传说他在苦修中克服了许多种欲念和诱惑。拜伦后来想将圣·安东尼改为圣·佛朗西斯,因用冷雪来遏止本人肉欲的故事一般认为是对后者而言。参见第六章第十七节。

② 陪审团,在英国,法院中的案件除了有法官审判外,还有由民间选出的若干人组成陪审团在审问案件的过程中旁听,然后决定被告"有罪"或"无罪"。法官即根据陪审团的决定而作出裁判。

这可不一定是一两次失足；
他虽然嫉妒，却一贯不声不响，
因为"嫉妒"最不愿把自己宣扬。

六六

但朱丽亚还是唐娜·伊内兹的
　亲切的好友，我不懂什么原因，
她们之间谈不到共同的趣味，
　朱丽亚也从来不著一句诗文；
有人背后说：(无疑地，是在撒谎！
　因为恶毒的话都是发泄私忿，)
据说在唐·阿尔方索结婚以前，
伊内兹对他放松过自己的谨严。

六七

据说，他们还继续着以往的关系，
　虽然已被时光冲洗得纯洁了些，
她把他的太太当作自己的好友，
　实事求是，这种做法当然最妥帖：
既给了朱丽亚以她贤德的照顾，
　阿尔方索的眼力也得到了奖掖；
如果这还不能(谁能呢？)制止流言，
至少，那话柄已被她大大削减。

六八

我不知道，朱丽亚对这种暧昧
　是从别人眼里看到呢，还是有
她自己的发见？但是这个哑谜

从没人察觉出,至少她纹风不透。
也许她毫无所知,也许漫不经心,
　起初淡然置之,以后更不觉丑;
我真不知道该怎么想,怎么说,
她是讳莫如深,凡事自己琢磨。

六九

她把唐璜当做漂亮的孩子
　时常爱抚着,——她这样做,自然,
可能是不怀他意,无伤大雅,
　设若她是二十岁,他只是十三;
但设若他已十六,她二十三了,
　那我可不一定微笑着旁观;
这短短几年会有奇异的变化,
特别是在被太阳灼热的国家。

七〇

不知是什么原因,他们都变了,
　夫人变得冷淡,小伙子爱脸红,
他们见面也无话,都把头低下,
　从眼神看来,似乎彼此都很窘;
当然,没有疑问,唐娜·朱丽亚
　该知道这是什么在心头悸动,
至于唐璜呢,可以打一个比方:
没见过湖水的人怎知道海洋?

七一

但朱丽亚的冷淡却含有温情,

她的纤手总是微颤而柔缓地
脱开他的掌握,而在脱开以前
　　却轻轻地一捏,甜得透人心脾:
那是如此轻,轻得给脑子留下
　　恍惚惚的疑团;呵,在唐璜心里,
无论阿尔米达①施展多少魔法,
怎及这一捏所引起的千变万化!

七二

她遇见他时,虽然不再微笑了,
　　可是她的沉郁比微笑更甜蜜,
仿佛她怀有无限委婉的衷情
　　难于启齿,但由于在火热的心底
压抑过久,反而更为她所珍惜;
　　谁想到天真无邪也富于心机,
它害怕把自己交给真理照管,
爱情从幼年起就学会了装蒜!

七三

热情力图伪装,但因深文周纳
　　反而暴露了自己;有如乌云蔽天,
遮蔽越暗,越显示必有暴风雨,
　　眼睛想掩饰内心也总归枉然。
因为热情无论躲在什么假象里,

---

① 阿尔米达,见意大利诗人塔索(1544—1595)的史诗《被解救的耶路撒冷》。阿尔米达是大马士革国王的侄女,善行巫术。当耶路撒冷被基督教徒围困时,她以她的美貌把基督教的武士们引离营地,诱至一美丽的花园,以魔法困住他们使之不能参加战斗。

那终究是装模作样,易于看穿:
冷漠,嗔怒,甚至轻蔑或憎恨,
都是它的假面具,但骗不了人。

七四

何况还有叹息,越压抑越深,
　还有偷偷一瞥,越偷得巧越甜,
还有莫名其妙的火热的脸红,
　相见时的颤抖,离别后的不安:
这一切都是"占有"的小小前奏,
　是初生的热情少不了的序言;
这不过表明了,当爱情碰见新手,
起初会遭遇多少麻烦和缠纠。

七五

可怜朱丽亚的神魂飘飘荡荡,
　简直快要飞去了,于是她毅然
为自己,为丈夫,作出高贵的努力,
　也为了宗教,美德,荣誉和尊严。
她这一决心实在是破釜沉舟,
　连塔昆皇帝①也可能为之抖颤;
她祈求圣母马利亚②赐予恩典,

---

① 塔昆,传说为纪元前六世纪的罗马皇帝,专横暴虐,久为人民所不满。他的儿子赛克斯塔强奸罗马名诗人鲁克瑞西的女儿,致使她怀愤自杀,立即引起了民众的愤怒,因而推翻塔昆王朝,建立共和。这里讽刺地把朱丽亚比为鲁克瑞西的贞洁而自杀的女儿。
② 马利亚,耶稣·基督的母亲,被基督教称为圣母,并称她是"纯净受孕"(即梦见圣灵附体)而生的耶稣。实则耶稣可能是一私生子。此处拜伦戏称她了解妇女问题,似亦影射及此。

因为她对妇女问题最为熟谙。

七六

她发誓绝不再和唐璜见面,
　　而第二天就去拜访他的母亲,
坐在那儿时,她极力望着门口,
　　因为它,谢谢圣母放进一个人;
她多么感激呀,但接着就失望——
　　门又打开了:这一回,毫无疑问
是唐璜了吧?——还不是!唉,我恐怕
那晚上她不会再祷告马利亚。

七七

现在她决定,一个贞洁的女人
　　应该勇于面对诱惑,把它战胜,
决不该见而生畏,可耻地逃避;
　　她面对一切男人都该心如古井:
这就是说,对惹人心爱的少年,
　　她的看法应该恰恰与众不同。
若是别人都觉得英俊可喜,
她偏要看做无异于普通兄弟。

七八

而如果万一她——谁能够预测呢?
　　魔鬼是这么狡猾!万一她发觉
内心的情况不很妙,甚至想到
　　要是自己独身,大概还会取悦

某某情人吧……贤良的妻子必能
　　克服这种邪念,而后变得更贞洁;
设若对方求爱,当然拒绝了事:
我奉劝年轻的太太如法炮制。

七九

不过,有一种所谓圣洁的爱情,
　　又光明,又正大,一点没有毛病,
天使都认为它很好,它也受到
　　同样稳重的家庭主妇所欢迎,
据说它是柏拉图式的①,完美的,
　　"正像我的一样!"朱丽亚很自信;
呵,我但愿她是如此自信,如果
她那圣洁的幻想是寄托于我。

八〇

这种爱情是纯洁的,据说可以
　　在少男少女间存在而无危险
起初吻一下手,以后吻吻嘴唇,
　　对其中的实情我原是门外汉;
不过我听说,这些任意的举止
　　就构成这种爱情活动的极限。
谁要是越轨——那就是谁的罪恶,
我把话早说明了,可怪我不得。

---

① 柏拉图(纪元前427—前347),希腊唯心主义哲学家,他主张一种纯精神的、不杂以情欲的爱,后来被人引用到男女之间,而称之为柏拉图式的爱情,因此在本诗中屡被拜伦所讥讽。

49

八一

那么就爱吧,但要爱得不越轨,
　　这就是朱丽亚的天真的决定;
对于年轻的唐璜,这也能有益,
　　说不定会潜移默化他的天性:
既然是如此圣洁的神坛的火
　　把他点燃,更加朱丽亚的爱情
将以如何美妙的言辞把他熏陶,
这不但我,连她自己也不知道。

八二

怀着这种好意,更加有全身盔甲
　　(灵魂的纯洁)把她防卫和保护,
朱丽亚对自己的德行很有信心,
　　她的贞操是堤防,有磐石之固;
尽管有一时她似乎把握不定,
　　此后却会庄重自持,应付裕如。
是否朱丽亚果如她自己所料,
以下的诗节里我们就要提到。

八三

她认为她的计划妥善而无害,
　　当然啦,从一个十六岁的少年
"诽谤"的毒牙怎样尖利,也不会
　　抓到什么把柄!纵使有些流言,
她问心无愧,又何必为此歉疚?
　　光明磊落的人尽可以怀坦然!

对,基督徒们所以要相互烧死①,
正因为相信使徒们②也必如此。

八四

假定恰好在此时她丈夫死了……
　　老天保佑吧!可别让这种思想
哪怕在梦中去惊扰她的神魂!
　　她叹口气:那将是公众的悲伤,
她一定经不住那么大的打击;
　　但我只是说:假定——而且"关门讲",
(这字该用法文,因为她用法文想,
但那就使上一句的脚韵押不上。)

八五

我只是说:假定有这么个假定:
　　唐璜那时既达到十足的成年,
就满可以向一个阔寡妇求婚,
　　即使从今等七年也不算太晚;
而暂时,(无妨让幻景继续展开,)
　　这韵事也不致过于有碍观瞻,
因为他会先学习爱情的初步,

---

① "基督徒们所以要相互烧死",罗马天主教会在十二、十三世纪之间,对于持有"异端"的教徒开始采用酷刑,并在法国、荷兰、比利时、西班牙等地成立宗教裁判所。西班牙的宗教裁判所成立于一四七八年,其第一任裁判长烧死了约二千名持有"异端"的天主教徒。这种裁判所在一八三四年才完全废除。
② 使徒们,指耶稣派出传布基督教"福音"的十二个使徒。

我是指天使所行的那一路数。

八六

撒开朱丽亚不谈。再提提唐璜。
　　唉,可怜的小伙子! 对自己的处境
他大惑不解,怎知道个中奥秘;
　　像美狄亚①小姐那样激动的心情
他竟认为是自己新奇的发现,
　　完全不明白他所经历的感情
不过是按部就班,毫不足惊异,
只要他耐心一点,就可变为甜蜜。

八七

他无精打采,沉思郁郁而不安,
　　舍弃了家,尽自在树林里散步,
唉,不知被什么创伤所折磨,
　　他要把深深的悲哀寄予孤独;
我也是很喜爱孤独的,读者,
　　但请不要误会:我所爱的独处
是苏凡的,而非隐士式的苦行,
而且还得把山洞改换为后庭。

---

① 美狄亚,据希腊神话,她是柯尔其斯国的公主和女巫,当杰孙率阿葛大船去寻金羊毛路过柯尔其斯国时,美狄亚爱上了他,帮助他取得金羊毛,并克服了她父亲所设的种种障碍,撕碎了她的兄弟,而和杰孙登船同返希腊。途经柯林斯时,杰孙爱上该国公主而抛弃了美狄亚;美狄亚为了报复,不但杀死情敌,也杀死了她和杰孙所生的两个孩子,然后乘火龙驾驶的车逃走。关于她的故事,见奥维德的《变形记》。

八八

"爱情呵!在这幽僻的林野间,
　有安全和狂喜交缠在一起,
这儿是你极乐世界的版图,
　你在这儿成了真正的上帝!"①
我引证的诗人唱得并不错,
　不过第二行惹起了一些问题:
因为那交缠着的"安全和狂喜",
被人弄成了似乎难懂的词句。

八九

诗人原意,无疑地,是诉诸于
　人类的良知和普遍的感觉,
他写的是人人凭自己的经历
　都能体会到的;因为不难理解:
谁吃饭或恋爱都怕被人打扰;
　至于"狂喜"和"交缠"更无须费解,
因为这一切我们都早已知道,
但只请求"安全"能够把门闩好。

九〇

小唐璜在清澈的溪水边漫步,
　冥想着一些纠缠不清的观念,
终于他踱进了幽静的林荫处,
　一片硬皮树在那儿枝叶蔓延;

---

① 这四行引自托玛斯·甘培(见献辞第七节注)的诗。

诗人都是到这里来寻章觅句,
　他们写的书我们也偶尔读完:
只要其中有诗法和结构之功,
除非像华兹华斯,没人能够懂。

九一

他(我指的唐璜,而非华兹华斯)
　和自己的天灵交感的结果,
终于使他博大的心灵的苦痛
　虽非全然、至少部分获得解脱;
他简直是尽了最大的努力
　把奇异非凡的事物加以解说,
因而变成了——连自己也没觉察——
像柯勒律治那样一个玄学家。

九二

他想到自己,也想到整个地球,
　想到奇妙的人和天上的星星,
真不知道它们都是怎样形成;
　他又想到地震和历代的战争,
月亮的圆周究竟是有多少哩,
　怎样用气球探索无际的苍穹,
天文知识之受阻很使他忧心,
接着又想起朱丽亚的黑眼睛。

九三

从这些思绪,慧眼人不难看出
　那崇高的憧憬和庄严的追求,

有的人生而即有之,但大多数
　　却不知为何要自找这种罪受;
更怪的是:这样一个年轻的人
　　竟想把天体的运行穷加追究!
如果您认为这由于哲学的熏染,
我不得不说,也是发情期使然。

九四

他看着树叶和花朵,沉思默想,
　　他从每阵轻风都听出一个音讯,
对着那不朽的亭荫,他幻想着
　　林中的仙女曾如何来访问世人。
他走得迷了路,也忘记了时间……
　　而等他再次瞧瞧怀表的指针,
呀,时光老人早已跑到了前面——
他不但误了时刻,也误了晚餐。

九五

有时他读书:打开了加西拉索①
　　或波斯甘②的诗,——好似风流进窗
把我们面对的书页沙沙舞弄,
　　从那诗页也吹拂出诗的芬芳,
流经他的头而震撼他的灵魂,
　　好似有魔法师在那些篇幅上

---

① 加西拉索·德·拉·维加(1503—1536),西班牙诗人,他和波斯甘促成了西班牙诗歌的复兴。
② 黄·波斯甘(1490—1542),西班牙诗人,他把意大利的诗歌形式介绍到西班牙来。

留下了咒语,见风就随风散播,——
一些老婆婆的故事就这么说。

九六

他便如此消磨着孤寂的时日,
  郁郁不欢,也不知要的是什么;
无论灿烂的幻想,诗人的歌吟,
  都满足不了这种精神的饥渴:
因为他要的是能偎贴的胸脯,
  还要听它心跳,那爱情的脉搏,
还要,唔——但那几件事我已忘记,
至少是现在我还不必提起。

九七

那孤独的散步和漫长的冥想
  逃不过温柔的朱丽亚的眼睛,
她早看出了唐璜内心的不安;
  可是,有一件事才最叫人吃惊:
唐娜·伊内兹对她的独生爱子
  这一回竟不加以盘问和查询,
不知是没有看到?还是不愿指出?
也许她正是聪明反被聪明误?

九八

说来也奇怪,聪明人往往糊涂;
  例如:有不少绅士们的贤内助
越出了妇女明文规定的权限,
  (那是破了第几诫?我忘了数目。

我相信,没有人敢于贸然说的,
　　在引用十诫①时,可犯不得错误。)
我要说,当这些绅士吃起醋来,
就往往搞错,——不信问他们太太。

九九

凡是真正的丈夫总不免多疑,
　　但疑来疑去,仍不免看错对手:
不是冤枉了并无此意的旁人,
　　就是拉扯了某个坏心的挚友,
而不料家丑就由自己撮合成——
　　据我所见,这情形倒居十之八九;
等妻子和好友都逃之夭夭,
他不怪自己愚蠢,反而怪世道。

一〇〇

有时做父母的也是耳目不灵:
　　尽管监视得像山猫,却看不到
小公子有外遇,范妮有了情人,
　　而恶毒的世界早已看得好笑;
直等有一天,一出慌张的私奔
　　勾销二十年的心血,一切都完了!
于是妈妈哭哭啼啼,爸爸诅咒:
谁要有子女那就是自寻苦头。

---

① 十诫,见《圣经·旧约·出埃及记》第二十一章。耶和华上帝在西奈山上通过摩西的传话,向以色列人宣布十条戒律,如须孝敬父母,不可杀人,不可奸淫,不可偷盗,不可作假见证陷害人等等。这十诫被基督徒认为是神圣的,凡破戒者必受天罚。

一〇一

但伊内兹是如此精明,对这种事
　　又很关切,我必须说,她之所以
让唐璜这一回去饱经诱惑,
　　一定是有她的更切身的动机,
这动机究竟是什么,我不想说;
　　也许是为了完成唐璜的教育,
也许是教阿尔方索睁眼瞧瞧,
是不是还要把太太看做至宝。

一〇二

有那么一天,是夏季的一天——
　　唉,夏季真是最危险的时辰,
还有五月底的春光也很不妙,
　　毫无疑问,太阳是主要的原因;
但不管什么原因吧,我们可以
　　八九不离十地说:有些个月份
大自然特别欢乐,也特别骚动:
三月出野兔,五月必出女主人公。

一〇三

那是夏季的一天,在六月六日——
　　我愿意在日期上力求说得准,
不但说某世纪,某年,甚至某月,
　　因为日期像是驿站,命运之神
就在那儿换马,教历史换调子,
　　然后再沿着帝国兴亡之途驰奔;

它所终于留下的,不过是编年历,
还有神学答应死后兑现的债据①。

一〇四

那是在六月六日,大约六点半——
　或者快七点,朱丽亚趁着暮色
正小歇于如此美丽的凉亭中,
　就像在穆罕谟德②描写的天国
异教的仙女们常坐的那一种,
　(关于这,穆尔③也唱过他动人的歌——
呵,他之所以赢得桂冠和诗名
并不是偶然的,但愿他万古长青!)

一〇五

她坐在那里,可不是独自一人,
　我不清楚怎样有了这次谈情,
即便我知道,当然也不应该说——
　对这种事情最好是守口如瓶;
总之,别管是怎样来相会的吧,
　她和唐璜面对面坐得很挨近,
脸对脸这么近,顶好是闭住眼,

---

① "神学答应死后兑现的债据",英国当时有一种公债,是活时付款,死后连本带利偿还。此处诗人用它来讽刺宗教迷信:因为它总是骗信徒(特别是天主教徒)生前多为教堂捐献,以便死后升天堂。但这一笔神学的债终于无法偿还(因为没有天堂可升),所以这些债据只好都留在人间了。
② 穆罕谟德(570—632),阿拉伯人,生于麦加,是伊斯兰教的创始者。他所描绘的天国中有许多绿衣仙女,等待真信徒死后去和她们相聚。
③ 托玛斯·穆尔(见献辞第七节注),是拜伦的友人和《拜伦传记》的作者。他译了许多(伪托为)安纳克利融的作品。

但这个——却是说来容易做时难。

一〇六

她看来多么娇媚！内心的情焰
　　闪在面颊上，她也不觉得不对。
爱情呵！你的魔法真是太巧妙！
　　你把弱者变强，又把强者摧毁；
无论多明智的人受到你诱引，
　　必然跟定你而盲目地自我陶醉！
看，她所立足的悬崖是多么深！
对自己的清白她可同样自信。

一〇七

她想到自己又坚强，唐璜又年轻，
　　要怕这怕那地避嫌未免可笑；
她想到辉煌的德性，夫妻的忠贞，
　　而她的唐·阿尔方索行年五十了……
唉，我但愿她没有想到这一层，
　　因为那个数目实在不易讨好，
无论在什么国度，热带或寒带，
用它谈情太刺耳，谈钱也许不坏。

一〇八

当人们说："我已经说过五十遍了，"
　　他们的意思是责备，毫不含糊；
当诗人说："我已经写了五十行了，"
　　那准教你害怕他要开始朗读；
五十个贼在一起必然杀人放火，

五十岁而谈爱情至上可很特殊。
不过,这也确是事实,无可置疑:
用五十金币可以买许多东西。

一〇九

朱丽亚有的是贞操,德性,真诚,
　和对丈夫的爱情;她暗中发誓:
凭下界对天上神祇的一切誓言,
　她绝不辱没她手上的那只戒指,
也绝不容许圣贤所斥责的邪念;
　而当她正盘算诸如此类的事时,
无意间,她的手落进唐璜的掌握,
完全出于偶然,——她承认是她的错。

一一〇

她茫茫然地贴上他另一只手,
　趁那只手正抚弄着她的发卷,
好像在和压抑不住的情思搏斗,
　因为她看来是这么心意缭乱;
当然,怪只怪唐璜的母亲不该
　听凭这冒失的一对偷偷见面,
想一想她对爱子多年的监视!
我深信,我的母亲绝不会如此。

一一一

她那只握住唐璜的手,逐步地、
　温柔地、但却明显地握得更紧,

好像在说:"留住我,如果你愿意!"
　　当然,她原带着纯柏拉图的劲
只想捏住他的指尖,万没料到
　　这会引起对贞妇极危险的感情;
要是早料到,她早就把手回缩,
有如躲开一只蛤蟆或是毒蛇。

一一二

对于这,我不知道唐璜是怎么想,
　　但他所做的,您大概也会那样做;
他年轻的嘴唇对它感激地一吻,
　　接着,为自己的狂喜感到羞涩,
因为生怕卤莽,他又退居绝望中,
　　初初露面的爱情本来很怯缩!
她红了脸,没有皱眉;她想说什么
但又作罢;呵,她的声音已太微弱。

一一三

夕阳西下了,昏黄的月轮升起——
　　魔鬼就躲在月亮里尽情作祟;
那些说月亮"贞静"的人,我想,
　　未免定名太早;白天所犯的罪,
哪怕最长的白天:六月二十一,
　　也不及月光微笑的三小时内
所做的坏事的半数;多奇怪:
月亮却还是如此娴静而清白!

62

一一四

在月夜下,有一种危险的安静,
  它如此安静,能使胀满的心胸
整个倾泻它自己,而且丧失了
  那完完全全克制自己的本能;
银白的月光不仅给树木和楼阁
  一种柔美,把整个景色化为朦胧,
它也洒进人的心,给心灵充满
绻缱之情——可绝不是使人安恬。

一一五

朱丽亚坐着,半似被唐璜拥抱,
  半似要从他热烈的臂抱脱开,
他的手和他所摸的胸同样激动,
  尽管如此,她必觉得这也无害,
不然她会很容易摆脱她的腰,
  不过,像现在这样确实也可爱;
而且——天知道后来他们又如何!
我真后悔开了头,我不想再多说。

一一六

柏拉图呵柏拉图①! 你这罪魁祸首!
  你硬说你那一套胡诌的哲学
能对人不驯的深心发号施令,
  岂不知以你那活见鬼的幻觉

---

① "柏拉图呵柏拉图",此处讽刺伪托为"纯精神"的或柏拉图式的男女爱情。

为多少败德的行为开辟途径,
　　比言情小说呀,诗呀,害人更烈!
你这老花花公子,江湖的掮客,
说得顶好,也不过是一个媒婆。

一一七

朱丽亚已不能言语,除了轻叹,
　　等她能发之于言时已经太晚;
她温柔的大眼睛涌出了泪珠,
　　我真希望她不致有这么一天。
唉,但是谁能够恋爱而不糊涂?
　　"悔恨"也不是没有对"诱惑"抗辩:
她还在微微挣扎,但悔恨已太多,
她低语"我绝不答应,"——却已允诺。

一一八

据说波斯王瑟克西斯①悬过赏,
　　向天下征寻新奇的方法享乐,
我觉得这一种需求未免太苛,
　　一定耗费了国王陛下不少财帛。
至于我呵,一个心境恬淡的诗人,
　　一点点爱情就行(我叫它安乐);
我不在乎新乐趣,因为旧的一套
已足够了,只要它是不变味道。

---

① 瑟克西斯(纪元前520—前465),波斯国王,他于纪元前四八〇年远征希腊,在色茅霹雳的三百勇士即因抵抗他的军队而壮烈牺牲。他于萨拉密海战中被希腊击败。

一一九

欢情呵欢情!你真是人间乐事!
　　不过为了你,人死后必遭恶报。
每一年春天我都下一次决心:
　　要改过自新,趁岁初为时尚早;
但不知如何,这誓言总难守住,
　　虽然我依旧自信,我终必做到。
呵呀,我真是太惭愧,太悔恨,
我决定明年严冬做一个新人。

一二○

这里,我贞洁的缪斯请您原谅——
　　别吃惊吧,更贞洁的读者!这下面
她就要严守礼数,不再让您发抖。
　　她请您容许她引用诗人的特权,
那就是:容许她在诗的布局上
　　有一些越规;因为我一向怀缅
亚里士多德①,并且尊重他的条例,
所以稍有违犯时,理应请求宽宥。

一二一

有了这一特权,我就希望读者

---

① 亚里士多德(纪元前384—前322),希腊哲学家。他所著的文艺理论《诗学》,自中世纪以来即被奉为美学的经典,尤其在戏剧方面,发展成为严格的"三一律",即剧作家必须遵守时间、地点与情节的统一。后世的剧评家多根据此种条例评论作品。

从六月六日起(那重大的一天!
若没有它的新纪元,我的诗才
　　就会因缺乏素材而无所施展,)
假定几个月已过去了,还请您
　　别把朱丽亚和唐璜忘在一边;
那是在十一月,但我记不清楚
什么日期了,关于纪元就更模糊。

一二二

现在我要提一提心灵的乐趣:
　　谁不愿意在亚德里亚海①的午夜
听画艇的歌和桨声在月光下
　　愈远愈轻柔,在水上余音不绝;
谁不愿意在黄昏看星星的出现;
　　谁静听夜风流过一叶又一叶
而不心旷神怡;谁不爱看彩虹
从海面升起,静静划过整个天空。

一二三

谁不感到甜蜜,若是他走近家门,
　　听到家犬向他吠出低沉的欢迎;
或者想到,有一双眼睛正在关注
　　他的来临,并将对他闪得更晶莹;
谁不爱被天鹅唤醒,或者被瀑布
　　催眠入梦。谁不爱听蜜蜂的嗡嘤?
听鸟的鸣啭,少女的莺声呖呖?
婴儿的咿呀和不连贯的语句?

---

　① 亚德里亚海,意大利半岛东面的海。

66

一二四

甘美的佳酿!当你看到葡萄累累
　　紫红得爆裂,乱纷纷扑落满园;
从城市的狂欢宴饮逃避到乡村,
　　它那野趣使人感到多么安恬!
吝啬鬼最爱他黄澄澄的积蓄,
　　第一个孩子出生最使父亲开颜,
报复是痛快的,特别对于女人,
有如士兵爱抢劫,水手爱奖金。

一二五

一笔遗产很可爱;但更可爱的是,
　　一位老太太或老伯伯突然归天;
谁想到他们足足活过七十整寿,
　　而为了他们的别墅、产业或存款,
呵呀,我们"年轻人"可等得太久!
　　他们不断生病,那口气却总不完,
急得犹太人要把我们掳掠一空,
因为那该死的借据都在他们手中。

一二六

不管怎样吧,以血或是以墨水
　　赢得了桂冠很称心;劝人和解
很称心;与人吵架有时也称心,
　　特别是因此把讨厌的朋友杜绝;
瓶装的老酒,桶盛的啤酒很过瘾;

为可怜虫而抗衡冷酷的世界,
够可贵;更可贵的是儿时的学堂
谁忘得了?虽然它早把我们遗忘!

一二七

但比一切更美、更妙、更珍贵的,
　是热烈的初恋:它独异其趣,
好似亚当①回忆中的那次堕落:
　果子已经摘了,知识已经开启——
生活再也提供不了任何快乐
　可以和那一甜蜜的罪过相比;
无怪在故事中,它总是被比做
普罗米修斯②偷给人间的神火。

一二八

人真是奇怪的动物,尽把他的
　本性和技能去做奇怪的用项,
他特别喜欢采取新鲜的手法
　把他的足智多谋向人家宣扬;
这年头倒真也怪事层出不穷,

---

① 亚当,见《圣经·旧约·创世记》。据说他是上帝用泥土创造的第一个男人,又从他身上取下一条肋骨造成第一个女人夏娃。亚当和夏娃原住在伊甸乐园里,以后因为夏娃听信蛇的话,吃了园中知识之树的果子,又叫亚当也吃了,从此人便知羞耻和善恶而失本真。耶和华上帝因他们违背自己的指令,受了蛇的诱惑,便将他们逐出乐园。这就是基督教所谓人的"原罪"和"堕落"的来源。

② 普罗米修斯,据希腊神话,是泰坦族的巨人之一。他用泥土塑造了人类。以后因见雷神宙斯压迫人类,不给人以火,他便从天上偷火送给人,并教给人以技艺。宙斯因此将他用锁链钉在高加索山,使巨鹰白天吃他的肝,而每夜他的肝又生长出来。

每一种奇才都能够找到市场；
你顶好先本分些，假如不合算，
你骗人的戏法一定有人要看。

一二九

呵，我们看到了多少矛盾的发明！
　（足见有真正的天才，太空的钱袋。）
这人专打断骨头，那人专给接合；
　有人安装新鼻子①，有人造断头台；
但种牛痘苗的发明②确可称得起
　抵消了康格利夫③的榴弹的祸害：
靠着从牛身上借来的新痘菌，
医生倒能打发走人身上的痘病。

一三〇

有人用土豆做面包（味道很差），
　有人想到用电流叫死者微笑④，
但这个发明不及"维护人道社"
　所首创的一套器械那么奏效，
它免费使窒息的人活过来：
　您看，这些新玩意儿是多么奥妙！

---

① "有人安装新鼻子"，当时英国有一本杰明·波尔金斯在报上宣称，他制造了一种金属收敛器，能"医治百病，如红鼻子"等。
② "种牛痘的发明"，种牛痘可以预防天花，西方最初发现此方者为英人爱德华·简诺（1749—1823），他在一七九六年开始试种，以后拿破仑在军中广为采用。
③ 威廉·康格利夫（1772—1828），一八〇四年发明榴弹，在对拿破仑战争的莱比锡之役中造成很大的伤亡。
④ "用电流叫死者微笑"，阿尔丁尼教授在一八〇三年试图用电流通过福斯特的尸体使之复活。

我方才说过,小痘已经被根除,
也许接着就会禁绝大痘——梅毒。

一三一

据说那大痘之患是来自美洲,
　看来它也许该驾返其故乡了,
据说新大陆的人口已嫌太多,
　那么也该轮到它使人口减少,
用战争,瘟疫,饥荒,用什么都成,
　好叫他们领略一下文明之道;
谁知道哪种祸害最削减人口——
他们的真梅毒?或我们的假花柳?

一三二

在这专利的时代,一切新发明——
　无论拯救灵魂,或者杀死肉体,
都被宣传得多么尽善尽美!
　戴维爵士①的安全灯确能规避
采煤的危险,只要是依法操作。
　两极的探险,汤勃克图②的游历
都是有益于人类的,一点不错;
类此也许还有:滑铁卢③的扫射。

---

① 汗弗莱·戴维勋爵(1778—1829),一八一五年发明了采矿用的安全灯。
② 汤勃克图,在西非苏丹,是靠尼日尔河的一个市镇。当时它被认为是非洲的腹地,欧洲殖民者争去"探险"。
③ 滑铁卢,比利时地名。一八一五年,英国和普鲁士联军在此地最后击败拿破仑,从而开始了欧洲政治上极端反动的时期。拜伦戏称滑铁卢之役有益于人类,乃是仿效和讥讽反动派的论调。

一三三

人真是一种奇观,不知何以故,
　　他一生奇得出奇,令人想不通;
当然,也怪这庄严的世界:寻欢
　　是堕落,而堕落又是其乐融融。
谁一定知道自己该追求什么?
　　无论是爱情、财富、权力或光荣,
都必经百般波折才能拿到手,
而等拿到时,我们死了。而以后——

一三四

以后怎样?我不知道,您也不知道;
　　那么再见吧。但我们书归正传。
那是在十一月,晴和的日子很少,
　　在雾色中,远山变得更为淡远,
并且在蔚蓝的肩上披着白巾;
　　而海隅涌起巨浪,猛击着巉岩,
石岸边上沸腾着轰响的浪花,
冷静的太阳在五点钟就落下。

一三五

这是如更夫所说的昏黑的夜,
　　没有月亮和星星,寒风的呼啸
时高时低;多少人家围着炉火,
　　木柴堆得高高,看着火焰闪耀;
那火光好似夏日无垠的晴空,
　　饱含一种明媚而欢乐的情调。

那时我爱坐在炉边,伴以香槟,
虾杂拌,蟋蟀声,和随意的谈心。

一三六

已经午夜了,朱丽亚卧在床上,
　　也许是睡着了吧,——突然在前门
人声鼎沸,连从不会醒的死鬼
　　也会被这闹声惊得翻一个身;
假如确像书上说,死人能复苏,
　　那么这就又一次惊醒了他们;
门是关紧的,但擂门之声不停,
接着女仆喊道,"太太,太太,——你听!

一三七

"老天哪! 太太,太太,老爷回来啦,
　　跟他后面来的人足有大半城——
噢,谁听说过这样天塌的大祸!
　　别怪我,我可没透过一丝口风!
呵呀,快些吧,快把门闩拔出来,
　　他们正上楼梯,转眼就到屋中;
也许他——他还来得及往外面跑,
那个后窗户我看也不十分高!"

一三八

这时唐·阿尔方索已经赶到了,
　　带着火把,亲友,仆从,声势汹汹,
来人大多数是有妻室之累的,

所以都会毫不迟疑地去惊动
任何坏女人的睡眠，只要她敢
　　容许丈夫的圣庙偷偷被占用：
此例岂能开？因为它传染最快，
只要宽放一个，大家就都败坏！

一三九

我不清楚唐·阿尔方索是怎样
　　起的疑心,他所疑的又是什么事;
不过像他那样一个高贵的骑士,
　　这样莽撞做来实在也太不雅致:
天还不亮就在他太太的床前
　　举行朝会,连她事前也不通知,
还带那么多跟班,火把和刀剑,
只为了证实有件事叫他最丢脸。

一四〇

可怜朱丽亚好像从梦中惊醒,
　　(请注意,我并没说她已经睡觉,)
她开始尖叫,啼哭,还打着呵欠,
　　多亏女仆安托尼亚老于此道,
做得好像刚从这床上爬出的,
　　她把被褥撩成一团,堆得很高;
我不明白她为何要如此用心
证明她的主妇不是独自就寝。

一四一

唉,主妇朱丽亚,女仆安托尼亚,
　　看来是一对多无害的可怜虫!
不单是怕鬼,而且更害怕男人,
　　想到并力也许能挡住一个异性,
所以就双双安歇,相依为伴,
　　只等家主有一天返回家中;

那时,再让失职的丈夫告诉太太:
"亲爱的,我是第一个赶了回来。"

一四二

终于,朱丽亚找到措辞,她叫道:
　"老天在上!阿尔方索,你是干什么?
你可是发了疯?我为什么不早死?
　免得今天受你这恶鬼的折磨!
深更半夜你竟带着人来胡闹,
　是发了酒疯呢?还是另有邪火?
你敢疑心我?想到这都叫我羞煞!
好,搜吧!"阿尔方索说,"我就搜查。"

一四三

他搜,他们也搜,没一处不翻到:
　壁橱和衣橱,窗户台和五斗柜,
翻出不少内衣,带子,刷子,篦梳,
　长袜,拖鞋,以及其他一些零碎,
总之,就是那一切什物,能使女人
　或则变为苗条,或则加倍妩媚;
他们还用剑挑起壁毡和帷幔,
劈裂了几扇百叶窗,几块木板。

一四四

他们搜索床下,在那里找到了——
　不管什么吧,反正不合乎需要;
他们打开窗子,看看在那地面
　有没有脚印,但土地也无可奉告;

这以后他们便愕然地面面相觑。
　　很奇怪:这些人竟没有一个想到
(在我看来,未免是绝大的错误,)
不仅翻动床下,也该翻开被褥。

一四五

在这调查的期间,朱丽亚的嘴
　　一直不歇;她叫道:"对,搜吧,搜吧!
侮辱加上侮辱,残害再加残害!
　　我就是为这一切才嫁给了他!
就为这个我默默忍受了多少年,
　　和阿尔方索那样的人同枕共榻!
可是够了! 只要西班牙还有法律,
我就一天也不能再留在这里。

一四六

"对,阿尔方索! 你不再是我的丈夫,
　　其实你一向就不配这个称呼;
这么大年纪来胡闹!——你都六十了——
　　五十,或六十,反正一样;无缘无故
你搜罗证据来破坏一个贞洁的
　　女人的名声,这合适吗? 老糊涂!
呸,忘恩负义、口是心非的野人,
你居然想你太太还会往下容忍?

一四七

"难道是为这个我自愿放弃了
　　我们女人都有的起码的权利?

我竟找了一个又老又聋的牧师
　　听我忏悔,因为换个人怕你起疑;
他从没有发现我有什么该责备,
　　反倒对我的清白感到很诧异,
他总疑心我是个未婚的女郎——
　　要是我走错一步你可多懊丧!

一四八

"难道是为这个,我从塞维尔的
　　美男子中间没找过一个情人?
难道是为这个我哪儿也不去,
　　只看斗牛,作弥撒,听戏和宴饮?
难道是为这个我对凡是求爱的
　　都一视同仁——不,简直是麻木不仁?
连拿下了阿尔及尔的奥瑞利①,
　　那位伯爵将军都说我对他无礼?

一四九

"难道那意大利的歌手卡赞尼
　　没有白唱了半年想打动我的心?
难道他的同胞高年尼②不曾说过:
　　我是全西班牙最贞洁的女人?
还有多少俄国人,英国人,连伯爵

---

① 唐娜·朱丽亚这里弄错了。奥瑞利伯爵没有拿下阿尔及尔,而是阿尔及尔几乎拿下了他。他和他的陆军和舰队在一七七五年在那个城前遭到很大的损失,并且不很体面地撤退了。——拜伦注
亚利山大·奥瑞利(1722—1794),西班牙将领,曾于一七七五年率军远征阿尔及尔,但未成功,损失四千人。
② 意大利名字卡赞尼和高年尼给人一种联想,即都不是端庄人的名字。

死撞斯瞅甘诺夫都为我伤过心!
还有咖啡馆迷,那个爱尔兰贵族,
去年就为殉情(他喝酒)而服了毒。

一五〇

"难道没有两个主教对我拜倒过?
　就是伊恰公爵和唐·费南·努内兹。
难道你就这样报答我一片慧心?
　我不知道月亮正走在哪个位置:
你的耐性倒真不错,值得我夸奖,
　居然没有动手打你忠实的妻子!
哼! 好一个出色的勇士! 剑拔弩张;
还不瞧瞧你自己那一副好模样!

一五一

"是不是就为这个,你才假意说
　因为有急事,不得不立刻启程?
原来是找这混账的恶棍律师,
　对,他就站在这儿,看他那尊容
好像自知惹了祸;我鄙视你们俩,
　但他的无理取闹最难以宽容:
他还不是为了那缺德的佣金!
难道是对你或我有什么好心!

一五二

"如果他是到这儿来录取口供的,
　那就请吧,让这位先生别多等了;
你们把这间屋子弄得可真整齐:

反正不缺笔和墨水,都可以找到——
　请把这一切都细细记录下来吧,
　　我可不愿意把律师费白白扔掉。
不过,女仆没穿衣,叫奸细先滚出!"
女仆抽噎说:"噢,我想挖他们眼珠!"

一五三

"那儿是更衣间,那儿是洗脸室,
　你们尽可翻上翻下,不留一处;
那儿是前屋,还有沙发,大靠椅,
　呵,那烟囱——确可以藏一个情夫。
我还想睡一会哪,请诸位留心
　别再那么砰砰吵人吧;但假如
谁要是发现在哪儿有个密室
藏着那宝贝,叫我也见识见识。

一五四

"好啦,尊贵的骑士!既然你对我
　产生了疑惑,又闹得天翻地覆,
请你行行好,让我也明白一下
　你要找的人是谁?他怎么称呼?
是哪一家的?个子高吗?我想他
　大概是一个少年英俊的人物?
告诉我吧,——既然你如此玷辱了
我的名誉,我绝不能把他轻饶。

一五五

"也许,至少他不是六十左右吧?

要是那么老,他就犯不上屠宰,
更值不得这么年轻的丈夫吃醋——
　　(呵,安托尼亚!给我倒一杯水来。)
我真惭愧我流的这些眼泪呀,
　　身为我父亲的女儿,很不应该;
唉,我母亲生我时万没有料到,
我竟会落进一个恶魔的怀抱。

一五六

"也许你是吃了安托尼亚的醋?
　　可不是,你看她睡在我的床上,
你们冲进时她竟来不及躲开;
　　请搜吧——我们没有什么好隐藏;
不过,下次顶好事先通知我们,
　　或者为了雅观,请诸位在门旁
稍等一下,好教我们穿上衣服,
以便接待这么多体面的人物。

一五七

"好吧,先生,我就住口不再说了,
　　我说的这一点点总可以表明
一颗率真的心也会冤屈难受,
　　尽管它对暗害感觉不够灵敏;
为什么你这样待我?我不想多问,
　　总有一天,你的良心会教你不宁:
愿那时上帝别教你悔恨交加!
我的小手绢在哪儿,安托尼亚?"

一五八

话说完了,她在枕头上转个身,
　　脸色苍白,黑眼珠含泪闪着光,
好似阴雨的天空里发出电闪;
　　她的长发波浪般流过了脸庞,
有如面纱;黑色的发卷虽有意、
　　却无法掩遮住那滑腻的肩膀,
一片白雪突现出来;她唇儿半张,
呵,她的心跳比她的呼吸更响。

一五九

唐·阿尔方索迷惘地站在那儿,
　　安托尼亚在乱屋子里来回奔走,
她翘着鼻子,那神气足以说明
　　她在不齿她的老爷和那群打手;
除了律师,个个都是垂头丧气,
　　而他,像阿卡蒂斯①,最忠于职守,
只要有争执,不管是出于何故,
他相信必然要由法律来论处。

一六〇

他细眯着小眼睛,探着扁鼻子,
　　跟踪着安托尼亚的来来去去,
仿佛他还有一大堆疑团未消;

---

① 阿卡蒂斯,在《伊尼德》史诗(见第一章四一节注)中,阿卡蒂斯是伴随主人公伊尼阿斯历经险境的忠实朋友。因此,阿卡蒂斯成了忠实可靠的伴侣的代称。

对别人的名誉他从来不顾惜,
只要是能成讼,或把官司打赢,
　　他可不管你是否年轻和美丽;
他从不相信"不"字,除非这否定
能得到合格的伪证人的证明。

一六一

唐·阿尔方索沮丧地站在那儿,
　　老实说,他真是露出一副蠢相:
他把五百个角落都搜索到了,
　　又已对年轻的妻子如此猖狂,
结果一无所获,除了一些内疚,
　　更加以他太太使出全副力量
在过去半小时内,又快又重又密,
骂得他淋漓尽致,真像一阵雷雨。

一六二

起初他勉强找了几句话解释,
　　但得到的回答只是眼泪,啜泣,
和歇斯底里的征候:它的前奏
　　不外抽筋呵,阵痛呵,噎气或昏迷,
以及其他:那要看患者的选择;
　　阿尔方索看着她,就想起约伯妻①,
同时脑中又浮现出她那些亲属,
于是决定要耐心地再让一步。

---

① 约伯妻,见《圣经·旧约·约伯记》。约伯是虔信上帝的人,撒旦企图使约伯舍弃对上帝的信仰,便使他从头到脚生毒疮,但约伯耐心忍受而无怨言。他的妻子劝他"弃掉上帝",他责备她说:"你说话像愚顽的妇人一样。"

一六三

他正要开口嗫嚅几句,但没等
　　他摆出言辞的铁砧去挨锤打,
圣明的女仆就一嘴打断他说:
　　"得啦,老爷,请出屋子,别再说啦!
不然太太会死。"阿尔方索咒一句
　　"见她的鬼!"但形势已不容多废话,
他只懊恼地看了看,就照吩咐
乖乖地退出,也不知为什么缘故。

一六四

和他一起撤退了他的全部打手;
　　只有律师殿后,他呆立在门口
心犹未甘,尽自迟迟地观望着,
　　还是安托尼亚过来把他攮走。
阿尔方索的论据的这一漏洞
　　真是尴尬费解,使他非常别扭;
而当他盘算着这棘手的案情:砰!
他的法颜竟吃了一个闭门羹。

一六五

刚把门闩好,她们就——哎呀,可耻!
　　可悲的堕落! 女人呵,你们做下
这种事情,怎么还能保持名节?

除非是阴阳两界都又聋又瞎!
有什么能比得上无瑕的美名?
　　但我们叙述下去,——底下更不雅:
这真是令人难为情的表述,
小唐璜被闷得半死,爬下了床铺。

一六六

原来他藏起来了,至于怎么搞的,
　　我不敢说,更描写不出那地方;
无疑地,他年轻瘦弱,易于收缩,
　　只要有方圆一席地就可以躲藏。
当然我不该,也用不着怜悯他
　　被一对美人儿闷成了这个样;
确实,即便闷死了,也必远胜过
和克莱伦斯①一起在酒桶里淹没。

一六七

对了,我不怜悯他,第二是因为
　　他没有必要犯下这样的罪行,
既为天理不容,依法也得罚款,
　　至少说,他未免开始得太年轻;
不过在十六岁,可不及六十岁
　　那样易于感到良心的不宁:
那时我们结算旧欠,开列罪过,
才知我们欠魔鬼的都已还过!

---

① 乔治·克莱伦斯公爵(1449—1478),英国皇族,传说他被淹死在酒桶中。

一六八

他的情况如何我可说不清楚,
  但希伯来的史册曾如此记载:
当老国王大卫①血脉有些闭塞,
  医生给他开的药方却很奇怪,
不是丸散膏丹,而是一个美女,
  而这服药的效果据说很不坏;
也许它的服用有特别的法子,
因为大卫活了,唐璜却几乎闷死。

一六九

怎么办呢?阿尔方索就要回来,
  只等他打发走他那些蠢材;
安托尼亚的本领受到了考验,
  可是却难以想出巧妙的安排
去规避那卷土重来的搜查;
  而且,只有几点钟东方就发白,
安托尼亚无计可施了,朱丽亚
只把嘴唇紧贴着唐璜的面颊。

一七〇

他也以嘴唇去就她苍白的唇,
  并且用手梳着她披散的发卷,
唉,连这时他们都禁不住爱情,
  似乎全忘了处身绝境的危险;

---

① 大卫,见《圣经·旧约》。他是以色列人的第二个国王。

"喂喂,这可不是耍把戏的时候,"
　　安托尼亚的耐性已达到极限,
她赌气地小声说,"现在我必须
　　把这位漂亮的公子搁在壁橱里;

一七一

"你另外找个好晚上去胡调吧,
　　想想是谁惹老爷这么怒冲冲?
结果会怎样?我真怕!坏就坏在
　　准是魔鬼附上了你这小顽童!
这可是开玩笑或盟誓的时候?
　　结果会杀人流血哩,你懂不懂?
你会丢掉这条命,我砸了饭碗,
太太一切都完,就为这张小白脸。

一七二

"假如他是一个年近三十岁的
　　身强力壮的骑士,那倒也顶事,
偏偏是个孩子,怎么应付得了?
　　我真不懂您的口味,居然赏识——
(先生,进来吧!)老爷一定走近了,
　　待在这里,至少他还保住一时;
只要我们能闷声不响到清早——
(唐璜,你可当心,千万不要睡觉!)"

一七三

唐·阿尔方索独自一个走进来,
　　结束了这心腹的女仆的演说,

她东摸摸,西碰碰,他叫她出去,
　　她照办了,尽管有些怒形于色,
不过一时也没有补救的办法,
　　即使她能留下,也好不了许多;
她从眼角缓缓地瞥着两个人,
　　于是吹灭蜡,请了安,就走出门。

一七四

阿尔方索停了一下,然后开始
　　为刚才的行径千方百计辩解;
他不想对他所做的加以袒护,
　　无论怎么说,也不该那么粗野,
不过他有充分的理由那样做,
　　这理由是什么,他却不提细节;
总之,他的话给修辞学提供了
很好的范例:学者称之为"罗唣"。

一七五

朱丽亚不说话,但在她的嘴边
　　一直保留着一句现成的回答,
能使一个熟知丈夫弱点的妻子
　　一两句顶嘴就堵住他的嘴巴,
假如还堵不住,那就再接再厉,
　　也可以不惜夸张编派一些话;
主要是驳得坚定:假如他怀疑
你有一个,你就骂他共有三起。

87

一七六

其实朱丽亚足可以站得住脚:
　　阿尔方索勾搭伊内兹谁不知道?
是否由于自觉理亏而张皇失措——
　　但那不可能呵,因我已屡次提到:
一个女人讲起理来可有一大车;
　　那么,她之所以沉默只能是为了
体贴唐璜,怕他的耳朵受刺激:
她知道他很珍视母亲的声誉。

一七七

也许还由于(这就是第二个原因)
　　阿尔方索从没有对唐璜疑心,
他吃了半天醋,可是不难看到
　　对谁是快活的姘头却不肯定;
的确,他越揣摩是谁藏在他家,
　　这个哑谜就越能伤他的脑筋;
现在若是提起伊内兹,那等于
把唐璜扔到阿尔方索的眼底。

一七八

事情太微妙时,一语就能点破,
　　仍以沉默为佳;而且要有"技巧"
(这个新名词我总觉得不够味,
　　但用了它倒也省却许多辞藻),
它能使夫人在受追问的时候,
　　远离事实,尽在那儿拐弯抹角;

凡是娇人儿谎话都说得多雅致！
要陪衬那俊脸,还有什么更合适?

一七九

她们脸红了,我们信了她们的话;
　　至少我是常常如此。无论如何,
反驳是无益的,因为一挑起头,
　　她们就更滔滔不绝,口若悬河;
而等说累了,她们就要叹口气,
　　并垂下幽怨的眼睛,慢慢涌着
一两颗泪珠:我们准得赔笑脸,
然后就——然后就——坐下来用餐。

一八〇

阿尔方索演说完毕,请求她宽恕,
　　朱丽亚先是半拒绝,然后半应允,
接着约法三章,他认为未免太苛,
　　因为取缔了他要的几件小事情,
他好像亚当站到乐园的门边,
　　抓耳挠腮,满怀是枉然的悔恨,
只不断地请求她不要再拒绝;
就在这时,呀,他踢到了一双鞋!

一八一

一双鞋吗?那又怎样?不算什么,
　　假如它和女人的脚一般大小;
但它却是(真是教我说来痛心)
　　男人穿的,而把它拿起来瞧瞧,

又是那么轻而易举。呜呼,悲哉!
我的牙开始打战,我的血冷了!
阿尔方索先拿起它细加察看,
然后就爆发了另外一种情感。

一八二

他冲出屋子去拿那搁置的剑,
　朱丽亚立刻奔向壁橱,并叫道:
"快跑吧,唐璜!老天哪,不要多问——
　门开着,你走那常来往的箭道,
还来得及逃出去!快点,这儿是
　花园的钥匙——再见吧,快,快逃!
我听见阿尔方索脚步声已近——
天还未亮——街上也还没有行人。"

一八三

没有人能说这个忠告不好,
　唯一的毛病是,可惜来的太晚;
凡称心的经验都有这种代价,
　仿佛是命运征收的所得税款。
唐璜一霎眼就跨到了屋门,
　也许能同样轻易地跑过花园,
但碰上了阿尔方索,穿着睡衣,
要杀他——唐璜就把他打倒在地。

一八四

他们扭打得很凶,烛火也灭了,
　　安托尼亚喊"强奸",朱丽亚叫"起火"!
闹得一群仆人都没有来助战。
　　阿尔方索用刀柄打得兴致勃勃,
连连发誓说,他今夜一定要报仇;
　　唐璜也是热血上冲,他更骂得
高一音阶;别看他年幼,却蛮勇
绝没有一点意思要以身殉情。

一八五

阿尔方索剑没出鞘就落了地,
　　他们仍继续赤手空拳地作战;
唐璜少年气盛,从来不知节制,
　　幸而还没瞧见地上的那柄剑,
若在那时万一被他捞到了它,
　　阿尔方索恐怕就活不了几天。——
噫,请想想你们丈夫和情人的命!
一个不慎可就守双寡,太太们!

一八六

阿尔方索把对手扭住了不放,
　　唐璜想脱身,就扼住他的咽喉,
鲜血(鼻子里的)开始淌了出来,
　　他们都滚到地上疲弱地殴斗;
唐璜唯一的衣衫被撕得精光,

他抽空笨拙地打出一拳以后
便赤身而逃,像约瑟①般丢下衣裳,
但他们的相似也仅止于此,我想。

一八七

烛火终于点上,男女仆从群集,
　　这不雅的一幕赫然呈在眼前:
安托尼亚兴奋得呓语,朱丽亚
　　昏厥了,阿尔方索靠着门直喘;
撕破的衣服碎条散落在地上,
　　还有血,还有脚印,别的却不见;
唐璜跑到门口,把钥匙转个身,
他不喜欢里面,索性锁上了大门。

一八八

这一章到此为止。是否有必要
　　再叙述唐璜如何被夜之女神
(她不该体贴这个)掩护着他的
　　赤裸的身子,狼狈地回到家门?
至于次日哄传的有趣的艳事,
　　和真相大白于世的耸人奇闻,
以及阿尔方索的离婚的起诉,
当然,英国报纸上都已有记述。

---

① 约瑟,据《圣经·创世记》载,约瑟是波提乏买的家奴,受到波提乏妻子的引诱,但不为所动。有一天,妇人在屋中强拉他,他把衣裳丢在妇人手里,跑到外面去了。以后反被妇人所诬,波提乏就怒而把约瑟下在监里。

一八九

假如您想知道这诉讼的过程,
　原告的案由,全部证词和口供,
所有证人的大名,以及被告律师
　为了撤销状子而提出的禀呈,
这专刊可不止一种,虽然各报
　说法不一,但都是翔实而生动。
最精彩的当推葛内①的录实文章,
他为此专程到马德里来采访。

一九〇

然而唐娜·伊内兹,有鉴于此,
　为了转移这一从未在西班牙
(至少是在凡达尔人②失势以后)
　如此广为流传的名门丑话,
首先是许下(她从不白白许愿)
　几磅蜡烛奉献给圣母马利亚;
其次,她听从几位老太太的忠告,
把她的儿子从卡提斯送走了。

一九一

她决定让他采取陆路或海路

---

① 威廉·葛内(1777—1855),著名的速记新闻记者,曾报道当时英国一些著名的审判案件。
② 凡达尔人,纪元后五世纪侵入西欧的一支日耳曼族,占据了法国、西班牙,并攻入罗马。五三三年被贝利沙流击败。在历史上,凡达尔人成了破坏文化及艺术者的代称。

去游遍欧洲,以便使他的道德
再有所进益,或受到新的熏陶,
　　特别要他仿效意大利和法国
(至少一般人当时是如此取法)。
　　朱丽亚进了尼庵,寄哀于淡泊;
也许,要想知道她的真正感情,
我们最好摘录她的这一封信:

一九二

"我听说你就要遵母命远行了,
　　这很好,也很明智;但对我仍旧
是一个苦痛。我对你年轻的心
　　再无所求,我的心有苦只独受,
而且长将如是。我唯一的圈套
　　是爱你爱得太深;——呵,这儿落有
一些污迹,只怪我写得太匆匆,
我没有泪,我的眼睛只感到灼痛。

一九三

"我爱过你,现在还爱着,为了这
　　我丧失了天堂,名誉,自尊,地位,
但这一切损失我都不以为惜,
　　因为那场春梦对我是太可贵。
我敢说,没有人比我更严于自责,
　　可是,若要我指出我自己的罪——
(要不写出这一点我会很不宁),
我没有什么需要责备或求情。

一九四

"爱情对男子不过是身外之物,
　　对女人却是整个生命;男人可以
献身宫廷,军营,教堂,海船,市场,
　　有剑和袍,财富和光荣不断更替;
骄傲,声名,雄图,充满了他的心,
　　更有谁能永远占有他的记忆?
男人门路很多,但女人只有一法:
那就是爱了再爱,然后再受惩罚。

一九五

"还有多少欢娱和荣华等待你,
　　还有多少人要爱你,并使你钟情;
我这一生是完了,只剩下余年
　　来把耻辱和悲哀埋进我深心!
然而我宁可忍受这一切,而不愿
　　弃绝我这依旧沸腾着的热情;
呵,永别了,请原谅我,爱我吧,——不,
这字眼已没有意义,我很清楚。

一九六

"我的心本来稚弱,现在还如此;
　　但我相信,我能够使头脑冷静。
虽说精神消沉,我的血却奔流,
　　好像风暴过处,波浪还在翻腾;
我有颗女人的心,它偏颇、执著于
　　一个形影,对别的都无动于衷;

有如摇摆的磁针是对准北极,
我的心的跳动也只是朝向你。

一九七

"我没有话可说了,却还在犹疑,
　我没有勇气把印章按在纸上;
无奈事已至此,我该有始有终,
　反正不会有更苦的滋味可尝;
如果人能死于悲,我早该去世,
　但死神却不理可怜人的愿望;
道完这永别,我还得苟延于仕途,
还得以余生爱你,并为你祝福!"

一九八

这封短简用的镶金边的信笺,
　落着新鸦翎笔的精致的笔迹;
她的素手费了几许力量才伸到
　那烛火,像磁针般不断地颤栗,
然而她却忍住泪水,不使它流出;
　印章是朵葵花,"她永远跟着你"
这句箴言是刻在一块白玉上,
朱红的封漆也是上好的质量。

一九九

这就是唐璜最早遭受的麻烦;
　但我是否要把他的情场风波
陆续陈述下去,那就要看公众
　对他这一次的艳遇反响如何;

他们的赞许会给一个作者增光,
　　而迎合他们的怪癖却无大错。
假如我此次荣获他们的奖掖,
　　也许一年后他们就更多给些。

二〇〇

我这一篇诗是史诗,我想把它
　　分为十二章,每一章要包括
爱情呵,战争呵,海洋的风暴呵,
　　还有船长,国王,以及新的角色;
其中穿插的故事要有三起,
　　并仿照荷马和维吉尔的风格,
我正在构制着地狱的全景,
好教这一篇史诗不徒负虚名。

二〇一

这一切都要顺序地,并严格地
　　按照亚里士多德的条例而制作;
那条例是真正崇高文体的指南,
　　造就了成批诗人,和一些笨伯;
散文诗人爱无韵体,我却爱押韵:
　　一个巧工绝不嫌他的工具笨拙;
我已经有了新编的神话掌故,
和一套极出色的天外天的景物。

二〇二

有一个小小的特点,使我异于
　　我以前的那些写史诗的伙伴,

我认为,这是我所优于他们的,
　　(当然我还有其他的一些优点,
但这一点却是我的独到之处,)
　　他们都太雕琢,读来令人厌倦:
绕来绕去不离那虚构的迷宫,
而我这故事却是真实的事情。

二〇三

如果任何人对这一点有所怀疑,
　　他无妨去查历史,风土志,札记,
去查被公认为翔实可靠的报纸,
　　或剧本,如五幕剧或三幕歌剧——
这一切都能证明我言之非谬;
　　但当然,最能令人凭信无疑的
是我,和塞维尔现存的几个人,
确曾目击唐璜和魔鬼一道私奔。

二〇四

假使有一天我竟降格而写散文,
　　我要为诗坛写一篇精彩的十诫,
那无疑将顶替前此一切的论著;
　　我将把无人窥见的许多秘诀
写进那篇启示,我要大声疾呼
　　向后人训诫;这杰作可名之曰:
"朗吉那斯酒后诗话";或者称作:
"凡诗人都可自居为亚里士多德。"

二〇五

汝应皈依弥尔顿,德莱顿,蒲伯①,
  勿从华兹华斯,柯勒律治,骚塞,
须知彼为首者糊涂不可救药,
  第二是醉鬼,第三个噜苏而古怪;
诗人克莱布②或许不易于取法,
  甘培的灵感之泉似乎不够澎湃;
汝不得自塞姆尔·罗杰斯剽窃,
与穆尔的缪斯调情亦应严戒。

二〇六

汝切勿追求索斯贝③君的缪斯,
  或觊觎他的飞马,他的任何东西;
汝切勿谎言作证以陷害亲人④,
  (至少有个才女爱如此沽名钓誉;)
总之,汝不得写一切我所不许的,
  此即真批评也;谁若犯了条例,
不管你高兴与否,理应自请处罚,
不然,老天在上,我也必予以挞伐。

---

① 这一节和二〇六节,原作戏仿《圣经》文体。
  弥尔顿(见献辞第十节注),约翰·德莱顿(1631—1700)和亚历山大·蒲伯(1688—1744)是拜伦所推崇的英国诗人,后者的诗崇尚理性,风格刚劲,对拜伦的现实主义诗歌有相当影响。
② 乔治·克莱布(1754—1832),英国诗人,他的诗以现实主义的笔法刻绘了当时的英国生活,拜伦称他为"自然底最严峻的、但也是最好的画家"。
  甘培、罗杰斯和穆尔,参见"献辞"第七节注。
③ 威廉·索斯贝(1757—1833),一个平庸的英国诗人。
④ "汝切勿谎言作证……",此处似影射拜伦夫人对诗人的诬告。

二〇七

好了,如果有谁贸然说,这故事
　　是不道德的,那我要请他,第一,
既然自己没有受害,就别喊叫;
　　其次请他再读一遍,然后才可以
(当然,不会有人是如此不礼貌!)
　　说它贻害于人,尽管富于生趣;
其实在第十二章我还要指出
故事里一切坏人的最后归宿。

二〇八

但设若毕竟有些人不知自爱,
　　把我的忠告居然当做耳边风,
只凭自己邪恶的主见,不相信
　　我的诗,也信不过自己的眼睛,
而大叫"无以为训":假如他是牧师,
　　我要说他故意撒谎,耸人视听;
假如是船长,或批评家这样说,
他们当然也不对——却是无心弄错。

二〇九

我切望本诗得到公众的好评,
　　请大家相信我吧:它确有训诫;
我让你们先消遣,跟着奉上说理,

（就像婴儿要嚼环①,叫牙长快些;）
同时,请大家还别忘了:这篇史诗
　　原是作为我摘取桂冠的梯阶;
我唯恐正经人读它难为情,
还向我祖母的《英国评论》送了贿
　　金②。

二一〇

我把钱封在信里给编者寄去,
　　编者也写了正式的回信谢我——
承认他欠我一篇捧场的评论;
　　但假如他竟不顾自己的承诺,
否认收到价款,把我文雅的缪斯
　　油煎和火烧,尽量以胆汁的毒恶
涂满篇幅,而甘蜜却一滴也不见;
那我——那我只好说:我给了钱。

二一一

既已缔结了这一新的神圣同盟,
　　我想我在公众之前就绝无问题,
任何艺文、科学杂志我都敢驳斥,
　　不管是日刊,月刊,或三月一期;
当然我并不想给它们增加销路,
　　何况据它们说,我尝试也无益,

---

① "婴儿要嚼环……",嚼环是一种以珊瑚制的环,可以给婴儿当做玩具或置于口中咀嚼,以促牙齿生长。
② 《英国评论》,反动的英国杂志,拜伦讥之为祖母一代人所看的杂志。拜伦在此戏称曾向该杂志行贿,后来该杂志编者即在杂志上认真写文章否认此事。

因为堂堂的《爱丁堡评论》①和《季刊》②
早把有异见的作者骂上了天。

二一二

"当普兰科执政时,我年轻气盛,
　　我可受不了这个,"③荷拉斯如此说;
我也有同感。我征引它无非暗示:
　　若是早在六七年以前(当时我
做梦也想不到会浪迹在布伦泰④),
　　我反击起人来可不稍待一刻;
在乔治三世的时代,我火气旺盛,
要叫我忍受这类事那可不成!

二一三

但如今,年方三十我就白了发,
　　(谁知道四十岁左右又该如何?
前几天我还想到要戴上假发——)
　　我的心苍老得更快些;简短说,
我在五月就挥霍了我的夏季,
　　现在已打不起精神与人反驳;
我的生命连本带利都已用完,
哪儿还有那种所向披靡之感?

---

① 《爱丁堡评论》,一八〇二年由弗兰西斯·杰弗利等人所主办的杂志,其言论倾向惠格党,并谴责"湖畔诗派"华兹华斯等人。但拜伦的第一本诗集《闲散时刻》也受到严刻的批评。
② 《季刊》,是和《爱丁堡评论》对立的托利党刊物,支持它的有华尔特·司考特等。
③ "当普兰科执政时……",引自罗马诗人荷拉斯的《颂诗》第三首。
④ 布伦泰河,在意大利,流经威尼斯。

二一四

唉,完了,完了,——我心中再也没有
　　那清新的朝气,像早晨的露珠,
它能使我们从一切可爱的情景
　　酝酿出种种新鲜而优美的情愫,
好似蜜蜂酿出蜜,藏在心房中;
　　但你可认为那甘蜜越来越丰富?
不,它原来不是外来的,而是凭你
有没有给花儿倍增妩媚的能力。

二一五

唉,完了,完了,——我的心灵呵,
　　你不再是我的一切,我的宇宙!
过去气概万千,而今搁置一边,
　　你已不再是我的祸福的根由;
那幻觉已永远消失:你麻木了,
　　但这也不坏,因为在你冷却后,
我却获得了许多真知灼见,
虽然天知道它来得多么辛酸。

二一六

我谈情的日子完了;无论多迷人:
　　少女也好,夫人也好,更别提寡妇,
已不能像昔日似的令我痴迷——
　　总之,我过去的生命已不能重复。
对心灵的契合我不再有所幻想,
　　红葡萄酒的豪饮也受到了劝阻;

但为了老好先生总得有点癖好,
我想我最好是走上贪财之道。

二七

"雄图"一度是我的偶像,但它已在
　　"忧伤"和"欢娱"的神坛之前破碎;
这两个神祇给我遗下不少表记,
　　足够我空闲的时候沉思默对;
而今,像培根的铜头①,我已说完:
　　"现在,过去,时已不再";青春诚可贵,
但我宝贵的青春已及时用尽:
心灵耗在爱情上,脑子用于押韵。

二八

声名究竟算了什么?那不过是
　　保不定在哪儿占一小角篇幅,
有的人把它比作登一座山峰,
　　它的顶端同样是弥漫着云雾;
就为了这,人们又说,又写,又宣讲,
　　英雄豪杰厮杀,诗人"秉着夜烛",
好等本人化为灰时,可以夸得上
一个名字,一幅劣照,和更糟的雕像。

---

① 罗杰·培根(1214—1294),英国哲学家,也精通自然科学,被时人认为是魔法师。传说他制造了一个能说话的铜头,有一夜,在它说过"现在"、"过去"、"时已不再"三句话后,即自行粉碎。

二一九

人的希望又是什么？古埃及王
　基奥普斯①造了第一座金字塔，
为了他的威名和他的木乃伊
　永垂不朽，这塔造得最为高大，
可是他没有料到，他的墓被盗，
　棺材里连一点灰都没有留下。
唉，由此可见，无论是你，是我，
何必还要立丰碑把希望寄托？

二二〇

然而，由于我一向爱穷究哲理，
　我常自慰说："呜呼！生如白驹过隙，
此身乃是草芥，任死神随意收割；
　你的青春总算过得差强人意，
即使照你的心愿能再活一遍，
　它仍将流逝，——所以，先生，该感激
你的星宿，一切情况总算不太坏：
读你的《圣经》吧，照顾好你的钱袋。"

二二一

可是现在，敬爱的读者！以及

---

① 基奥普斯，约纪元前二九〇〇年的埃及国王，他造了最大的金字塔。据希腊史家希罗多塔斯记载：他使用三十六万民工，用了二十年时间，筑起一座六百万吨石头的金字塔以储藏其尸体，并设以曲折而诡秘的小径，从外观上完全看不出入口处，但尽管如此，"当肖君进入这幽暗的墓穴时，无论在石棺或地道内，都未见有基奥普斯的一根骨头。"（1818年4月《季刊》载）

更敬爱的主顾！诗人——就是我——
必须和您握手告别了：再会吧，
　　敬祝您的身体健康，一切绥和。
假如彼此称心，咱们还会再见，
　　若是话不投机，我这一点货色
足够您受了，我再不敢多打扰——
　　但愿别人也能这么自爱才好！

＝＝＝

　　"去吧，小小的书，离开我这幽居！
我把你掷在长河上，任你漂流。
　　你若是真如我所料，曲高和寡，
多年以后，世人仍将把你珍留。"
　　既然骚塞都有人读，华兹华斯
都有人懂，我难免要一试身手！
　　但前四行①句句是骚塞的大作，
那不是我的，请读者万勿弄错！

---

　① 前四句诗引自骚塞所作《桂冠之歌的跋诗》最后一节。

"别了,别了!我的故乡。"

第 二 章[①]

一

哦,纯朴的弱龄学子的教育家!
  无论在英、法、荷、西班牙或德国,
我请求你们要动辄鞭打学生,
  别管多痛,那有益于他们的道德;
请看唐璜就是例子:最贤的母亲,
  最好的教育,他竟然一无所获;
说来很奇怪,真不知什么缘故,
他连人的至宝贞操都保不住。

二

若使他进入公立的学校读书,
  比如说上三年级,甚或四年级,
平日的课业足够叫他意兴消沉,
  至少,假如他是在北方被抚育;

[①] 本章于一八一八年十二月十三日至一八一九年一月二十日写于威尼斯。和第一章同时发表于一八一九年七月十五日。本章中有七十多节是描写海船遇难及沉没的,拜伦在给友人莫瑞的信(1821年8月23日)中说,"对于海船失事描写的指责,我想我在几年前已向你和郝布霍斯先生说过,其中没有一个情况不是取之于事实的;确实,并非取自一次失事,而是全部取自多次失事的确切事实。"经人指出,许多细节来源于达尔泽尔的《海船的沉没和遇难》(1812)、威廉·布赖的《恩赐号船员叛变记》(1790)、《著名的海船失事记》(1813)。

西班牙或许独处于成规之外,
　　这也从反面证明了成规有道理——
唉,十六岁的孩子就惹起人离婚,
　　这当然教他的老师非常纳闷。

三

我倒不认为这件事如何费解,
　　假如你把这一切合计一下:第一,
他有个数学头脑的母亲,她是——
　　别管什么吧;老师蠢得像只驴;
一个漂亮的女人(当然少不了,
　　要不然这类丑事又何从谈起);
一个够老的丈夫和他的娇妻
不够和睦——再加上时间,良机。

四

好,好;这世界总得绕轨道运行,
　　是人都得跟着转,不管头脚倒正。
我们活一阵,死去,恋爱和纳税,
　　风转向时,我们也跟着转帆篷;
我们由国王治理,由牧师教导,
　　由庸医诊治,然后就一命告终;
全不过一会儿:爱情,美酒,雄心,
信念,战斗,尘土,——也许一个声名。

五

我说过,唐璜被送到了卡提斯,
　　我记得,那是个美丽的滨海城,

109

殖民地的贸易(至少是在秘鲁
　　知道反抗以前)都在那儿集中;
那儿的女子多美!呵,多么标致!
　　只看那步履就叫你血液沸腾,
我不会形容,也想不出好比喻,
　　呵,太动人了,简直是无可比拟:

六

一匹阿拉伯骏马?一只挺秀的鹿?
　　初驯的巴巴利①马?小羚羊?长颈鹿?
不,这全不像!还有她们的服饰!
　　她们的面纱,裙子,——若都要写出,
那就整整写它一章也不为过。
　　还有她们的脚踝,那一双秀足!
谢谢天吧,幸亏我说不出好比喻,
(所以,我冷静的缪斯呵,沉住气!

七

贞洁的缪斯呵,——好,你不愿多说,
　　那就随你)——有时玉手把面纱一撩,
露出那水晶晶的勾魂的眼睛,
　　直射入你心窝,立刻使心变成了
爱情的热带!呵,要是我把这忘记,
　　那就让我——够了! 快说我的祷告。
但哪有一种衣服让眼睛透过它
可以如此饱餐?就像威尼斯面纱②!

---

① 巴巴利,北非伊斯兰教国家总称。
② 实即小手帕,这种面纱在圣·马可(即威尼斯。——译者)很流行。——拜伦注

八

但还是书归正传:唐娜·伊内兹
　　把儿子送到卡提斯只是为着
让他搭船,而不是让他待下去,
　　为什么不能待?恕我不想多说,
反正这年轻人是要远涉重洋,
　　仿佛要使他断绝尘世的罪恶,
那只西班牙船就是挪亚的方舟①,
把他像一只希望之鸽给带走。

九

唐璜叫仆从照吩咐打好行李,
　　然后领受了母训和一些盘缠,
他将要飘游海外四易其寒暑,
　　伊内兹虽然难过(当然不可免:
生离死别总归刺心),还是切望
　　(甚至相信)他的德才日益改善,
她还送给他一纸(他没读下去)
案头规谏,和几笔提款的字据。

---

① 挪亚的方舟,见《圣经·创世记》。据说上帝因见人世罪恶,后悔创造了它,便使洪水泛滥,毁灭天下。唯有挪亚在他的眼前蒙恩,上帝预先叫他造一只方舟避难,并将世上的飞鸟、牲畜、昆虫各选一对带到舟上。洪水泛滥后,连高山都淹没了,凡地上的生灵都死了,只留下了挪亚方舟里的生物。水退后,挪亚从舟中放出一只鸽子,鸽子衔回一片新橄榄叶子,挪亚因此知道地上的水退了。过七天再放出鸽子,鸽子不再回到船上,便知地面已干了,于是挪亚一家及各种动物便重返地上生活。"希望之鸽"指由鸽子带来了希望。

一〇

这期间,为了打发寡母的时日,
　　坚强的伊内兹办了所圣经学校,
专为训导那些甘愿充当魔鬼
　　或蠢材的儿童(败类都爱邪道),
三岁的娃娃礼拜天都来就学,
　　顽劣的罚坐高凳,或者受鞭教:
一定是唐璜的教育极为成功,
所以鼓舞了她培养另一代儿童。

一一

唐璜登上了船,海船开始航行,
　　虽说是顺风,海浪却异常汹涌;
那海湾我很熟悉,因为常经过,
　　那轩然大波真像有魔鬼在翻腾。
只要你站在甲板上,飞溅的浪花
　　就直打到脸上,打得脸皮粗硬;
他站在那儿一再向西班牙告别,
呵,这是第一次——也许竟成为永诀。

一二

当一个人看着自己熟悉的乡土
　　隔着茫茫的波涛,渐远渐隐去,
这情景,我承认,够令人难过的,
　　特别是初登仕途,更会别情依依;
我记得,大不列颠的海岸是白的,
　　而异方的海岸却不是一览无余,

它越远越神秘,泛着一片蓝色,
望着望着,你就已寄身于海波。

一三

唐璜站在甲板上,也同样迷惘,
　　风在呼啸,水手们正拉帆、咒骂;
船吱扭地响,城市变成了黑斑,
　　他们正迅急而顺利地离开它。
要想不晕船,先生,最好吃牛排——
　　不要嗤之以鼻吧,请试试这办法:
这是真的,我行之颇为有效,
既然我可以,我想您也能办到。

一四

唐璜站在船尾上尽自眺望,
　　他的祖国西班牙已越来越远;
初别故土的滋味的确够苦涩,
　　连举国出征的士兵都有此感;
有一种难以言传的关切之情,
　　一种突然的震动使柔肠寸断:
即使那人与地都叫你最讨厌,
你仍会痴痴地望着教堂的顶尖。

一五

然而唐璜却处处都难割难舍:
　　有母亲,情妇,可喜又没有发妻,
所以他比久历仕途的许多人
　　有更充分的理由感到悲戚;

假如说,我们与人争执而散了伙,
　　有时候都免不了要叹一口气,
管保我们要为心爱的人一哭——
　　除非是悲伤已极,把泪水噎住。

一六

因此唐璜哭了,像被俘的犹太人①
　　坐在巴比伦河岸,想着郇山落泪;
我也想同恸一场,但这不是哀诗,
　　而况为这点愁绪也不必心碎:
年轻人得旅行,至少寻寻开心,
　　而等下次他们的仆人在马车背
捆上他们新的手提箱的时候,
　　也许我这一章就裱糊在里头。

一七

但唐璜哭了,他沉思而又叹息,
　　他的苦泪落入了咸涩的海水:
呵,"美者益增其美"②,一点不假,
　　(请原谅吧,我太爱拾人牙慧;
这原是丹麦王后以鲜花散在
　　奥菲利娅坟上而发出的感喟。)
他时而哽咽,想到目前的处境,

---

① "像被俘的犹太人……",见《圣经》。耶路撒冷的犹太人,曾被俘至巴比伦(纪元前603—前536)。"诗篇"第一三七篇中记载:"我们曾在巴比伦的河边坐下,一追想郇山就哭了。"郇山是耶路撒冷的圣山。
② "美者益增其美",见莎士比亚悲剧《哈姆雷特》五幕一场。奥菲丽亚是丹麦王子哈姆雷特的恋人,因失恋而投河自杀。这句引语是丹麦皇后在她坟前散花时的吊辞。

他就郑重决定了要改过自新。

一八

"别了,我的西班牙,长久别离了!"
　　他叫道,"也许我从此见不到你!
也许我像那多少游子的心灵
　　因为思念你的海岸而黯然萎靡。
别了,瓜达尔奎弗河边的故园!
　　别了,母亲! 既然从此各自东西,
那么也别了,亲爱的朱丽亚!(说完,
他又拿出她的信默读了一遍。)

一九

"我可以发誓,我若是对你忘情——
　　但这是不可能的,我绝不会变,
除非这蓝色的海水都化为气,
　　除非是陆地变成海,海枯石烂,
那我也忘不了你呀,我亲爱的!
　　只有你的倩影留在我的心间;
有什么药方能医治人的心病?
(这时船突地一摇,他开始恶心。)

二〇

"除非是天塌地陷——(他更晕了)。
　　朱丽亚呵,还有什么叫人更悲伤?
(看在上帝面上,快拿一杯酒来!
　　彼得洛,巴蒂斯塔,扶我下船舱。)
朱丽亚,我的爱——(混蛋,快来扶我!)

呵,朱——(这该死的船摇得好心慌。)
请听我的恳求,亲爱的朱丽亚!"
(这时他已恶心得说不出话。)

二一

他感到内心深处(更确切地说,
　是在胃里)凄凉而沉重,这种病
唉,连最精的医术也束手无策,
　常起因于失恋,或朋友的负心,
或伴着我们心爱人的死以俱来,
　他死了,也死去了我们一部分;
他本来有更多的凄酸的情意,
但大海却是太强烈的呕吐剂。

二二

爱情真具有奇异莫测的力量,
　他撑得住由他自己引起的高烧,
可是一点伤风咳嗽就难受得很,
　扁桃腺发起炎来更不易除掉;
一切高贵的宿疾他都顶得住,
　而小小的不舒服他却受不了:
打一个喷嚏会打断他的轻叹,
他已瞎的眼睛最怕红肿发炎。

二三

但最糟是呕吐,或大肠的绞痛,
　爱情本来最有风致,豪情满怀,
用热手巾来治疗可不太适宜,

因为那就堵得他呼吸不自在；
清泻药也很不利于他的统治，
　呕吐就是死亡；幸而唐璜的爱
是完美的，所以能镇住他的胃部，
否则风浪那么大，怎能不呕吐？

二四

这只船名叫神圣的纯尼达达，
　它有定期去意大利的航线，
雷格亨是它的最终的港口；
　那儿，早在唐璜的父亲出生前，
就定居着西班牙世家蒙卡达，
　他们彼此是亲戚，所以在行前
人们还塞给唐璜一封介绍信，
嘱咐蒙卡达关照这个年轻人。

二五

他带着三个仆人和一位教师，
　这位教师就是硕士彼得利娄，
他能流畅地操好几国语言，
　现在可病恹无言地靠着枕头；
船不断摇荡，他只盼望着陆地，
　每个浪头都叫他头疼得难受；
从舷窗渗进的海水把他的床
弄得有些湿，也使他的心发慌。

二六

这不是没有理由的，因为风

117

到夜晚变强烈,愈吹愈凶猛;
　这对航海的人算不了什么,
　　但陆地的子民就要脸发青。
水手们的确是另一种族类,
　　日落时他们开始收起帆篷,
因为那天空看来很是险恶,
也许要吹走桅杆或是什么。

二七

在午夜一点钟,风力突然一转,
　　把船摆进了波浪之间的槽穴,
浪头猛击船尾,打破了一个口,
　　后船柱和骨架都被打得松裂,
可是,还没有等船越过险境,
　　船尾的方向舵又和它告了别;
这时船里的积水已有四英尺高,
应该赶快抽水,不管是否有效。

二八

一群人立刻被派去摇抽水机,
　　其余的人赶到船舱,忙着动手
把货物和其他等等都搬开来;
　　但他们一时摸不到那个裂口,
最后倒是摸到了,未免有些迟,
　　谁也不敢说他们是否能得救,
因为海水涌进来实在太迅速,
他们把床单,衬衣,成捆的棉布,

二九

都投向裂口；但无论这些杂物，
    或是他们的妙策和努力也好，
都不会使他们免于葬身鱼腹，
    若不是有那些套抽水机效劳；
我高兴能向航海的弟兄推荐：
    它每小时能把五十吨水排掉；
请想吧，全船都难保命，若不是
由伦敦的厂商曼恩君把它承制。

三〇

天亮以后，天气看来有些好转，
    他们想各种办法来缩小缺口，
好使船不致下沉；但三英尺的水
    已足占住抽水机和许多人手。
风又刮起来了，天近黄昏时，
    怒号的狂风把一些炮给吹走；
它越刮越猛，真难形容那凶险！
一阵风竖起船梁，眼看就要翻，

三一

船身就那样倾斜着，动也不动；
    积水从船舱流出冲洗着甲板，
这惊危的场面真叫人终生难忘：
    因为不论战争、火灾，或是沉船，
总之一切能使人悲哀，或打碎
    他的希望、心灵或颈骨的患难，

他都忘不了;因此,泅过水的人
也总爱把险遭没顶的事谈论。

三二

水手们立刻动手砍断了桅杆,
　先砍掉后桅,以后主桅也砍断,
但船身仍斜立得像一块木桩,
　好似对人们的意图故意刁难。
最后他们又砍下前桅和牙樯,
　情况才好转,(虽然是有违心愿,
因为船上的配件被砍得一空!)
以后破船猛一摇,船身又摆正。

三三

不难想象:这种种混乱的局面
　很使人不安,因为对旅客来说,
无论误了一餐,或者丧失性命,
　这意外的损失都是非同小可。
连干练的水手想到末日来临,
　也不免有失常态,居心要闯祸:
因为他们每遇到船翻的时候,
总要喝酒,有时用桶喝一个够。

三四

当然,镇定心神的最良的药剂
　莫过于酒或宗教;因此在船上
有人抢,有人喝酒,有人唱圣诗,
　构成最高音的是狂风的歌唱,

嘶哑的海涛击着节拍,而恐惧
　医治了旅客的倒霉的呕吐狂;
请听吧,哀哭,祷告,詈骂,诅咒,
和大海的怒号交织成大合奏。

三五

若不是唐璜,恐怕还要闹乱子,
　他虽年纪轻轻,却会随机应变:
他手拿两支枪把住酒窖的门,
　吓得闹事的水手不敢闯上前,
仿佛死神站在火门里,就比那
　水门的更可怕;任你流泪、叫喊,
他只是不理;但水手们却认为
要淹死也得先喝它一个烂醉。

三六

"多拿酒来喝呀,"他们纷纷喊道:
　"一个钟点后,反正都没有两样!"
"不行!"唐璜说,"虽然我们都要死,
　但该死得像人,别学野兽的下场。"
他就如此守着那危险的岗位,
　总算没有人愿意惹得他开枪。
连他最尊敬的老师彼得利娄
白白求了半天也没沾上一口。

三七

这位老好先生实在气愤已极,
　不禁仰面朝天,高声发出哀呼;

他忏悔一切,并且沉痛地发誓:
　　坚决改过自新,绝不再误入歧途;
只要这次脱了险,任魔鬼诱惑,
　　他也绝不再离开学院的职务。
唉,在沙拉曼卡寺院多么自得!
何必跟着唐璜跑,像个桑丘①。

三八

但现在,又有一线希望闪过来,
　　天亮了,风息了,虽然没有桅杆,
裂口也扩大,但船还是漂浮着,
　　周围都是浅水,只是看不到岸。
他们又拼命地绞动着抽水机,
　　虽也无用,但这时阳光闪了闪,
有的人高兴得用手去戽水,
病弱的补帆,有力的人抽水。

三九

他们把帆布从船底下拉过来,
　　这样做,暂时的效果倒还不差;
但船上既没有桅杆,又没有帆,
　　还留个窟窿,叫他们有什么办法?
当然没有法子也得挣扎到底,
　　反正不必忙于叫这破船沉下;
固然啦,人活着终归要死一回,
但死在利翁海峡却不太有味。

────────

① 桑丘,跟随骑士堂·吉诃德行侠漫游的随从。

四〇

在那儿,风浪正把船猛力颠簸,
　他们不由自主地随着风漂泊;
一连几日的搏斗教人疲于奔命,
　哪里顾得到做应急的桅和舵?
所以他们也不使舵了,连这船
　能否再漂浮一小时也很难说;
真幸运,它倒一直漂浮在水上,
当然并不很像鸭子的游荡。

四一

事实上,风力也许是减弱了,
　但破船随风浮摆得勉勉强强,
已难持续更久;他们的困窘
　还在增加,因为淡水快要用光,
能够充饥的食物也不多了,
　他们不断地举镜向远方瞭望:
但既看不到陆地,也不见帆影,
只见波涛滚滚,和夜幕的降临。

四二

天气又变得险恶,风吼吼地吹,
　前后的船舱都灌进了海水,
人们眼看着大祸临头:大多数
　听天由命,有些人则见义勇为,
直弄到抽水机的链条和皮带
　都断的断,破的破,全船尽毁,

只好任其漂流,靠波浪发善心,
但这善心呵,岂不像内战的人们?

四三

终于,木匠的两只粗眼含着泪
　　来见船长,说他再也无能为力,
这经历了多少风涛的老木匠,
　　假如竟脆弱得像女人般哭泣,
那不是出于恐惧,而是因为他,
　　唉,可怜的人!还有妻子和儿女,
对于快死的人,这两桩事情
的确叫人心里不容易安宁。

四四

这只船显然从船头迅速下沉;
　　现在,一切尊卑贵贱都已不分,
有的又跪下喃喃地祈祷,许下
　　不少蜡烛的愿给他们的护神
(但无人付款);有的在船头瞭望;
　　有的拉出小艇来;还有一个人
请求彼得利娄给他读经赦罪,
他一阵迷惘,狠狠骂了声"见鬼!"

四五

有的人卧在吊床上叫人鞭打;
　　有人好像去赶市集,盛装华服;
有人咬牙切齿诅咒他的出生,
　　一面揪着头发,一面号啕大哭;

有人继续做着已做的事情——
　　把小船弄出来,因为他们清楚:
一只不漏的小船能经住风波,
除非是巨浪卷回来把它吞没。

四六

最糟糕的是:在这种情况下,
　　经过了连续几天的困苦灾难,
已经很难拿出足够的食物
　　使人们的痛苦稍为减轻一点;
人在临死前也不愿亏损肚子,
　　但存粮已被风浪毁了大半,
只剩下两桶饼干和一桶黄油
可以放在小船里被他们带走。

四七

但在快艇里,他们设法储备了
　　几磅已然遭到水浸的面包,
一大桶约有二十加仑的淡水,
　　还有六瓶酒;此外,他们想打捞
舱里的部分牛肉,而侥幸遇上
　　一块猪肉:总共就是这许多了,
很难供小艇的人们饱餐一顿;
当然还有甘蔗酒,大约八加仑。

四八

别的帆船和快艇在一起风时
　　就被风浪摧毁了;这只快船

也只能说是处境非常狼狈,
　　它只有两条毯子当做篷帆,
还有一支桨,是被一个少年人
　　侥幸由大船投下的,权作桅杆;
两只小帆船当然连一半人数
都容不下,更谈不到储备食物。

四九

到黄昏了,这阴沉暗淡的白昼
　　在茫茫的海上沉没;像个面幕,
揭开它就见虎视眈眈的凶颜
　　正面对着你:黑夜就如此暴露
在他们绝望的眼前;一片漆黑
　　把苍白的脸和荒凉的海遮住。
呵,他们和恐惧相处了十二天,
现在才看见死亡就站到眼前。

五〇

大船上有人想试做一只木筏,
　　但在这汹涌的海上岂不白搭?
这种事情本来能教人好笑,
　　要是在这时还能笑出来的话;
当然,除非是喝了太多的酒,
　　半是癫痫,半是兴奋得可怕,
那准能发出一种粗野的狂笑——
但这种人若能活,只有天知道!

五一

在八点半,帆桅,吊杆,鸡笼,圆木
　和凡能浮起的东西都扔到海中,
说不定会帮助落水的人漂浮,
　但他们挣扎一阵也终于没顶;
天空一片漆黑,除了几点星光,
　小船载了过多的人向外划行。
大船倾斜一下,接着左舷歪倒,
最后头向下坠———一句话,沉了。

五二

于是永诀的哀号彻响在海上,
　胆小的尖叫,胆大的静静站着;
有人恐怖地哀嚎一声跳下海,
　好像急于投奔他的葬身之所;
而大海像地狱似地张开口,
　破船就和水的漩涡一起沉没,
这好似一个人扭着仇敌厮打,
在自己死前,也要将敌人扼杀。

五三

起初是冲上云霄的一片尖叫
　有如霹雳一声雷在海上回荡,
甚于海的狂啸;接着一切死寂,
　听到的只有狂风和无情的波浪;
但间或还有孤凄的一声嘶喊
　伴着偶尔一阵搅动水的音响,

呵,那必是一个壮汉还在漂浮,
由于灌了海水而痛苦地哀呼。

五四

两只小船,如前所说,早划出去,
　在拥挤的船上也有几个水手,
但眼前的希望并不比大船多,
　因为狂风仍旧一个劲地怒吼,
要想达到岸沿岂非十分渺茫?
　何况人又太多,实则又太不够——
小船有九个人,快艇有三十个,
他们在出发以前曾这样数过。

五五

其余的都死了,约有二百灵魂
　脱离了躯壳;但最可慨叹的是:
有些葬身在海底的天主教徒
　要等几星期才能有弥撒仪式
为他们炼狱的火①减一块煤炭;
　因为,唉!除非确知道人已去世,
活人总舍不得把钱为死人花——
要花三个法郎才做一次弥撒。

五六

唐璜挤上了快艇,并且又设法

---

① 炼狱,据天主教称,人死后入炼狱,经历一些痛苦的折磨以便将生前的罪恶除净,然后灵魂可以飞升。

给老师彼得利娄也找到地方；
看来好像他们已互换了职责，
　　因为唐璜摆出了一副官相
颇能安定人心，而彼得利娄
　　两眼却不断哀诉自己的苦况。
巴蒂斯塔呢，(短名也称为蒂塔，)
竟为了伸手拿酒而葬身鱼虾。

五七

他也想援救他的仆从彼得洛，
　　但同样的原因送了他的性命：
他喝得太醉了，想跨上小船边，
　　不料一脚迈进海波，幸或不幸，
他找到一个水酒交融的归宿；
　　他们无法救他，虽然离得很近，
因为波浪每分钟变得更凶猛，
而小船上早已挤得水泄不通。

五八

他父亲的一只长耳朵小狗
　　唐璜一直携带着在海上旅行，
"爱人及物"，您当然可以想得到——
　　这只狗站在破船边吠个不停，
无疑，(狗都有如此智慧的鼻子！)
　　它嗅出了这只大船已经不灵，
唐璜一把抓住它，没等它挣开
就扔进快艇，接着他也跳下来。

五九

他还把钱尽可能地掖在周身,
　也掖一些在彼得利娄的身边,
这位老师已经茫然不知所措,
　一切都乖乖地听任他来管;
每一个浪波都叫他惊惶万状,
　但唐璜却相信能渡过这难关;
他认为每种灾祸都必有救星,
所以才把老师和小狗带上快艇。

六〇

是一个险恶的夜,风吹得很紧,
　船行在两浪之间就静止不动,
虽然在浪头高处风力劲急,
　张帆很险,人们也不敢收篷;
每个浪头都从船尾卷上水,
　把人和希望打得又湿又冷,
他们不停地戽水,没歇下一刻,
但可怜的小船很快就沉没。

六一

又是九个灵魂随着它去了!
　只有快艇继续浮着,用一桨
作桅杆,两张毯子缝在一起
　勉强作帆,紧紧捆在那桨上;
每个浪头都几乎要灌满船,
　这危险真超过以往的情况;

他们为小船的人淹死而难受,
也心疼那两桶饼干和黄油。

六二

初升的太阳火一般红,预告着
　一定还有大风暴,目前能做的
只有迎着奔腾的巨浪向前冲,
　也许能够挨过这险恶的天气;
每个人喝了几羹匙酒和甜酒,
　都有些头晕目眩,而为了充饥
就只有袋里湿得稀烂的面包,
至于衣服,那都已成了破布条。

六三

总共三十人挤在小小的空间,
　没有动转余地,驾驶更谈不上;
他们也力求改善:互相轮着班
　由一半人数躺在自己的地方,
其余的就坐着,半身浸得麻木,
　半身发着烧;全船的人就这样
像患隔日疟似地打着寒战,
没有大衣,身上盖的只有青天。

六四

是生之渴望使生命延续了下来;
　医生治病也时常遇到这种情况,
假如病人没有朋友或妻室之累,
　病得怎样危险也总不至于死亡;

因为他有所期望,命运女神①的
　　刀或剪子就不会勾引他的幻想,
只有对痊愈灰心才真损害寿命,
　　那就使人生的磨难短促得可惊。

六五

据说领养老金的比其他的人
　　活得更长久——天知道什么缘故!
有人确是寿比南山,永远不死,
　　我想是为了折磨那出钱的主:
在债主之中就数犹太人缺德,
　　他们借钱的方式真叫人不舒服,
我从前好不容易向他们告贷,
因此,我觉得要还钱也不自在。

六六

快艇上露宿的人们也不自在,
　　他们全靠对生命的热爱而活着,
不管风吹雨打,他们像是岩石
　　承受着难以相信或想像的折磨;
请想想看:水手的命运一直很苦,
　　最古远的如挪亚方舟的漂泊,
它所运载的人和货都很奇特,
有如古希腊的那只海船阿葛②。

---

① 命运女神,据罗马神话,命运女神共有三姐妹,最幼者手执卷线杆,掌管人初生的一刻;二姐用纺轴纺出人一生的事情;大姐则用剪子剪断人的生命之线。
② 阿葛,见第一章八六节注。杰孙乘船(船名阿葛)去寻找金羊毛,由于美狄亚的帮助而获得了它。

六七

但人是肉食动物,必须用餐,
　而且每天至少吃一餐果腹,
他不能像山鹬似的只靠喝水,
　而必须杀生,有如鲨鱼和老虎;
虽然他的体质也能容许素食,
　但三天不知肉味就不免叫苦。
不信问劳动人民,他们准认为:
牛肉呵,羊肉呵,更有益于脾胃。

六八

我们不幸的水手也正是这样。
　因为第三天忽然息了风涛,
这使人舒一口气,好像给他们
　疲惫的身子涂上了一层香膏;
他们像海鳖似的在海面昏睡,
　但醒来时胃里却酸楚得难熬,
于是像饿鹰一般都去扑食粮,
再也不精打细算地把它贮藏。

六九

这结果不难推想,他们不仅仅
　喝光了酒,而且把一切都吃掉,
那么,第二天还有什么可吃呢?
　关于这,谁愿意听人谆谆劝告,
都妄想天会起风,(愚蠢的人们!)
　并把船吹到岸;这算盘倒很好,

但既然只有一支桨,又不牢固,
还不如好好节省一下食物。

七〇

到了第四天,水上不见一丝风,
　　海洋安睡得像吃奶的乳婴;
到第五日,小船还在原处浮着,
　　水天一色,蔚蓝,澄澈而平静;
他们只有一支桨,(但愿有两支!)
　　怎么办呢?腹中的饥火熊熊,
于是唐璜的狗,也不顾他恳求,
就被杀死,每人分吃了一块肉。

七一

第六天他们吃掉了小狗的皮,
　　唐璜因为是他父亲的爱犬,
一直不忍以它来果腹,但现在
　　感到嘴里淡得和饿鹰一般,
终于半带悔恨地接受了前爪,
　　这拿给他吃还是很大的情面;
他把一半分给老师,彼得利娄
一口就都吞下了,还很嫌不够。

七二

第七天仍没有风,火热的太阳
　　把皮肤烤起了泡;他们在海上
像死尸似地摊着,动也动不了,
　　只有盼望刮风,但这却很渺茫;

淡水,酒和食粮都已吃完了,
　　他们面面相觑,眼睛闪出凶光:
那是豺狼的眼呵,其中透露着
吃人的欲望,虽然谁也不明说。

七三

终于有人向同伴小声叽咕着,
　　同伴又传同伴,如此话就传开,
最后变成了七嘴八舌的议论,
　　绝望而激动,顾不得任何危害;
因为当每个受苦人看到伙伴
　　把自己压抑的思想说了出来,
大家就一致叫嚷要抽签决定
谁该死掉以充当同伴的食品。

七四

可是那天在面临这一步以前,
　　他们先分食了破皮鞋和皮帽,
以后就四周望望,感到很灰心,
　　因为谁都不愿意自己牺牲掉;
终于还是撕了张纸做成阄儿——
　　但缪斯必震惊于所用的材料:
因为没有纸张可用,他们竟然
强迫唐璜交出朱丽亚的信笺。

七五

阄做好了,写上名字,混合起来,
　　每人在沉默的恐怖中抓了一个,

135

这邪恶的勾当本来由饥火引起,
　　人们因此反忘了那啮人的饥饿;
也并不是有谁筹划这类事情,
　　而是不谋而合地被情势所迫;
没有一个人能够处身签外,
不幸唐璜的老师中了头彩。

七六

他只请求用抽血的方法死去,
　　一个外科医生正好带着器具,
就给彼得利娄放血,他缓缓地
　　停止了呼吸,不知几时断的气。
他终其一生是个好天主教徒,
　　像大多的教徒,始终笃信不渝;
临死前他还吻了吻小十字架,
然后引颈伸腕,等待针来扎。

七七

因为没有手术费能付给医生,
　　大家让他先挑一块可口的肉,
可是,当时他却是渴得要命,
　　所以宁愿对着血管痛饮一口;
有些部位大家分食了,也有些
　　例如五脏和脑子,都往海里投——
两条鲨鱼倒赶上美餐了一顿,
但水手们吃掉了其余的部分。

七八

大家吃了彼得利娄。只有几人
　　对于荤腥的肉食不那么嘴馋,
其中也有唐璜,他上一回既已
　　谢绝了吃他的爱犬,现在,当然,
也不至于感到食欲有所增进;
　　他们的灾难固然已达到极点,
可是你怎能期望他和水手们
把自己的牧师兼老师大嚼一顿?

七九

他不吃倒好了,因为事实证明
　　结果很不祥。凡是把彼得利娄
狼吞虎咽的人(这是多么渎神!)
　　都发癫狂,口吐白沫,全身颤抖,
又是打滚,又乱揪自己的头发,
　　喝起海水来就像一个小山沟;
他们切齿诅咒,嘶喊,尖叫,哭嚎,
又笑得像鬣狗,然后郁郁死掉。

八〇

这一来,他们的数目大为削减,
　　天知道,剩下的人已经够消瘦;
有的人失去了记忆,这倒也好,
　　还感于当前危难的才最难受;
但也有人打算再解剖一次,

仿佛上一次的教训还嫌不够：
那些死去的人所以病得发疯，
还不就是因为吃错了荤腥！

八一

这次他们在盘算船长的助手，
　　因为他最胖；但他却救了自己：
除了因为他不喜欢这种结局，
　　此外还有些因素，那就是，第一：
他最近一直感到身体违和，
　　其次，拯救他的最主要的凭据，
是在卡提斯时由一些娘儿们
共同捐送给他的一件小礼品。

八二

可怜的彼得利娄还剩些皮肉，
　　但吃得很经济，——有的人胆小，
有的人仍节制着自己的食欲，
　　或者只偶尔用它作一顿夜宵；
大家都吃了，只有唐璜克制着，
　　只拿竹片或铅块在嘴里咀嚼。
他们以后捉到了海鹅和海鸥，
这才不再惦记吃死人的尸首。

八三

如果您认为彼得利娄的遭遇

太触目惊心,请想想乌戈里诺①
在斯文地讲过自己的生平后,
　　也竟吃起敌人的头来! 如果说,
在但丁的地狱里敌人可当食品,
　　那么在海上吃朋友也未为不可;
何况是碰到了船破粮绝的情形,
　　这恐怖的描述并没有超过但丁。

八四

当天夜里下了倾盆的大雨。
　　他们张着嘴,像在久旱的夏天
被炙烤成龟裂的土地,
　　人不苦渴怎知道清水的甘甜!
假如你到过土耳其或西班牙,
　　或者和饥饿的水手共一条船,
或者听过沙漠里骆驼的铜铃,
　　你必向往真理之所在:一口井②。

八五

大雨滂沱,但他们饮不到什么,
　　终于有人找到了一块破床单,
把它当做海绵似的容纳雨水,
　　一待他们估计雨水已经接满,
就用手拧它;虽然对于挖沟人

---

① 乌戈里诺,在但丁著《神曲》"地狱篇"第三十三歌中讲述了他的生平。他是十三世纪意大利人,皮萨的伯爵,由于争权而屡结外敌,终于在一二八八年被政敌投入塔中,和他的两子两孙都饿死在那里。
② "真理之所在:一口井",古希腊有一句谚语"真理是在井底",据称是哲学家赫拉克利特或德谟克拉特所说的。

这点水不及一瓶啤酒那么甜,
可是这全船上的人却觉得
有生以来不知饮水如此快乐。

八六

他们以烤焦的、裂得出血的唇
　去吸引水分,好像是饮着琼浆,
他们的舌头黑肿,喉咙像火炉,
　好似地狱里的富翁渴得发狂,
白白向乞丐求乞,却也得不到
　一滴甘露,而那时喝一滴水多像
进入了天堂!——哈,如果此事当真,
有些基督教徒可算有了靠身。

八七

在这一船悲惨的漂泊者之中,
　有两人是父亲,都各带着儿子,
有一个儿子较为壮大而结实,
　他却先死了,在他停止呼吸时,
身旁的伙伴把这告诉他父亲,
　而父亲只看一眼说:"天意如此!
我又奈何?"他看着他被投入海里,
既没有一滴眼泪,也没有叹息。

八八

那另一个人的孩子体质较弱,
　柔嫩的面颊,看来也眉清目秀;
他倒撑得久些,对不幸的命运

他一直心平气和地默默忍受；
话说得很少，只有时勉强一笑，
　好像要给父亲心上的那石头
减少些分量，因为父亲的悲戚
已愈积愈多：眼看要永远分离！

八九

做父亲的俯着身殷殷望着他，
　并且以手从他的苍白的嘴唇
擦去泡沫，然后继续看个不停；
　当他们渴盼的雨水已经降临，
少年的眼睛原来遮一层白膜，
　这时也转动一下，显得亮晶晶；
父亲拿破布对着儿子口中
挤下了几滴雨水，但有什么用？

九〇

儿子断气了——父亲仍抱着尸体
　长久地注视着，直到死的分量
沉沉压到心上使他无可置疑，
　希望和脉搏都同样归于消亡，
他还是痴迷地看得目不转睛；
　直到那尸体抛下海，随波逐浪，
他才突然瘫下来，像死了一般，
不说一句话，只有手足在抖颤。

九一

现在阴沉的天空有一条彩虹

从裂开的云缝射出,一道霞光
横跨过幽暗的海洋,它的脚
　把附近的海水照得粼粼闪亮;
在这弧线内,一切显得更清晰,
　那光带本身好似大旗在飘荡,
它越来越宽,以后像拉开的弓,
以后就离开这一船暗淡的眼睛。

九二

它随时变幻,呵,这变色的天龙!
　它由水气和阳光诞生于天空,
缠紫色以为衣,深红作为摇篮,
　用金液洗涤,又以暗褐而告终;
好似土耳其帐幕上闪着新月,
　它的各种色泽都溶于一色中,
那颜色好似殴斗时眼睛被打肿
(因为我们有时不包头就得交锋)。

九三

我们落难的水手把它看成吉兆——
　有时候,人们这样想想倒也不错:
希腊和罗马自古就有这习俗,
　特别当人们受到过多的挫折,
它或许有所裨益;当然,没有人
　比这一船人更需要精神振作;
因此,这一条虹看来颇像希望——
呵,可真跟天庭的万花筒一样!

九四

这时飞来了一只美丽的白鸟,
　它生着蹼足,无论大小和羽毛
都很像鸭子,大概是飞迷了路,
　要在这里找个地方落一落脚,
虽然它明明看见这一船有人,
　却仍然在他们头上往返飞绕;
就这样,直飞到天黑它才离去——
大家认为这个征兆更为吉利。

九五

但在当前的情形下,我必须说,
　这只希望之鸟不降落也好,
因为我们这只破船不比教堂,
　栖息在缆索上可不甚妥靠;
即使这只鸟原是挪亚方舟①的,
　因为探寻到陆地而回去报告,
只要当时恰巧落到了他们手,
也准被吃掉,连橄榄枝都不留。

九六

黄昏后又起了不太猛烈的风,
　只有星光闪闪,小船继续行进;
然而现在他们已经精神恍惚,
　不知身在何方,有什么等待他们。

---

① 挪亚方舟,见本章八节注。

有人疑心看到陆地,有人说不,
　　连续的雾层是令人起疑的原因;
有人肯定听到碎浪,有人认为
是炮声:一度大家都如此误会。

九七

天已破晓,微风偃息;就在这时
　　守望的人欢欣雀跃地高声嚷;
如果矇矇透亮的地方不是陆地,
　　就叫天罚他永远看不到家乡。
其他人揉揉眼睛,看到了海湾,
　　不管是否子虚,就驶往那方向;
呵,一点不假,那真是一片海岸,
渐渐变得清晰,高耸,非常明显。

九八

于是有人涌出了泪水,有的人
　　尽自呆呆地望着它,还不能够
把交织的希望和恐惧分离开,
　　仿佛就为这团乱丝塞满心头;
有的几年来第一次跪下祷告,
　　而在船底有三个人睡得烂熟:
把他们摇了摇,谁也不见醒转,
原来他们已悄悄地一命归天。

九九

在这前一天,他们看到了一只
　　玳瑁类的甲鱼熟睡在水波上,

小船轻轻浮来,侥幸捕获了它,
　　　这就权充作他们一天的食粮,
　　不但饱了肚子,更滋养了精神,
　　　因为这一直鼓舞着他们想:
　　处境虽然险恶,天无绝人之路,
　　　必是上帝给他们送来的食物。

一〇〇

　　那片陆地是嶙峋高耸的石岸,
　　　山峦绵延,越近看越显得峭立,
　　波流推送着小船朝岸沿行进,
　　　他们纷纷推测,然而说法不一:
　　谁都弄不清是到了哪个地区,
　　　因为风向一直是变来变去,
　　一说是堪底亚,一说是埃特那山,
　　　塞浦路斯,罗得,或别的岛岸①。

一〇一

　　这时风力加强了,洋流更快地
　　　把他们朝向盼望的岸沿推送,
　　它好像是冥府中渡鬼魂的船,
　　　所载的四名乘客也很像幽灵,
　　还有三个死尸,因为活人已无力
　　　像以前那样把它们投入海中;
　　虽然那两条鲨鱼还跟在后面,

---

① 堪底亚,克利特岛(属希腊)上地名。
　埃特那山,西西里岛(属意大利)上的火山。
　罗得岛,小亚细亚西南的岛。

搅起的浪花直往脸上飞溅。

一〇二

饥渴,绝望,寒冷,炎热,都轮流
　对他们施过威,把人大大摧毁,
在这一船皮包骨的活人中间,
　连母亲都难以认出儿子是谁;
夜间冷得瑟缩,白天太阳炙烤,
　因此人员削减得只剩下两对;
但死人主要应归咎于一种自杀:
不该把彼得利娄和着盐水吞下。

一〇三

他们越来越靠近的这个岛上
　看来景色多变化,有山有平坡,
林端上摇曳着新绿,令人神爽,
　连空气也由咸涩而变为柔和;
树木像一面翠屏从眼底隔开,
　那火热的天空和刺目的浪波;
呵,任何景物都好,只要能躲开
那无涯、可怕、永恒而咸涩的海。

一〇四

海岸似乎荒凉得不见人迹,
　只有浩瀚的波浪把它环绕,
但他们登陆心切,仍朝它奔去,
　尽管前面的碎浪在沸腾咆哮;
一片澎湃而飞溅的浪花指明

在小船和海岸间有一座暗礁,
但他们找不到更好的登陆点,
仍是笔直冲去了——却翻了船。

一〇五

但在他家乡的瓜达尔奎弗河,
　　唐璜自幼即习于以清流洗涤,
他在那恬静的河湾学会游泳,
　　后来倒常常用上了这一技艺;
你很难找到谁比他水性更好,
　　好到能游过赫里斯庞特①,也许,
有如利安得、艾肯海德和我
(我们对此都很自傲)那么泅过。

一〇六

所以现在,虽然瘦弱、僵而无力,
　　他年轻的四肢还能浮游于水波,
他奋力划着急流,在天黑以前
　　终于到达了海边干燥的高坡;
这时一条鲨鱼把他近处的伙伴
　　一口拖了去,这危险他幸而逃过;
另外两个人不会游泳,没到岸上,
所以最后剩下的只有一个唐璜。

---

① 赫里斯庞特,鞑靼海峡的古称,两岸相隔约四英里。据古希腊传说,维纳斯庙的女尼希罗和一少年利安得相爱,利安得每晚游过赫里斯庞特和她相会。有一夜他淹死在海湾的中途,希罗也投海自尽。拜伦和友人艾肯海德中尉在一八一〇年用一小时十分钟游过了这个海峡。

一〇七

要不是那支桨,他也到不了岸;
　正当他双臂划游得没了力气,
真是托天之福,那桨随波而来,
　恰好被一个巨浪打到他怀里,
几乎淹没他,但他赶紧抱住桨,
　就这样随着浪头向岸边冲去;
最后他又游、又走、又爬了一段,
终于半昏迷地被卷上沙滩。

一〇八

他倒伏在那儿,已经奄奄一息,
　他的指甲紧紧抠住沙子不动,
唯恐他刚从波浪夺来的生命
　又被回卷,吸入它无餍的墓中;
他直挺挺卧在被冲到的地方,
　面对着岩壁脚下的一个岩洞。
生命是获救了,但所余不多:
只够使他感觉疼,以后更难说。

一〇九

他缓缓地尽力撑起了身子,
　但又软瘫地落在出血的双膝
和颤巍的手上;他环顾周身,
　想找一找和他共患难的伴侣,
但再也不见一个人和他分忧;
　只有一个死尸,就是那在船底

两天前死去的,不知他竟如何
找到这无名荒滩作了葬身之所。

——〇

当他注视时,他的头更晕了,
　不禁扑的栽倒;这时他觉得
沙滩在旋转,以后就完全昏迷,
　他瘫在那儿,伸出的手软垂着,
还不断滴着水珠溅落在桨上;
　他那模样多么像枯萎的百合!
细瘦的身子支着苍白的面容——
谁想到造物能如此巧夺天工。

———

就在这潮湿的昏迷的状态中,
　连他自己也不知待了有多久,
大地对他已不复存在,而时间
　也分不出日和夜,他全无感受;
至于怎样醒来的,他也不知道,
　只觉痛楚的肢体、脉搏和血流
似乎又鼓起了生意,因为"死亡"
虽然溃退了,却还要挣扎一场。

——二

他睁开眼睛,闭上了,又睁开,
　因为头晕目眩,一切恍惚迷离;
他以为是在船上刚睡醒一觉,
　那绝望之感又溜进他的心里。

他只求一死,好使他得以永眠,
　但这时,错乱的感觉又归于一:
缓缓地,他昏眩的眼睛看见
一个十七岁少女的俊俏的脸。

一一三

那张脸正紧凑着他,她的小嘴
　像要探探他的嘴有没有呼吸,
她以温暖的青春的手搓着他,
　把他的精神唤出了死之境域,
又不断擦洗他冰冷的太阳穴,
　想叫他的血活跃起来。而终于
在这小心照顾和温柔的爱抚下,
他缓缓地舒一口气作为回答。

一一四

她给他倒了露酒喝,又拿斗篷
　把他那近乎赤裸的身子裹严,
为了怕他晕,她的秀腕把他的头
　更抬高些,以光洁温暖的脸蛋
给他苍白的额作枕头;她又把
　他的被风浪浸湿的鬈发拧干,
然后焦虑地望着他。每一阵疼
　都使他叹一口气;她呢,也相同。

一一五

她带着一个同样年轻的侍女
　(看来比她稍长,身体也较壮硕,
但面容不那么严肃),她们合力
　把他抬进山洞,接着生起了火,
火焰照亮了从未见过阳光的
　洞顶的岩石,也把少女的轮廓
照得很清晰:她看来玉立亭亭,
但不知是人,还是什么精灵?

一一六

她的前额结挂着一列金片,
　在她褐色的发上闪闪发光;
卷曲的长发结成一串串辫子
　披在身后;虽然她的身段颀长,
比一般的女子都高,但这辫子
　几乎长达脚跟;她的仪态大方,

有一种风度令人肃然起敬,
好像她是出自这一方的名门。

一一七

她的头发是褐色的,我说过,
　　但她的眼睛却乌黑得像死亡,
睫毛也同样黑,像丝绒般弯下,
　　却含有无限娇媚;因为当目光
从那乌亮的边缘整个闪出来,
　　连飞快的箭也没有这般力量:
它好像是盘卷的蛇突然伸直,
猛地把它的毒全力向人投掷。

一一八

她的鬓角洁白而短,她的面颊
　　像晚霞,尚有落日的胭红一抹;
那较短的上唇——呵,迷人的红唇!
　　看着它,谁不自叹有如此福泽!
她是一个多美的雕塑的原型!
　　(说起塑像,唉,全是骗人的货色!
我看过活美人,又真实又丰润,
远比仿制的石像精巧而动人!)

一一九

我要告诉您我为什么这样说,
　　因为人不能无缘无故发牢骚:
有个爱尔兰女人常作模特儿,
　　但她没有一个塑像惟妙惟肖,

假如有一天她必须遵从时间
　　与自然的严酷法则而枯凋,
那就消逝了稀世的一副容颜,
人未曾想见,刀凿更不曾体现。

一二〇

这位石洞的美人也正是如此;
　　她穿的很不像西班牙的服装,
比较简单,但颜色却不那么暗,
　　因为,您知道,凡西班牙的女郎
从不披红着绿地走上街;不过,
　　当她们的披肩和长襟一路飘扬,
(我希望这些零件永远不废掉)
她们却显得多么神秘而妖娆!

一二一

但我们这位小姐却不是这样,
　　她穿的是花色的精美的衣料,
她的发卷随意垂在两鬓周围,
　　金玉的佩戴在头上烁烁闪耀;
她的腰带也发亮,面纱里飘着
　　最华丽的丝带,手上带着珠宝;
但有一件事最令人感到惊诧:
她的玉足只有鞋子,而无长袜!

一二二

另一个女子的服装大致相同,
　　只是衣料稍差,也没有那许多

惹人注目的首饰,而在鬓发间
  也只有银饰,大概这就将充作
她的嫁妆;戴的面纱式样相同,
  料子却粗些,举止稳而不活泼;
她的头发没有那么长,倒很密,
眼睛乌黑而较小,显得更伶俐。

一二三

就是这两个人服侍他,安慰他,
  不仅送衣食,还加上温存照顾
(我必须说,是女人特有的一种,
  特点在于独出心裁,花样繁复);
她们做了一种极精美的肉羹,
  可惜这类东西诗歌很少记述,
自荷马的阿其里斯①设筵以来,
诗歌里还没有这么可口的菜。

一二四

我要提一提这两个女子是谁,
  不然,恐怕您疑心是公主化装;
而且我最恨故弄玄虚,以博一粲,
  虽然晚近的诗人对此很赞赏。
因此,对这两位少女的来历
  我无妨直截了当地指明真相:
她们是主仆,小姐是个独生女,

------

① 阿其里斯,荷马史诗《伊里亚特》中的英雄。其中有一处讲到,当阿夹克斯、攸利西斯和菲尼克斯去到阿其里斯家中时,他立即告友人巴仇克勒斯备酒、切肉和烹调,然后奉献于客人之前。

她的老父亲是在海上谋生计。

一二五

是的，他年轻的时候是个渔夫，
　　到现在说是某种渔夫也可以；
但实际上，还有别的投机事业
　　使他和大海多添了一层联系。
这也许不及打鱼体面，比如说：
　　劫劫船，走一点私，这使他终于
在这一项行业中鳌头独占，
不义之财夸得上有几百万。

一二六

所以他是个渔夫，虽然他捕的
　　不是鱼，而是人，和使徒圣·彼得①
没有两样；他搜捕航行的商船，
　　有时真是如愿以偿，虏获很多；
有货物他就没收，有人他也能
　　在奴隶市场上标卖；不少好货
由他提供给这一宗土耳其贸易，
当然，从这里他也大大赚了一笔。

一二七

他是个希腊人，在一座小岛上
　　（是基克莱群岛中荒凉的一个），

---

①　圣·彼得，耶稣·基督的十二门徒之一，出身为渔夫，以后传布基督教，因此"他捕的不是鱼，而是人"。

他用他的罪孽钱盖起了一所
　　极漂亮的宅子,过得很豪奢;
天知道他有多少家财,或杀了
　　多少条命,这个糟糕的老家伙!
我只知道他有幢高大的楼房,
雕饰都极野蛮,倒也金碧辉煌。

一二八

他的这个独生女儿名叫海黛,
　　是东方海岛上最富的继承人,
而且她又很美,她的一颦一笑
　　比起她的嫁妆来更令人倾心,
她的芳龄不及二十,却出落得
　　像一株秀丽的树,婀娜动人;
这期间她拒绝了几个求爱者,
倒学会了如何对意中人允诺。

一二九

一天黄昏,她走到悬崖下散步,
　　不意看见唐璜在海边上躺着,
几乎被水淹没,只有奄奄一息,
　　又饿又昏迷,虽不死也差不多;
他的赤身使得她惊惶,您知道,
　　但谁无恻隐之心?至少有支歌
"外路人,带进家来吧!"教她如此,
何况唐璜皮肤白皙,又已半死。

一三〇

但若是把他带进父亲的宅子,
　　可并不是救人的妥善之途,
那就像把耗子给猫送上门,
　　或者把昏迷的人埋进坟墓;
因为那个好老头儿可远不及
　　阿拉伯的盗贼侠义,却很心毒:
他先会殷勤地把外乡人治好,
而等他一旦脱险,就把他卖掉。

一三一

所以,经过和婢女商量,她认为
　　(凡是小姐都和婢女相依为命)
最好是暂把他放在洞中养息;
　　而等他终于苏醒,睁开黑眼睛,
她们对这外乡人就更加慈悲,
　　她们的善心足可以感动神明,
把天堂的关卡稍稍打开(因为
圣·保罗①说:这就是天堂的进口税)。

一三二

她们生起了火,引火的材料
　　就是她们临时设法在那海湾
找到的东西,那是一堆被海水
　　冲上来的船桨和破烂的木板,

---

① 圣·保罗,耶稣·基督的十二门徒之一。

碰一碰就会变成灰,因为已经
　风吹日晒得太久了,一根桅杆
快变成拐杖;但这儿烂木之多,
　谢谢天,足够生它二十几次火。

一三三

他躺在皮褥上,还垫着女外衣,
　因为海黛脱下自己的貂皮袄
给他作了卧榻;此外,她和婢女
　为了让他醒来时能加倍感到
温暖和舒适,每个人都脱下了
　一条裙子把他的全身遮盖好,
并且说定黎明时分再来照看,
还要带来面包,咖啡,鱼和鸡蛋。

一三四

于是剩下了唐璜静静地安眠,
　他熟睡得就像一个苦命的人
终于死了,安息了(也许,天知道!
　就只目前这一会);他昏昏沉沉,
连那场灾难的片段都没有
　变为噩梦的幻影惊扰他的心,
因为不快的往事有时化为梦魅,
等你睁开眼睛时还流着泪水。

一三五

年轻的唐璜没有做梦,但少女
　给他整顿了枕头后,缓步出洞,

却像出了神似的几步一回顾,
　　走走停停,以为听到了他的叫声。
他其实高枕而眠,但她(唉,人的心
　　和爱出错的笔呀,嘴呀也相同!)
却听到他唤她的名字,她忘了
自己的名字这时他怎能知道?

一三六

她沉思地向父亲的宅子走去,
　　并叮嘱卓依千万不要向外声张,
实则婢女更懂得这是怎么回事,
　　因为她比小姐多了一两年心肠;
别看一两年,过对了足顶一世纪,
　　而卓依,像大多数的女人一样,
在"自然"这古老的学府没有白过,
她把一切有用的知识都已获得。

一三七

天已破晓,唐璜还卧在山洞里
　　沉沉入睡,他睡得是这样安恬,
连附近小溪的潺鸣和窥伺的
　　晨曦的光线都没有把他打断;
是呵,该让他睡,他也该睡个够,
　　因为没有人受过他那种灾难,
也许只有我祖父的《航海纪述》①

---

① 《航海纪述》,全名是"尊敬的约翰·拜伦(最近环游世界的船长)的纪述,其中记载了他和他的同伴们自一七四〇年起在巴达哥尼亚沿岸所受的苦难,直至一七四六年到达英国为止。全文由他亲自写成。"一七六八年伦敦出版。约翰·拜伦(1723—1786)是诗人的祖父,他的船一七四一年在智利沿岸的岛边失事,上书即纪述此事。

历数过他所受到的那些困苦。

一三八

海黛却不同:她辗转不能成眠,
　一睡就惊醒,翻个身子又做梦,
她梦见海滩上有成千只破船
　和美男子的尸体,使她跌跌碰碰;
她很早就叫醒婢女,婢女又唤起
　她父亲的老奴,他们都异口同声
赌着咒(阿美尼亚,希腊,土耳其,
哪国话都有):不知是什么怪主意

一三九

叫她这么赶早,又把他们都唤起!
　这原因,她推诿于太阳的缘故;
当然,在太阳初升或者降落时,
　天空是美的,谁不愿看看日出?
那时群山还迷闲着一层白雾,
　而百鸟却已和日神一起复苏;
夜幕很快被脱尽,就像为丈夫
或什么可憎的人而穿的丧服。

一四〇

我认为,日出是很辉煌的景象,
　我就常常观赏它;最近我特地
坐了通宵等日出①;但据医生说,

---

① "坐了通宵等日出",本章完成于一八一九年一月。此时正值威尼斯的狂欢节,人们多通宵达旦地狂欢作乐。

这对于人的寿命有害而无益。
　　因此,谁要想寿命和钱财两旺,
　　　请您从今天开始即早睡早起,
　　这样,等您八十岁后进了棺材,
　　墓志铭上值得一书:您四点起来。

一四一

　　海黛和初升的晨曦面面相对,
　　　她显得更红,因为在她的面颊
　　有一股热炽的血自心房冲出,
　　　在脸上受阻,就泛滥成为红霞,
　　好像阿尔卑斯山的一道泉水
　　　湍急地奔来,却被阻于山脚下,
　　于是汇成湖,涌出圈圈的水波,
　　或者像红海——但红海不是红色。

一四二

　　这海岛的少女走下了悬崖,
　　　迈着轻巧的步子向山洞直奔;
　　太阳以新生的火焰对她微笑,
　　　晨曦女神①以露水吻她的嘴唇,
　　好像错认了姊妹,正如你和我
　　　若是看见她们大概也会错认——
　　这凡女和女神一样清新秀丽,
　　但凡女更好些,因为不是空气。

---

① 晨曦女神,罗马神话中的女神,她从东方的卧榻升起,坐着玫瑰色的车驾,奔驰于太阳之前,向大地洒着露水以使花朵生长。

一四三

海黛以轻快的步子走进山洞，
　虽说走得轻快，却是小心翼翼，
她见唐璜熟睡得像个婴儿，
　就停下脚步，仿佛有所畏惧，
（因为睡眠给人以恐怖的感觉）
　然后轻轻走近，唯恐他受寒气，
便给他更盖严些；又俯身聆听，
张着嘴把他微弱的呼吸啜饮。

一四四

就像一个天使俯身注视着
　一个为正义而死的人：安详地
这饱经风险的少年躺在那儿，
　笼罩他的是一片静谧的空气；
卓依这时正给他们煎着鸡蛋，
　因为反正这一对年轻的情侣
必须吃早餐，而且怕他们嫌晚，
所以她早早把食物拿出筐篮。

一四五

因为她知道，爱情不能当饭吃，
　那海上漂来的少年必很饥饿；
而且她爱情不多，不免打呵欠，
　在大海边上也使她感到瑟缩，
所以她就准时烹饪，我不知道
　是否她也给他们煮一盅茶喝，

但已有了鸡蛋,咖啡,水果,面包,
鱼,蜜和酒,这一切全不必破钞。

一四六

鸡蛋煎好了,咖啡也煮沸了,
　卓依本来想立即叫醒唐璜,
但海黛赶紧用手拉住了她,
　不发一声地以一指在唇上
做个信号,卓依当然就明白;
　熟食都冷了,只好再去烧烫,
因为她的小姐不许她打断
这似乎永远醒不了的睡眠。

一四七

他还躺着,他那消瘦的面颊
　泛起一片紫红,好像夕阳西下
在皑白的远山顶上映着晚霞;
　他的前额的青筋暗淡而疲塌,
正似苦难所留下的一些条纹;
　他那发卷里还沾着斑斑浪花,
更加岩洞中也有水雾弥漫,
这使得他的黑发又湿又咸。

一四八

她俯身看着他,他躺在下面
　好似婴儿酣睡在母亲怀里,
又像风和日暖的依依垂柳,
　或波澜不兴的沉静的海底,

他柔软好似巢中初生的天鹅,
　又像盛开的玫瑰那样美丽,
一句话,他是个很漂亮的家伙,
不过被灾难折磨得失去血色。

一四九

他醒了,瞥视一下,本来又想睡,
　但一看到对面的美人的面孔
就难以闭眼,虽说他又痛又乏,
　若再睡下去才真是其乐融融;
但对于唐璜,没有一张俊脸庞
　能够使他看过而又无动于衷;
即使作祈祷,他也是面对圣母,
而不去看那些毛烘烘的圣徒。

一五〇

因此,他就以肘支起了身子
　仔细地瞧一瞧少女;她的面颊
竟成了苍白与赪红相争之地,
　她原来想要开口,但欲语又罢,
因为眼睛说了,语言显得多余,
　但她还是用希腊话告诉了他
(带着爱奥尼亚土音,低沉,清沥):
他太弱,不要说话,先吃些东西。

一五一

唐璜不是希腊人,所以一个字
　也不懂得;但他的耳朵知音。

她的声音好似小鸟的鸣啭,
　又清脆又甜,像珠玉一般圆润;
有什么乐音能如此单纯悦耳!
　呵,只要听到它,不知什么原因
我们就会流泪:它震慑一切,
仿佛发自天庭的庄严的音乐。

一五二

唐璜听得发痴,不禁呆望着,
　像是一个人被遥远的风琴声
轻轻唤醒,却疑心还在梦里,
　直到更夫打破了他这阵蒙眬,
使他复返现实;或者他的管家
　很早起来敲门,那声音可真重!
我爱晚起,最讨厌这种骚扰,
因为星星和女人晚上看最妙。

一五三

唐璜也是被迫从这似梦非梦
　或不可名状的缥缈之境醒来,
因为他感到食欲很是旺盛,
　而且卓依在跪着做饭烧菜,
她把木柴添续得火光熊熊,
　那烹调的香气也扑鼻而来,
这一切使他大为清醒,他渴望
大嚼一顿,要是吃牛排就更香。

一五四

但这一带没有牛,牛肉很稀见,
　　山羊肉倒有,也有羊肉,小羔羊,
每逢佳节来临,岛上的土人
　　就把一只羊腿放在火叉上;
不过这种时候不多,偶尔一见,
　　很多岛屿一片岩石,非常荒凉;
有的岛比较美丽肥沃,这座岛
就是其中最富庶的,虽然很小。

一五五

提到牛肉很少,我不由得想起
　　那古代的牛面人身的神话,
(我们严正的舆论理当不齿,
　　一致认为那王后的趣味太差:
竟爱上了牛面!)但若深究寓意,
　　那神话不过是典型,通过它
帕西法①在鼓励人们多多养牛,
好使克利特人更蛮勇好斗。

一五六

我们都知道,英国人就吃牛肉,
　　我不想提:他们喝啤酒也很多,

---

① 帕西法,据希腊神话,克利特王敏诺斯因不肯将祭神的白牛祭献,触怒海神,便使国王的妻子帕西法迷恋于那只公牛,从而生了一只怪物。在古代,克利特岛上盛行斗牛戏。

因为啤酒终归是液体,而且——
　　它离本题太远,所以可以不说;
我们还知道:英国人最爱战争,
　　这可是一种花费不小的娱乐;
克利特人也一样,由此我推论:
　　杀牛和杀人都该唯她是问。

一五七

但话归本题。憔悴的唐璜以肘
　　支起他的头,眼前的一摊食物
都是他近来没有见过的美味,
　　因为他最近每一餐都不够熟;
看到有三四样精馔,这真使他
　　感谢上帝,但既早已饥肠辘辘,
他不管什么,凡拿来就都吃光,
凶得像鲨鱼,梭鱼,牧师或郡长。

一五八

他不断吃,供应倒是源源不绝,
　　海黛像慈母般看着他,一心想
把他喂个够,因为她含笑自忖:
　　刚认为死了的人竟这么好食量。
卓依究竟比她见识多,她知道
　　(当然凭传闻,不是来自书本上),
一个饥荒久的人必须用羹匙
慢慢喂食,不然会胀破了肚子。

一五九

因此她就擅自主张,但由于
　　事在燃眉,来不及使用语言,
她只好以行动表示:这位少爷
　　(小姐为他这么早起来到海边!)
如果不想立即腹胀而死的话,
　　必须停止再往下吃这一餐;
她抢过盘子,再也不给一块肉,
她说,连马吃这么多都会难受。

一六〇

其次要做的是:因为他只穿着
　　一条破裤子,简直是赤身露体,
她们把他的破烂布投进火中,
　　并暂时给他换上了一套新衣;
他穿得像个土耳其或希腊人,
　　只少着头巾,鞋子,刀枪等东西,
除零件外,她们配备得够充足:
有干净的衬衣,有宽大的马裤。

一六一

这以后,美丽的海黛试着谈话,
　　但没有一个字唐璜能够理解,
他仍是竖耳倾听,好使这少女
　　怀着那片热诚永远说不完结;
因为他不插一言,她还不时地
　　对她的知心婢女补充说一些;

直到后来,她不得不歇一口气,
这时才看到他不懂希腊语。

一六二

于是她只好用点头、微笑、手势、
　　以及那灵活眼睛的神色说话,
她读着(这是她唯一读懂的书)
　　他脸上的语言,那儿向她表达
多少情意!只靠着目光的一瞥,
　　他的心对她作了长篇的回答;
因此,就从他的神情上她读出
无穷的词句,和她猜想的事物。

一六三

这以后,她用手指和眼睛教给他
　　自己的语言,让他字字跟她说,
当然,对那含义也不必多解释,
　　从她的表情上他就能够琢磨;
好似研究天象的人要常常地
　　离开书本,更勤勉地观察星座,
唐璜就凭海黛的眼神学会了
希腊文初阶,比从书本学得更好。

一六四

呵,从女性的唇边和眼睛来学习
　　一种异方语言,那是多么有趣!
当然,我是指教和学的人都年轻,
　　至少可以用我经过的事为例:

当你说对了,她们笑;你说错了,
　　她们笑得更多,其间还掺杂以
手和手的紧捏,甚至轻轻一吻,
我就以此方式学会了各种语文。

一六五

那就是说:懂几个西班牙、土耳其
　　和希腊字;意大利文没有老师,
所以一窍不通;至于英文也很差,
　　因为我全是取法于它的教士:
巴洛呵,苏斯呵,蒂洛生呵,是每周
　　我必读的,还有布莱尔①,他们全是
忠君敬神的、文章盖世的散文家——
　　诗人我最恨,没有一个能读得下。

一六六

至于淑女们,我没有什么可说,
　　因为早离开了英国的上流社会,
固然我在那儿也曾出过风头,
　　像一切浪子那样地金迷纸醉,
但一切已烟消云散,成为过去,
　　而至于那些男男女女愚顽之辈,
我本可加以鞭挞的,现在却无动于衷:

---

① 艾赛克·巴洛(1630—1677),英国教授,他的讲道文被柯勒律治等认为是英国散文的典范。
罗伯特·苏斯(1634—1716),英国教士。他的讲道文公认为朴素、简洁而幽默。
约翰·蒂洛生(1630—1694),英国主教。他的讲道文非常流行,曾受到诗人德莱顿的赞许。
休·布莱尔(1718—1800),英国教士和修辞学教授,著有讲道文五卷。

都只是一去不返的往事的春梦。

一六七

让我们再提提唐璜吧。他开始
　　学会了新字眼,能听也能复述,
但有种和阳光一样普遍的感情,
　　像女尼一样,他无法在内心关注;
是的,他有了爱情;您大概也会有,
　　要是也碰上一个年轻的女施主;
她正是这种人,她给他的恩赐
我们已清清楚楚看见了许多次。

一六八

每天黎明——对于爱静静养神的
　　唐璜来说,未免有点为时过早,——
她都来到山洞里,但那不过是
　　为了看一看她的伏巢的小鸟;
她只轻柔地触摸着他的鬈发,
　　绝不敢惊动她的客人的睡觉,
她的呼吸掠过他的面颊和嘴,
温柔得像南风拂过一片玫瑰。

一六九

每天早晨他的容光都更焕发,
　　他的健康也一天天有所增益,
这太好了,因为健康不但令人
　　心神舒畅,而且是爱情的元气;
健康和闲暇之于爱情的烈火

有如油和火药；还有一些教益
我们也得自谷神和酒神；不然，
维纳斯①也就不会老来惹麻烦。

一七〇

当维纳斯占有了我们的心坎，
　（当然，爱情是好的，但若不联心
就不那么好）谷神就给端一盘
　通心粉来，好维持爱情的生命；
酒神会来斟酒，或者送来甜酱，
　蛋呵，牡蛎呵，也是爱情的食品——
但天知道谁是他们的承包商！
也许是牧神、海神、雷神在供养？

一七一

每当唐璜醒来，一切已安排好：
　沐浴，早餐，还有最美的眼睛
（是叫小伙子最失魂的那一种）
　和婢女的眼睛成对，大得迷人；
但关于这，我早已交待过了，
　再来重复未免讨厌而愚蠢！
好吧，——唐璜洗完海水浴归来，
总是喝一杯咖啡，伴着海黛。

一七二

两个人都年轻，其中一个又天真，

---

①　维纳斯，见第一章五五节注。这里她是被当做爱之女神的。

洗澡也没有避忌;对海黛来说,
唐璜很像是自天而降的恩赐,
　　两年来她梦寐以求的正是这个:
一个她可以钟情、使她幸福的人,
　　而且另方面,她自认也使他快乐;
本来快乐一诞生就是成双,
谁要获得它,就必须与人分享。

一七三

光是看着他,就是多大的乐趣!
　　呵,生命好像是在扩展,每当她
和他一起欣赏着自然的美景,
　　或看着他睡、醒,在他的触摸下
深深激动;和他永远活在一起,
　　未免太奢望;但一想到分离吧,
她又发抖。他是她的,是她从大海
得来的宝,她的初恋和最终的爱。

一七四

就这样过了一月;美丽的海黛
　　每一天都去和她的情郎会面,
她防备得很周密,所以他一直
　　在那山岩的一隅没被人发见;
终于有一天,她父亲扬帆而去,
　　是为了寻找海上的一批商船,
并不像古代人似的去载公主①,

---

① "并不像古代人似的去载公主",原文是"去载以欧",以欧是阿葛斯王的女儿。据希腊史家记载,古腓尼基商船曾将她劫去,以报复腓尼基公主尤罗巴之被劫。

而是要使三只拉古沙船①被俘。

一七五

这可使她更无拘束了,因为她
　　早失去母亲,父亲又远渡重洋,
她自由得像是一个有夫之妇,
　　想到什么地方就去什么地方,
连一个兄弟的羁绊都没有,
　　凡照镜子的女人都比她不上:
我指的是基督教乐土的情形,
因为那儿的女人至少没被监禁。

一七六

现在,他们会面和谈心的时间
　　(他们当然得谈心)都更加延长,
他学的话足够他提议去散步,
　　因为,自从他被卷到了海滩上,
像刚摘下一朵含露水的鲜花
　　萎缩在那以来,他还不曾游逛,
因此他们在下午就出去散步,
看日落,也看月亮自海面升出。

一七七

那是个浪花拍击的荒凉海岛,
　　在宽阔的沙滩上有悬崖高耸,
沙丘和岩石像是重兵守着它,

---

① 拉古沙,地名,在南斯拉夫西南海岸,今称杜布罗夫尼克。

只有些小港,水面是那么平静,
饱经风涛的人倒会被它吸引;
但傲然的巨浪不断咆哮沸腾,
只有在漫长的夏日它才停歇,
那时一湾海水像湖泊在闪耀。

一七八

小小的涟漪卷来,碎在沙滩上,
　好似你的香槟酒的一层白乳,
随着灼烁的清流溢出杯口,
　呵,心灵的春雨!精神的甘露!
有什么胜过醇酒?让戒酒的人
　去传教吧,反正没有人信服——
先给我们美酒,女人,和欢笑,
以后再喝苏打水和听布道。

一七九

人明白道理,所以应该沉醉,
　只有酣醉才不算虚度这一生,
呵,是荣誉,黄金,爱情和美酒,
　使人沉湎于其中,国家也相同;
乖僻的生命之树会多么干枯,
　要是没有汁液使它枝叶茂盛!
所以我说,请痛饮生命之华筵,
而等你醒来头疼时,那也好办——

一八〇

按铃叫你的仆人,吩咐他拿来

175

一杯清醒的苏打水,那你就尝到
连瑟克西斯①都会羡慕的乐趣;
　即使天赐的冰果子露怎样好,
即使你在沙漠里发见了清泉,
　即使在长途跋涉,恋爱,闷坐无聊
或厮杀后,你喝着勃甘地②红酒,
也不及这杯苏打水的味道醇厚。

一八一

那海岸——我想我方才描述的
　是海岸——对了,我讲的正是海岸,——
在这时正和天空一样平静,
　沙子没有滚动,海波也不翻卷,
一切静悄悄,只有海鸥的喊叫,
　和海豚的跳跃;细波冲上岸沿
有时被低石坡或沙滩所阻,
也会无可奈何地稍稍发怒。

一八二

他们游荡下去,因为她的父亲,
　我说过,已游弋海上,远离家门,
她又没有母亲、弟兄或者教父,
　只有卓依,虽然她服侍很认真,
一白天都听候使唤,但她认为
　只有日常的杂务是她的责任——
那就是打热水呵,梳辫子等项,

---

① 瑟克西斯,见第一章一一八节注。在该节中,拜伦说他曾征求新奇的享乐方法。
② 勃甘地,法国地名,其地盛产葡萄酒。

有时也向小姐要两件旧衣裳。

一八三

那是一天逐渐凉爽的时刻,
　　一轮红日正没入蔚蓝的峰峦,
大自然鸦雀无声,幽暗而静止,
　　好像整个世界已融化在其间;
他们一边是平静而凉爽的海,
　　一边是有如新月弯弯的远山,
玫瑰色的天空中只有一颗星,
它闪烁着,很像是一只眼睛。

一八四

他们就这样手挽手往前游荡,
　　踩着贝壳和五色光灿的碎石,
有时走过平坦而坚硬的沙地,
　　有时走进了被风雨多年侵蚀
而形成的岩洞,好像精心安排,
　　有大厅,有晶石的房顶和居室;
他们并肩歇下来,以一臂相偎,
呵,紫红的晚霞已使他们陶醉。

一八五

他们抬头看天,那火烧的流云
　　像一片赤红的海,广阔而灿烂,
他们俯视着海,映得波光粼粼,
　　圆圆的一轮明月正升出海面,
他们聆听浪花的泼溅和细风,

他们还看到含情脉脉的视线
从每人的黑眼睛照射对方的心,
于是嘴唇相挨,接了一个蜜吻。

一八六

呵,一个长长的吻,是爱情、青春
　　和美所赐的,它们都倾力以注,
好似太阳光集中于一个焦点,
　　这种吻只有年轻时才吻得出;
那时灵魂、心和感官和谐共鸣,
　　血是熔岩,脉搏是火,每一爱抚、
每一吻都震撼心灵:这种力量
我认为必须以其长度来衡量。

一八七

我说的长度指时间;他们一吻
　　天知道多久!——当然他们没计算;
即使算过了,恐怕也计算不出
　　一秒钟内那多少丰富的美感;
谁都不说话,只感到彼此吸引,
　　仿佛心魂和嘴唇在互相召唤,
一旦汇合了,就像蜜蜂胶在一起,
他们的心是花朵,向外酿着蜜。

一八八

他们远离了世界,但不像斗室中
　　一个人所感到的那种孤独滋味,
海是静默的,海湾上闪出星星,

红色的晚霞暗了,天越来越黑,
四周无声的沙石,滴水的岩洞,
　　使他们不由得更紧紧地依偎;
好像普天之下再也没有生命,
只有他们两人,而他们将永生。

一八九

在那寂寞的沙滩上,他们不怕
　　耳目来窥探,也没有夜的恐怖;
他们有彼此已足。语言虽不多,
　　只断续几个字,却已尽情吐诉;
呵,热情所教的一切热烈词藻
　　怎及得一声轻叹那样表达出
天性的奥秘——初恋,这一启示
正是夏娃①对后代女儿的恩赐。

一九〇

海黛没有忧虑,并不要求盟誓,
　　自己也不发誓,因为她没听过
一个钟情的少女会被人欺骗,
　　或必须有种种诺言才能结合;
她真纯而无知得像一只小鸟,
　　在飞奔自己的伴侣时只有快乐,
从来不曾梦想到有中途变心,
所以一个字也没有提到忠贞。

---

① 夏娃,见第一章一二七节注。据说夏娃是人间第一个女人,因吃了知识之树的果子而失去原来的纯朴无邪。

—一九—

她爱着,也被人热爱;她崇拜,
　　也被人所崇拜:他们本诸天性,
让热炽的灵魂向着彼此倾注,
　　如果灵魂能死,它已死于热情!
但他们的神智又渐渐清醒,
　　不过使感情复燃,又一次迷沉;
海黛把急跳的心紧贴他的胸,
似乎它再也不能离开它而跳动。

一九二

唉,他们是这么年轻,这么美,
　　这么孤独,这么爱,爱得没办法,
那一时刻心灵又总是最充沛,
　　他们谁也没有力量把它管辖,
于是犯下了死后难逃的罪孽,
　　必得让永恒的地狱之火来惩罚
这片刻的欢娱,——凡人要想赠给
彼此以快乐或痛苦,就得受这罪①。

一九三

唉,想想唐璜和海黛要受的罪!
　　他们如漆似胶,多美好的一对!
除了我们第一对祖先,还没有

---

① 这一节和下一节中,诗人在讥讽宗教(特别是天主教)的婚姻观。教会宣扬凡未经教士认可的男女结合,死后将罚入地狱。

这么好的情侣甘冒永劫之危；
海黛除了貌美，当然也敬神明，
　她必然听说过有冥府的河水，
永劫和炼狱，——但在这紧要关头，
她竟把不该忘却的抛在脑后。

一九四

他们彼此望着，他们的眼睛
　在月光下闪亮；她以雪白的臂
搂着唐璜的头，他也搂着她的，
　他的手半埋在所握的发辫里；
她坐在他膝上，饮着他的轻叹，
　他也饮着她的，终至喘不过气，
就这样，他们形成了一组雕塑，
带有古希腊风味，相爱而半裸。

一九五

那深情而火热的时辰过去了，
　唐璜在她的臂抱中睡得沉沉，
她没有睡，却轻柔而又坚定地
　把她胸脯的娇美献给他去枕；
她的眼睛时而仰望，时而看他，
　那苍白的颊已被她的胸偎温，
呵，她博大的心灵正多么喜悦，
为了它献出和将献出的一切。

一九六

一个孩子在母亲的怀中哺乳，

一个婴儿从襁褓中望着灯光,
一个守财奴往箱子收敛财宝,
　一个信徒看见天使在空中翱翔,
一个阿拉伯人接待异方的宾客,
　一个水手在角斗中获得奖赏——
都会感到狂喜,但那喜悦比不了
一个恋人看自己的所恋在睡觉。

一九七

因为他睡得这么恬静,这么可爱,
　他整个生命都和我们起着共鸣,
他是那么温和,静止,柔弱无力,
　毫不自觉他给人的那些欢欣,
他所经历、证实、和加于人的一切
　都已没入深渊,渺茫而不可寻,
这就是你爱的,迷人而不乏谬误,
像是死了,却不给人以死的恐怖。

一九八

这少女看着她的恋人,而那一刻
　爱情、夜晚和海洋都是最孤寂,
它们共同把寂寞注入她的灵魂;
　呵,就凭这砂石和粗犷的岩壁,
她和她久经风波之苦的恋人
　筑起爱之巢,和人寰的一切远离,
而太阳中成群的星星遍观世界,
竟找不到什么比她的脸更喜悦。

一九九

呵,女人的痴情!大家都知道
　　这种感情可爱也可怕,因为
她们把一切都押在这一注上,
　　如果赌输了,生命就无所谓,
一天天只成了往日的嘲讽;
　　而她们报复起来尤其可畏:
迅急、狠毒、凶猛,好似老虎反扑,
但咬来咬去,还是她自己痛苦。

二〇〇

男人对男人虽然常常不公平,
　　男人对女人却总是忘恩负义;
女人无论多精,信赖的总是虚伪,
　　结果终归是:她们暗暗绝望于
心上的偶像,直等到有钱的色鬼
　　用婚礼把她们买去——而以后呢?
丈夫没恩情,又有情夫而不忠,
以后生儿育女和祷告,一切告终。

二〇一

有的找情人,有的喝酒或祈祷,
　　有的忙于家务,有的倾家荡产,
有的私奔了,不过换了磨来推,
　　并因此丢失了美德的供应站;
但怎样变也难使她们好起来,
　　因为她们的处境本来不自然,

从沉闷的宫闱以至茅屋陋舍；
有的诚心捣鬼,还要写本小说①。

二〇二

海黛和自然为伴,不懂那一切,
　　海黛是热情所生,在她的故乡
太阳发出三倍光明炙烤着人,
　　连它明眸的女儿吻人都火烫；
她生来只为了爱,为了选中了
　　一个情人,就和他共一条心肠,
别处的事情她不管；天堂,地狱,
和她无关：她的心只跳在这里！

二〇三

哦,那热情的澎湃！心房的急跳！
　　我们为此得付出多大的牺牲！
但心跳的因和果又极有韵味,
　　叫监视它的"智慧"不得不行动：
连忙把美好的真理念念有辞,
　　好剥夺"欢乐"的魔力；"良心"也相同：
它使劲对我们讲解善良的格言,
太善良了——可怪卡色瑞②没来抽捐。

---

① "有的诚心捣鬼,还要写本小说",似影射凯罗琳·兰姆(1785—1828),她曾钟情于拜伦,但在失恋后,却写了一本小说《葛伦那冯》极力讥讽他。这本小说匿名发表于一八一六年。
② 卡色瑞,见献辞十一节注。这里拜伦讽刺托利党政府对人民的苛捐杂税。

二〇四

好了，在这荒凉的海边，他们的心
　　已经订婚，而星星，那婚礼的火把
把这美丽的一对照得更美丽，
　　海洋是证人，岩洞是新婚的卧榻，
情感为他们主婚，孤独是牧师——
　　他们就这样结了婚；这岩壁之下，
在他们看来就是快乐的天堂，
他们看彼此也和天使没有两样。

二〇五

爱情呵！连恺撒大帝①都向你乞求，
　　安东尼②受你摆布，泰塔斯③是圣手，
荷拉斯、凯塔拉斯④作了你的学生，
　　奥维德⑤把你传授；还有个女学究
莎弗⑥，凡冷感的人都不妨学她，
　　（柳卡狄亚山岩等你们往下投）

---

① 恺撒大帝（纪元前100—前44），罗马将军和执政官，因欲称帝而被共和派领袖布鲁塔斯刺死。据称他在征服埃及时，曾爱上埃及女王克柳巴。
② 马克·安东尼（纪元前83—前30），罗马将军，因爱克柳巴而放弃罗马及家室（奥克大维之妹）。在阿克兴一役，他和埃及军被奥克大维打败，被追至亚历山大城。因军中误传克柳巴已死，他以剑自刺，终于死在克柳巴的臂抱中。
③ 泰塔斯(40—81)，罗马皇帝，曾爱犹大皇后贝伦尼斯，但有鉴于种族偏见而未娶她。
④ 荷拉斯，见第一章六节注。他终生未婚，也没有显著的热情。凯塔拉斯，见第一章四二节注。他曾热恋声名狼藉的克劳狄娅，以后被她所弃。他有一组写给雷斯比亚的抒情诗，即是献给她的。
⑤ 奥维德，见第一章四二节注。
⑥ 莎弗，见第一章四二节注。传说她因失恋而从柳卡狄亚（希腊西北部半岛）的岩石上投海自尽。

哦,爱情!你真是万恶之神,因为
毕竟我们不便把你称为魔鬼。

二〇六

你能使贞洁的婚姻风雨飘摇,
　你和至尊者的荣誉开着玩笑:
恺撒,庞贝,穆罕谟德,贝利沙留①,
　史家的笔为他们忙得不可开交,
他们一生的行历真是变幻多端,
　像这样的伟人历史很难再遇到;
但是,这四个人却有三件事相同:
都是英雄,征服者,妻子和人私通。

二〇七

你还造就哲学家;请看伊庇鸠鲁②
　和阿里斯蒂普③,是多么推崇物欲!
他们净引导我们走上败德之途,
　不但言之成理,而且行来颇容易;

---

① 恺撒,见二〇五节注①。他的妻子庞贝娅,曾在人控告克劳迪亚时被涉及,恺撒因此离异了她;并非因为确信她失德,而是因为"恺撒的妻子必需不容人置疑"。
庞贝(纪元前106—前48),罗马将军和执政官,后败于恺撒。他的第三个妻子莫西亚与恺撒有私。
穆罕谟德(570—632),伊斯兰教的创始者。他最宠爱的妻子阿叶夏在行军时被疑与一青年军人有私,后经调查始释疑。
贝利沙留,六世纪东罗马帝国的著名将军,因被控谋害皇帝而下狱。他的妻子安托尼娜与多人私通。
② 伊庇鸠鲁(纪元前341—前270),希腊哲学家,他的宇宙观有唯物主义思想。但他认为人生的至善在于无痛苦,因此俗称他为享乐主义者。
③ 阿里斯蒂普,纪元前五世纪希腊哲学家,认为快乐是人的至善,但须通过自我克制而取得。

呵,要是能保证不受魔鬼的牵连,
　　这类格言(不算新了)是多么惬意:
"饮食男女为上,舍此尚有何可得?"
圣明的沙达那帕拉①王就这么说。

二〇八

然而唐璜,难道他忘了朱丽亚?
　　难道这么快他就忘掉了旧人?
我不得不说,这对我倒真是个
　　难解答的题目;不过,毫无疑问,
是月亮惹起了这一切。每当你
　　感到心灵在起波,岂非那祸根
就是它?不然,何以一见新姿色,
我们可怜的心就被她俘获?

二〇九

我最恨朝三暮四;我厌恶,唾弃,
　　深恶而痛绝之,要是有哪个人
本质是由水银做成的,容不得
　　任何永固的基础打进他的心;
爱情,永恒的爱情,是我的常客。
　　但昨夜的舞会上,我遇见一个人——
她刚从米兰来,真是美似天仙,
一阵激动,我感到自己成了坏蛋。

---

① 沙达那帕拉,纪元前七世纪亚述国王,以奢靡酒色著称。他的王国沦亡于谋叛者之手,传说他和众多嫔妃、太监及财宝等被焚于尼尼微宫中。

二一〇

但哲学赶紧来帮我,悄悄地说:
"想一想你那一切神圣的责任!"
"亲爱的哲学,我一定想着,"我说,
  "不过,她的牙多美! 天呵,那眼睛!
我只想打听她是太太还是小姐?
  或者全不是?——这都出于好奇心。"
"打住吧!"哲学叫道,颇有希腊风度,
虽然她扮成了一个威尼斯少妇。

二一一

"打住吧!"于是我打住了。——但还是
  话归本题。一般所谓用情不专,
不过是由于自然对某个宠儿
  赋予过多的美,以致使人看见
由不得心向往之;这好比人们
  常常拜倒于神龛的偶像之前,
我们对真实色相之所以景仰,
不过表示崇敬于美的理想。

二一二

据柏拉图说,那是唯美的感受,
  是感官的无微不至的扩展,
它纯属于精神,博大而神奇,
  自星空降落,就充塞于天地间;
要没有它,人生会显得太沉闷。
  总之,那就是要用你自己的眼,

再加上一两种小感觉来表明
肉体本由易燃的杂质所揉成。

二一三

那其实是一种痛苦,并非自愿;
　　当然,谁不愿意在同一个人身上
永远感到那种害人相思的美,
　　就像她是夏娃来到跟前一样?
那会省我们多少心痛,多少钱,
　　(因为少不了这个,不然更心伤,
唉,要是有一个女人就永远欢喜,
那对心灵多么好,对肝也有益!

二一四

心灵像天空,是天庭的一部分,
　　它也有日夜交替,和天空一样,
有时它遮上了乌云,闪过雷电,
　　也要尽情肆虐,变得昏暗无光;
可是一旦被烧灼,刺破,和撕裂,
　　险恶的云雾会化为雨而消亡;
由眼睛流出了心血凝成的泪滴,
这就是我们一生中的英国雾季。

二一五

我们的肝本是苦汁的贮藏室,
　　可是肝却很少执行它的职务,
因为初次的热情淤积得太久,
　　它把七情六欲都吸结到一处,

好似在粪土上交缠了一群蛇:
　　愤怒,恐惧,怨恨,复仇,懊悔,嫉妒,
一切坏事都从这一脏发出来,
就像地震是从地心的火传开。

二一六

呀,这一番对心肝的剖解可不必
　　再说下去吧;到此为止,我已然
写了二百多节,和前一章一样,
　　这个数目就是每一章的极限。
本诗将写它十二章,或廿四章;
　　现在我放下笔,鞠躬说声再见,
且让唐璜和海黛,为他们的私情,
恳求一切赐顾的读者惠予好评。

第 三 章①

一

您好呵,缪斯!② ……这寒暄不多重复。
　且说唐璜睡了,枕着美好的胸怀,
被从不知哭泣的眼睛注视着,
　被一颗幸福而年轻的心所爱;
那颗心还不知道枕着她的是
　安恬的敌人,也不知毒菌袭来
要把她纯洁的岁月之流弄污秽,
连她心灵最纯的血也变为苦泪。

二

爱情呵,我们的世界究竟怎么了?
　为什么被爱就要倒霉?为什么
你要以忧伤的柏枝搭起亭荫,

---

① 本章初稿写成于一八一九年十一月,一八二〇年誊写。和四、五章一同发表于一八二一年八月。诗人雪莱在收阅这三章诗后,于同年十月二十一日致函拜伦,表示他的"惊奇和喜悦"说:"这篇诗既有独创的印记,也不容模仿。在英文里像这样的东西是空前的,而且我大胆预言,也将是绝后的,除非出现仿制它的二流作品……你是在制作一种英国从未见到的戏剧,这工作十分高贵而且值得你一试。"关于第五章,雪莱还写道:"每个字都有不朽的印记……它在某种程度上实现了我久已倡言要写的———一种完全新颖的、有关当代的东西,而且又是极端美的。"

② "您好呵,缪斯! ……",一般史诗在起头时,都是先向缪斯(诗的女神)致候,求其帮助诗人,如赐以灵感等,这几乎成为过去史诗的成规了,因此拜伦戏仿之。

191

使叹息成为你的最好的解说?
好似爱闻香的人摘下了鲜花
　插在衣襟上,不过是让花萎缩;
同样,我们要把脆弱的知心人
放在怀抱中,不过使她香消玉殒。

三

只在初恋时,女人爱她的恋人,
　这以后,她所爱的就只是爱情,
这成了她摔不脱的一种习惯,
　像戴惯的手套,松松的很称心;
要是您不信,考验一下就知道:
　起初只有一个人能使她钟情,
以后她就喜欢把"他"变为多数,
多添几个她也不觉得是担负。

四

我不清楚该怪男人还是女人;
　不过有一点肯定:凡女人一旦
许配了终身(除非她立即终身
　寄托于祈祷),过一段相当的时间,
她还得另觅新欢;当然,无疑地,
　她的心早已整个许给了初恋;
但据说,也有人从来没有爱过,
而如爱过,可绝不会止于一个。

五

说来可叹也可惊,这几乎成了

人类的愚蠢甚至罪恶的表征：
爱情和婚姻竟常常分道扬镳，
　虽然它们都是一个地方出生；
由爱情结婚，仿佛由美酒变醋，——
　一种可悲的酸水，一喝就清醒，——
谁料时间竟把那仙品的醇美
一变而为极家常的淡然无味！

六

在爱情的此岸和彼岸之间
　仿佛有什么冰炭不能相容，
爱情总是使用着不太公允的
　阿谀之辞，直到真相把它澄清，
但那已太迟，除了绝望又奈何？
　同样的事物很快地变了名称：
例如，热情在恋人身上值得高歌，
但在丈夫身上，就成了"怕老婆"。

七

因此，男人就不好意思太溺爱，
　有时候，他们也感到有些厌倦
（当然是极少数），并且也够灰心，
　对同一个人竟不能百看不厌；
不过，在婚书上又字字都写明：
　夫妻关系要一方死了才算完。
唉，多么可悲！想想假如你失掉
终身的佳偶，却叫仆人去戴孝。

八

在家庭琐事里,无疑有一些东西
　　和真正的爱情有些格格不入;
言情小说只给婚姻照个半身像,
　　但写男女的求爱却连篇累牍;
因为没有人爱看婚后的情话,
　　夫妇的接吻也出不了什么事故。
请想,要是劳拉嫁给了彼特拉克①,
他可还会写一辈子爱情诗歌?

九

凡悲剧都以一死而宣告幕落,
　　凡喜剧都以良缘佳配而收场,
至于后事如何,自有宗教负责,
　　因为作家生怕万一描写不当
而损及那两个未来世界的声誉,
　　那他可就得不到它们的原谅;
所以分别交给了牧师或祈祷书,
关于"死神"或"夫人"②就不多叙述。

一〇

我能记得的,只有两人歌唱过

---

① 彼特拉克(1304—1374),意大利诗人,他用十四行体写出许多爱情诗歌,其中以劳拉为歌唱的对象。劳拉是诗人早年遇见的一个少女,以后嫁给沙得伯爵,死于一三四八年。
② "夫人"或"死亡",戏指英国一首古谣名《死亡和夫人》。

天堂和地狱,或结婚后的生活,
　　那是但丁①和弥尔顿②,而这两人
　　　对于夫妻之情都有一点隔膜,
　　不是性情不宜,就是应付不当
　　　(本来这种关系稍碰碰就不和);
　　但他们写了夏娃和彼阿垂丝,
　　您看,绝不是摹绘自己的妻子。

——

　　有人说,但丁所写的彼阿垂丝
　　　系指神学,而不是自己的情人,
　　我的愚见虽值得商讨,却认为
　　　那是注家信口开河,不知所云,
　　除非他确知作者的意图如此,
　　　并且能举出所以如此的原因。
　　只要看看但丁的狂喜太玄奥,
　　他一定是把数学弄成了主角。

---

① 但丁(1265—1321),意大利诗人。在他二十六岁时,著有诗集《新生》,叙述他在十岁时初遇他"心灵上辉煌的女郎"彼阿垂斯,她当时九岁,他即已倾慕于她。九年后他又在街上见了她一面,以后又多次遇见。彼阿垂斯于一二九〇年死去。《新生》中有许多十四行诗即是纪念她的。但丁最著称的作品是《神曲》,包括三部分,即《地狱篇》、《炼狱篇》和《天堂篇》,天堂中写彼阿垂斯是他的引路人。彼阿垂斯是否实有其人,或仅系一理想或理念,后世对此颇多争论。关于但丁的家庭生活是否不和,并无确实佐证可以论断。

② 弥尔顿,见"献辞"第十节注。他著有《失乐园》和《复乐园》,前书的主人公有上帝、撒旦、亚当、夏娃等,叙述人类何以被逐出伊甸乐园。(见第一章一二七注)弥尔顿的结婚生活是不愉快的。他于一六四二年六月结婚,妻子玛丽·鲍威尔的家庭是保皇室的。度过蜜月后,弥尔顿允许她返家探视,但需于米迦勒节(9月29日)前回来,她却未按期回来。一六四三年弥尔顿发表了论离婚的文章,以后又对此问题连写三篇文章,颇为当世所非议。

一二

海黛和唐璜没有结婚;不过,
　　这错处是在他们,而绝不在我,
所以,贞洁的读者,请别怪我吧,
　　除非您愿意我不照着事实说;
如果您认为结婚才对,请赶紧
　　趁您还没有身受可怕的后祸,
把描写坏事的地方闪开不看,
阅读淫乱的故事可是太危险。

一三

但他们是快乐的,而且尽兴地
　　沉湎于这种非法的儿女情欲,
幽会的次数越多,顾忌就越少,
　　海黛竟忘了这是她严父的岛屿;
当人习于一要就有,若是没有
　　就受不了,除非以后感到厌腻,
所以她常常来,不稍耽误一刻,
而她海盗的爸爸在海上巡逻。

一四

请别见怪他这种找钱办法吧,
　　虽说每种国旗都难免被掠夺,
他不过是在抽税,只要换换称号,

他和宰相所做的差不了许多；
不过他比宰相谦虚，宁处身于
　　较低阶层，职业也更光明磊落：
在大海之上巡游，受尽了风险，
他不过是当着海上的检察官。

一五

这位老好绅士不料误了归期，
　　因为有风暴，和几起重要的生意，
他希望满载而归，所以留在海上，
　　但一场风把他的一笔横财卷去，
稍煞了他的兴头；他把俘虏们
　　像章节似地分开，用号码标记，
他们都戴上手铐，颈套着铁环，
他们的身价由十元到一百元。

一六

有的在马塔板①海隅外卖给了
　　他的麦诺特朋友②；有的他出卖
给突尼斯的代销处；只有一个
　　因为太老，脱不出手，就丢进大海；
偶尔有几个殷实人，就等钱赎，

---

① 马塔板，地名，在希腊伯罗奔尼撒半岛南端。
② 麦诺特，伯罗奔尼撒半岛南部曼那山中的居民，他们是一个强悍而独立的民族，从未被土耳其人所征服。

海黛和唐璜没有结婚；不过，
这错处是在他们，而绝不在我。

其余的一律在大舱中拴起来；
这些普普通通的人脱手并不难：
的黎波里①的总督交过大订单。

一七

掳来的货物也以同样的办法
　　分别在东方各地的市场集散，
只有一部分例外，就是为妇女
　　不可缺少的一些精巧的物件：
法国料子呵，花边呵，杯盘茶具呵，
　　以及镊子，牙签，六弦琴和响板，
凡是这些他都要从横财里挑出，
那是慈父为爱女劫来的礼物。

一八

一只猴子，一只荷兰狗，一只鹦鹉，
　　两只八哥，和一窠大小波斯猫，
这些都从动物群中挑选出来，
　　还有英国人的一只小狗他也要——
这狗的主人在伊沙基②岸上死了，
　　它就被乡下人喂得半饱不饱。
这些都一股脑儿装进了大筐，
因为天气太坏，时常有大风浪。

---

① 的黎波里，地中海沿岸的北非城市，在今利比亚。
② 伊沙基，希腊西方的岛屿。

一九

就这样,安排好了海上的业务,
  又派了侦察的船只到处巡风,
恰巧他自己的船也需要修理,
  他便扬帆驶上回岛园的路程,
哪知他美丽的女儿还正忙于
  殷勤待客哩;但那沙滩不易靠拢,
因为有几哩远的暗礁和浅滩,
他只能从海岛的另一方登岸。

二〇

于是他毫无阻碍地登上了岸,
  既没有检疫所,也没有海关职员
来盘问他一些难以回答的问题,
  例如他到过哪里?在什么时间?
他命令他的船第二天就修理,
  并且叫水手把它翻个底朝天,
因此所有的人都忙得不可开交,
赶着搬出货,压舱石,财宝和炮。

二一

走到一座小山顶上,他站住了,
  从这里可以望见家园的白墙,——
呵,一个离乡背井的游子的心
  该有怎样奇异的感情在激荡!
疑团起伏,爱意和恐惧交织,
  也不知归来将遇到什么情况,

隔别了多年的感情重新涌现,
把我们的心又带回开始的一站。

二二

当远游归来的丈夫或者父亲
　无论从陆地,从海上,走近了家,
很自然地,他们不免稍稍起疑,
　因为女人当家可是事关重大;
(没有人比我更信任和倾慕异性,
　但她们不爱奉承,我最好说实话,)
太太在外子出门时会变为玄奥,
女儿也会跟大司务逃之夭夭。

二三

一个正直的绅士回家的时候,
　可能没有攸利西斯①的那种好运,
孤寂的主妇并不全是苦思丈夫,
　也不全是那么讨厌求爱者的吻。
多半是:爱妻为他立了个骨灰瓶,
　又为他的朋友生了两三位千金,
这朋友拥抱了他的太太和财富,
而他的家犬呢,倒咬——他的长裤。

---

① 攸利西斯,攸利西斯(亦称奥德赛)是荷马史诗《奥德赛》中的主人公,伊沙基岛的国王。他参加了对特洛伊的战争,战后乘船返家时,遇见多种灾难,流离颠沛二十年后才重返伊沙基。那时一群求婚者正困扰他忠实的妻子奔尼洛普并占据了他的家园,他得到儿子和猪童之助,将他们消灭,重整了家园。

二四

如果是恋人盟过誓,在他离别后,
　　她多半会嫁给一个吝啬的富翁;
这倒也好:因为那一对贤伉俪
　　可能吵架,女的开始变为聪明,
那么他和她就可以重温旧好,
　　或作她的骑士,或蔑视她一通,
他悲哀的心总不会甘于缄默,
于是写出了女人薄情的哀歌。

二五

请诸君注意:假如你们已有了
　　类似此种贞洁的感情的寄托,——
我指和有夫之妇的真纯友谊,
　　任何关系都不及它牢不可破
和持久,它是真正的月下老人,
　　而婚姻之神不过是出面掩遮,——
尽管如此,请你们也别离她太久,
我就见一天四次她对不住"朋友"。

二六

兰勃洛,我们这位海上检察官,
　　对陆地的经验可没有海上多,
看到了自家的炊烟,他很高兴,
　　因为谙于玄学,也不知道这快乐
或其他强烈的感情是什么起因;
　　他爱他的女儿,假若她有了差错,

他将会很悲伤,至于什么缘故,
他并不比一个哲学家更清楚。

二七

他看见白石墙在阳光下闪耀,
　自己园中的树木已绿荫成片,
他听见溪水潺潺流泻的清音,
　伴以远方的犬吠;还隐约瞧见
在大树荫下往返的人影憧憧,
　而刀枪剑戟的寒光射过幽暗;
东方人人带武器,并穿着华服,
　好像翻飞的蝴蝶光彩夺目。

二八

他逐渐接近园中佳会的地方,
　对这种稀见的欢乐暗自吃惊,
他听到的,呜呼!并非空中仙乐,
　而是尘世小提琴的靡靡之音,
他简直不敢相信自己的耳朵,
　既猜不透、也想不起是何原因;
又有笛曲,又有鼓乐,继此之后,
　又听到哄堂大笑,东方很少有。

二九

他朝那地方更走近了一些,
　因为是下坡,步子走得很快,
透过摇曳的枝叶,在绿茵上,
　除了其他节日的征象而外,

他还看到仆人在成队舞蹈,
　　他们像陀螺般旋转,又舞又摆,
他知道这是雄壮的庇瑞克舞①,
东方人都酷爱这一种舞步。

三〇

接着是一队希腊少女,为首的
　　个子最高,高举着白手帕摇动,
随后的少女接连像一串珍珠,
　　手拉着手跳跃,每个人的白颈
都飘浮着长串的棕色的发卷,
　　(一小卷就能叫十个诗人发疯!)
领队的高声歌唱,扣着这支歌,
少女们以歌曲和舞步相应和。

三一

另一处,客人正盘腿坐了一圈,
　　围着许多杯盘佳肴开始用餐,
有许多瓶萨摩斯和开奥②的酒,
　　有各种肉和胡椒掺肉的米饭,
还有水晶瓶盛着的冰果子露,
　　而甜食就在他们的头上高悬,
那橘子和石榴在枝上频频点头,
不用摘,便有熟果子落进衣兜。

---

① 庇瑞克舞,古希腊的战斗舞蹈,舞者身着盔甲,表演攻防的种种急速动作。传说为庇瑞克斯发明,故名。
② 萨摩斯,爱琴海中的岛屿,以产酒著称。
开奥,爱琴海中的岛屿,以产酒著称,传说为荷马的诞生地。

三二

一群孩子围着一只雪白的羊,
　正在给那老羊的角缠着花朵,
这只年高德劭的老羊柔顺得
　像没断奶的羊羔,只把头缩着,
它庄严而安静,没有一点脾气,
　有时从手里取食,有时把前额
顽皮地垂下,好像要以角顶人,
但被小手一推,又乖乖地听命。

三三

孩子优美的侧影,鲜艳的服装,
　大而黑的眼睛灵得像在讲话,
天使的面颊红得像石榴裂开;
　还有那迷人的姿势,长的卷发,
那快乐的童年所特有的天真,
　这一切构成一幅美妙的图画:
呵,一个深思的哲人会看着他们
而兴叹——他们竟也要长大成人!

三四

稍远些,一个侏儒站着讲故事,
　一圈吸烟的老人正凝神聆听,
他讲着秘密谷里隐藏着财宝,
　阿剌伯的傻子如何答得聪明,
邪魔的山壁如何一敲就裂开,
　还有符咒能治百病,点石成金,

还有女巫能把她丈夫一下子
变为牲畜(这可是实有其事)。

三五

这里无论是对心智,或对感官,
　　都不缺乏适当而无害的满足,
凡歌舞、音乐、酒和波斯的故事,
　　没有一种娱乐不合情而适度;
但兰勃洛看到在他离家以后
　　如此挥金似土,却不由得嫌恶,
因为他也害怕那万恶之极限——
就是周末要付的一大沓账单。

三六

唉!人算得什么?连最幸福的人
　　即使晚餐后,都面对多少灾难!
生命给与罪孽深重的我们
　　一个铁的世纪,和黄金的一天,
这还算是最幸运!"欢娱"像女妖
　　尽在以歌唱诱惑和活坑青年;
来到自家的宴会上,兰勃洛
好像是湿毯子来罩上一团火。

三七

他本来是一个不爱声张的人,
　　这一回,存心给女儿一个意外,
(通常他是亮刀子叫男人吃惊,)
　　他不曾预先通知她几时归来,

所以现在竟没人理会;好半晌
　　他站在那儿观望得目瞪口呆,
难以相信自己:对着佳朋满座,
他暗下的惊异实在比喜悦多。

三八

他还不知道有人已带来消息
　　(唉,人真会撒谎,尤其是希腊人!)
说是他死了(撒谎的总死不绝),
　　所以他家中人举哀已有几旬,
但如今,眼睛和嘴唇都枯竭了,
　　海黛的两颊重又变为红润;
她的眼泪既已复返它的泉源,
这一个家于是也归她来掌管。

三九

因而有了这酒肉,米饭,和歌舞,
　　把这海岛变成了欢乐的场所,
仆人们不是烂醉,就是尽兴玩,
　　这种日子真叫他们非常快活。
她父亲的好客,若和海黛如此
　　花他的财产相比,就不算什么;
说来也奇怪:家务却改进很快,
虽然她一点钟也丢不下恋爱。

四〇

也许你以为,碰上了这个盛宴
　　他一定大发雷霆;当然,事实上,

确也没有什么好理由叫他开心；
　你也许预见一出武戏就要开场，
鞭子呀,刑具呀,至少要关地牢，
　好教他的一家人懂得谁是尊长；
而且,这一切都必然是雷厉风行，
　以显示一个海上大王的习性。

四一

但你错了。虽说他凿船底、切脖子，
　是个能手,却也最是温文尔雅，
他有着正人君子的那种涵养，
　从来不教人猜出他心里的话；
廷臣不能比,就连狡猾的女人
　裙子里也没系着他那些奸诈；
可惜他爱上冒险的生活方式，
倒真是上流社会的绝大损失。

四二

他走到最近的一个席位跟前，
　拍了拍近旁一个客人的肩头，
脸上露着奇特的微笑,那笑意
　不管是什么吧,绝不是好兆头；
他打听这里有什么喜事？然而，
　被问的人喝了太多的葡萄酒，
正醉得天旋地转,哪里听得懂
问话的意思,只是又酌满一盏。

四三

接着,也不扭转他可笑的丑相,
　　以十足酒鬼的神态朝肩上举出
那满满的一酒盅,对兰勃洛说:
　　"谈话没有味,我可没有那工夫。"
另一个打嗝说:"我们老东家死啦,
　　你顶好去问问继承他的新主妇。"
第三个说:"什么新主妇!新主妇!哗——
你该问问我们的新老爷才对。"

四四

这些混蛋是新来的,也不知道
　　他对谁讲话;兰勃洛脸子发青,
他的目光一阵阴沉,但他立刻
　　十分礼貌地按捺下这种表情,
并努力恢复了刚才的微笑,
　　让他们之中的一个对他说明:
这新老爷是什么人?怎么称呼?
似乎是他把海黛变成了主妇。

四五

那人说:"我可说不上他是老几,
　　或是打哪儿来的,——这我管不着;
我光知道这只烤鸡可真肥,
　　从没有美酒送下这么好的料;
要是你对我这回答不称心呀,
　　我旁边还有一位,去问他好了。

不管怎样,他总有话给你回答,
没有人像他那么爱哇啦哇啦。"

四六

我说过兰勃洛是个耐性的人,
　无疑他表现了最高贵的教养,
连法国,那礼尚之邦,也难找出
　哪个文质彬彬的人和他比得上;
这些嘲弄都是针对他的近亲,
　正惹着他的焦虑,他心头的伤,
而且又发自贪吃的奴仆之流,
他们一边侮辱,一边吃他的羊肉。

四七

对于他,这惯于发号施令的人,
　惯于对人挥之使去,招之使来,
一声令下,就得有人立刻遵办,
　不管是致人于死,或是拴起来——
奇怪的是:他竟这么温和多礼,
　反正事实如此,我也说不明白;
当然啦,能自制者而后能制人,
像归尔夫①王族,他能屈也能伸。

四八

他并不是没有卤莽的时候,

---

① 归尔夫,英国的汉诺威王朝(1714—1901)系出自德国的归尔夫家族。此处归尔夫皇族即指英国皇族。

但认真而严肃起来就不同:
那时他沉稳、缓慢、专心致志,
　　好似一条蛇蜷伏在丛林中;
要是怒骂,他就不再动刀子,
　　他绝不又骂又打,两者兼用。
他沉默起来才最叫人有得怕,
而且他一击,就不用击第二下。

四九

他不再多费唇舌了,径直走向
　　他的房子,但挑选了一条小径,
凡遇见他的人都没有理会他,
　　谁想到主人那天会闯进家门?
我很难说,他那慈父的心肠
　　是否在暗暗地为海黛求情;
当然喽,一个"死人"竟活着回来,
看人以欢宴追悼他未免可怪。

五〇

唉,如果一切死人都复活的话,
　　(愿上帝不容!)即便有那么几起,
比如说,丈夫或妻子死而复生
　　(以夫妇为例,其他就不言而喻),
不管他们以前争取的是什么,
　　现在,天气可会变得阴而又雨——
那已滴进亲眷墓中的泪珠
多半要和死去的人一起复苏。

五一

他走进房,但已不是他的家了,
　唉,这种事想来才最叫人难过!
它对人的感情实在是个刺激,
　也许更甚于咽气时精神的折磨。
谁能不深深悲哀,假如他看到
　自家一度温暖的壁炉已变得
像冰冷的坟墓;唉,谁能够相信:
那儿就摆着我们"希望"的灰烬!

五二

他进了房子,不再是他的家了,
　因为既没有情意,还算什么家?
他冷清清地走过自己的房门,
　也没人迎接;多久了,在那檐下
他度过了他少有的幽静时光,
　就在那儿,他女儿的天真曾融化
他疲惫的心灵和锐利的目光——
她是他真纯感情的唯一庙堂!

五三

他的性情相当古怪,虽然脾气
　发作起来很粗野,举止却温和;
生活起居处处合乎中庸之道,
　饮食有节制,也不过分寻乐,
又敏感,又坚强,以能力而论,
　应该更有作为,即使不免为恶;

祖国的灾难和他的束手无策
使他由奴隶愤而变为奴役者。

五四

强权的爱好,暴发得来的金银,
　他所过惯的那种冒险的生活,
长期锻炼所形成的冷酷无情,
　由于仁慈而往往承担的后祸,
再加上他所习见的日常景象:
　粗犷的伙伴和更粗犷的海波,
足以使他的敌手悔恨没个完——
和他交友很热诚,打交道可危险。

五五

但仿佛有一种古希腊的精神
　把一缕英气注入他的灵魂中,
一如在古昔,这精神曾鼓舞了
　他那些寻找金羊毛的老祖宗①;
对死寂的生活他谈不到热爱,
　可叹祖国又使他无法逞英雄,
于是,为了报复她所受的凌辱,
他愤而与一切国家刀兵相处。

五六

但那南国的秀气并没有消失,
　他那爱奥尼亚的心灵的优美

---

① "寻找金羊毛的老祖宗",见第二章六六节注。

常常不自觉地表现出来，例如：

  在选择住所上他不凡的趣味，
对庄严的音乐和风景的爱好，
  在稍闲适时，他还爱静观溪水
澄澈得像水晶，在他身边流过。
也爱看花，仿佛使心得以润泽。

五七

不管感情多少，他把仅有的一点
  都寄托在他可爱的女儿身上，
他的所见所为都够粗暴野蛮，
  却只有对她，他的心还没有关上；
这是唯一的真情与人间相通，
  要是失去它，他就会完全断丧
人世温暖对情感的哺育，只有像
独眼巨人①在全瞎时一样发狂。

五八

在森林中，牧羊人和他的羊群
  听到雌虎失雏的怒吼而战栗，
在海上，当浪花掀起汹涌的战争，
  驶近岩石的小船就万分惊惧；
但狂暴的事物一旦发过威风，
  它的怒火倒容易平复，远逊于

---

① 独眼巨人，史诗《奥德赛》中记载西西里岛上居住有一族巨人，只有一只眼生在正中。当攸利西斯和十二个伙伴漂流到岛上时，他们被独眼巨人波利菲马斯所俘，关在洞中，每天吞食两人。攸利西斯设法灌醉巨人们，以铁烙把沉睡的波利菲马斯的眼睛弄瞎，从而逃出石洞，得以脱险。

一颗坚强的、特别是父亲的心,
那怒火专一,肃杀,无言而深沉。

五九

说来很残酷,却又是屡见不鲜:
　我们的子女会忽然变得不稳定,
我们原想看到自己黄金的岁月
　在他们的身上重现,并有所更新,
可是正当暮年偷偷朝我们袭来,
　一片暗云笼罩着我们的黄昏,
他们却善心地离去……呵,并不孤单,
还有肾结石或痛风和我们做伴。

六〇

一个美好的家庭确实很不错,
　(只要别叫孩子晚餐后都进来;)
看到一个主妇把子女都带大,
　多么好呵!(要是她尚未骨瘦如柴;)
像天使聚于神坛,他们围火而坐
　(哪个苦命人见了能无感于怀?)
看,围有一群女儿和侄女的太太
就像金币夹在铜钱中那样光彩!

六一

老兰勃洛悄悄穿过一道便门,
　便趁着黄昏站在他的厅堂边,
这时候,海黛和她的恋人一起
　又得意又漂亮,坐在正中晚宴,

215

象牙镶嵌的桌子布置得堂皇,
　一群美丽的女奴侍立在两边,
他们的餐具多属金银和宝石,
连青贝和珊瑚都显得没价值①。

六二①

这筵席大约有一百多道菜,
　有小羔羊,有阿月浑子,有牛膝,
有番红花汤——肉类是应有尽有,
　鱼呢,是跳进网的最好的种类,
并按照最精的口味烹调而成;
　饮料是用葡萄,石榴,和橘子水
分别精制成的清凉的果子露,
味道最新鲜,因为是刚刚挤出。

六三

这些都装在水晶瓶里,排成一圈;
　水果和枣泥面包给晚餐收了尾,
最后是盛在精致的瓷杯里的
　从阿剌伯运来的纯摩卡②咖啡,
为了防备烫痛了手,在那底下
　还垫着一个嵌珠粒的金盏杯,

---

① 六一至六九节关于希腊陈设的描写,都是如实写出的。拜伦在一八二一年八月二十一日致莫瑞的信中说,"几乎全部《唐璜》都是来自现实的生活,如不是我自己的,便是我所熟识的人们的。顺便提一下,第三章中关于陈设的大多描述,都取自塔利的《的黎波里》一书(请注意此点),其余的则得自我自己的观察。请记着,我从不想隐瞒这一点,只是因为《唐璜》既无序言,又不署名,我无从说明罢了。"塔利的《侨居非洲的黎波里十年记》于一八一六年出版。

② 摩卡,阿剌伯海港名。从此地输出的咖啡因而得名。

丁香,肉桂和番红花都混合在
咖啡里煮,把味道(我想)反都弄坏。

六四

室内壁上悬挂着丝绒的花毯,
　　织成方格形,各有不同的色调,
中心嵌有深红色的丝绒花朵,
　　又有黄色的镶边把红花围绕;
在花毯上端,鲜艳夺目地绣出
　　蓝地淡紫的波斯文,极为精巧。
其中有一些是古诗人的诗句,
也有更高明的道学家的警语。

六五

壁上装饰的这些东方的书法
　　在那一带颇为流行,家家可见,

它好似孟斐斯①筵席上的头壳,
　　对寻欢作乐的人是一种诤谏,
令人想到了伯尔沙撒②的宴饮
　　和使他吃惊的那亡国的预言;
但事实是,圣贤之言固然有理,
却不及"欢乐"的宣教那么有力。

六六

一个名媛在季节终了染上肺痨,
　　一个才子因喝酒太多而致死去,
一个浪子皈依监理派或折衷派
　　(因为人们祈祷都爱凭它的名义),
特别是,一个郡长突然患了风瘫——
　　都由于有什么真正损伤了元气;
由此可见,通宵盛会、嗜酒和爱情,
对人的危害并不比饕餮为轻。

六七

铺陈在海黛和唐璜脚下的
　　是深红的缎子,镶着淡蓝的边;
他们柔软的坐榻看来十分新,
　　足占了全房间的四分之三;
那丝绒垫子(应该放在皇座上!)
　　是猩红的,中心跃出一团火焰,

---

① 孟斐斯,埃及的古都。据希腊史家希罗多塔斯记载,古埃及人在举行盛筵时,将木乃伊(死人的尸体)陈于席间,以警告欢乐的人勿忘死亡。
② 伯尔沙撒,见《圣经·但以理书》第五章。伯尔沙撒(纪元前六世纪)是巴比伦的最后一个国王。他在欢宴中,看见半空中有一只手在墙上写字,预告他的灭亡。

那是绣金的日头,四射着光芒,
好像日当正午,特别耀目辉煌。

六八

水晶和大理石,金盘和瓷器,
　可说是琳琅满目;地上铺陈着
印度席子和血红的波斯地毯;
　小羚羊和猫,黑人,侏儒,食客,
以及一切像大臣和宠儿那般
　获得每日的面包的,(这就是说:
靠着奴颜婢膝,)他们熙熙攘攘
麇集于此,好似在宫廷或市场。

六九

高大的玻璃镜也是随处都有;
　桌子多是黑檀木的,上面镶着
珍珠母或象牙;也有些是使用
　珍贵的木料和龟壳镶嵌制作,
并饰有金银的回纹。只凭吩咐,
　这些桌子立刻就能摆开待客,
并端上食品,冰果子露和美酒,
不论什么人来,或在什么时候。

七〇

谈到服装,我最爱海黛的衣着:
　她穿了两件胸衣,外一件浅黄,
贴身的是白、蓝和粉红相衬,——
　她的胸脯在下面起伏如波浪;

衬衣的纽扣是豆粒大的珍珠,
　　衣上的装饰闪着深红和金光,
而罩着她的白条纹纱的斗篷
　　像绕月的卷卷白云一样飘动。

七一

她的两只玉臂都戴着大金镯,
　　它不用扣,因为纯金是这么柔,
用手拉松或收紧都无损于它,
　　无需铸形,它的形状随着手走;
它紧贴着,好像怕失去这臂抱,
　　呵,它那形状多么美,多么风流!
在金矿之中这是最纯的金,
从没有这么白的皮肤被它抱紧①。

七二

作为她父亲这片领地的公主,
　　她的脚上也戴着同样的金环②,
这表示她的地位;她手上戴有
　　十二个戒指,发丝间宝石灿烂;
她的面纱垂到胸前,底边缀着
　　一排珍珠,那价值很难以计算;
她那橘红的土耳其式长绸裤
把世上最动人的脚踝给盖住。

---

① 这种服装是摩尔式的,镯子和金环的佩戴一如上述。读者下面将看到,海黛的母亲既系摩洛哥生人,她女儿的衣饰也照该地样式。——拜伦注
② 脚背上的金环表示总督女眷的高贵地位,她们的女亲属也如此穿戴。——拜伦注

七三

她那赭色的发辫的细长波浪
　　直流到脚跟,像阿尔卑斯的突泉
染上了朝霞的颜色;头发若散开,
　　足可以把她的全身都给遮拦①
不过,它仿佛还讨厌那丝带的
　　小小结儿,直想摆脱它的羁绊,
只要有机会碰上一阵轻柔的风,
它就献上年轻的羽毛供它扇动。

七四

她使周围的一切都生趣盎然,
　　空气流过她眼前好像也变轻些,
那眼睛是如此柔情、美丽,充满了
　　尽我们能想像到的天庭的和谐,
又纯净得像出嫁以前的赛姬②,
　　连最纯的感情遇上她都嫌不洁;
在她面前你只觉到逼人的光彩,
就是对她跪下也算不了崇拜。

七五

她的睫毛虽然像夜一般幽暗,

---

① 这并非夸张:我记得曾见过四个妇女有如此多的长发,其中三个是英国人,一个是东方人。她们的头发既长又多,一放开来就几乎掩蔽全身,连衣服都似乎不必要了。四人中只有一个是黑发;那东方人的头发大约在这四人中是色调最浅的。——拜伦注
② 赛姬,据希腊神话,她是爱神丘庇特所恋的少女,纯洁而美丽。

还是照习俗抹上黛,但是枉然;
因为那大眼睛的边缘是如此黑,
　　光滑的睫毛嘲笑着墨玉的斑染,
这反抗很对:不染它反而更美。
　　她的指甲涂过指甲花的朱丹,
但这又一次证明巧工的无用,
因为她的指甲本来已经够红。

七六

首先那指甲花应该深深染过,
　　好把她的皮肤更衬得洁白柔和,
但实则不必了:晨光照耀的雪峰
　　也不曾有她那种天庭的光泽。
眼睛看着她,不禁疑心是做梦,
　　因为她太像幻影了;我也许说错,
但莎士比亚[①]也说:谁给纯金镀金,
或者给百合涂色,那才最愚蠢。

七七

唐璜披着一块绣金的黑披肩,
　　外面罩着薄得透明的白斗篷,
你能看到它下面宝石的闪烁
　　好似天河上清晰的一群星星;
他的头巾褶得整齐,一支藏有
　　海黛发丝的翠羽冠戴在头顶;
夹在冠毛下端的是一弯新月,
它颤颤而发的光辉不断闪耀。

---

① 莎士比亚(1564—1616),英国著名剧作家。这句引语取自《约翰王》四幕二场。

七八

现在侍从开始献艺给他们取乐,
　　有侏儒,有黑太监,诗人和舞女——
这构成他们新府第的全班人马。
　　诗人很有名,爱炫耀他的名气,
他的诗从不缺乏正确的脚韵,
　　以其主题说,他的才艺也不低;
因为他原是被雇来讽刺或奉承,
正如《圣诗》所说:"写一段好事情。"

七九

他赞美今日而针砭过去的时代,
　　这倒一反自古以来的良好惯例;
最后摇身一变,成了反激进派,
　　爱上了布丁①,不再想沽名钓誉。
有几年他的命运笼罩着乌云,
　　因为他的歌好像是无所顾忌。
但如今,他只把苏丹和督军歌颂,
真实如骚塞②,像克莱肖③的诗风。

八〇

他老于世故,久历过人海沧桑,

---

① 布丁,餐后吃的点心。
② 骚塞,见献辞注。
③ 瑞恰德·克莱肖(1613—1649),英国诗人。他早年是基督新教徒,反对天主教的教皇,以后转变为热狂的天主教徒。

倒能像罗盘针那样善于转变,
他的北极星变幻无常,并不固定,
　也多亏他会甜言蜜语讨人喜欢,
因此就卑鄙得永远不曾遭劫;
　更加他口若悬河(除非没给够钱),
他能讲得天花乱坠,以假乱真,
无怪他获得了那桂冠的年金。

八一

然而他有天才,——当叛徒有了它,
　这"易怒的先知"①就要连圆月亮
都不肯饶,要是她没注意这一点;
　本来,即使好人也爱众人捧场;
但话归本题吧。想想看,说到哪了?
　哦,是的,——我们正写到了第三章:
一对情侣,恋爱,宴会,房子,衣饰,
以及他们在孤岛上的生活方式。

八二

他们的诗人虽是可恨的两面派,
　但与人相处倒是个可爱的家伙,
在许多次宴会上他都颇受宠幸,
　当宾客半醉时他就发表起演说;
虽然那含义很难猜出,但他们
　仍旧惠予好评;有的不断打着嗝,
有的呼出公众的喝彩——这奖赐

---

① "易怒的先知",译自拉丁文。柯勒律治《文学传记》的第二章论到"有天才的人易于发怒"。

第一次从不知何以保证下一次。

八三

但如今,既已跃升到上流社会,
　　而且又东鳞西爪地从旅行中
为了换换花样,拾些自由思想,
　　他觉得在这孤岛上,伴着良朋,
绝不致有暴乱之虞,他尽可以
　　补偿一下他多年的违心之论,
于是又像他年少时唱起了歌,
　　他同意暂且和真理停战媾和。

八四

他到过阿剌伯,土耳其和西欧,
　　深知各地人民都爱自己的国度,
他又和各阶层的人一起生活过,
　　无论在什么场合都能应付自如,
这使他博得一点实惠,不少感谢。
　　他会把恭维话换着花样说出:
"在罗马要学罗马人,"谚语这么说——
这就是他在希腊的处世原则。

八五

所以,每当人们叫他唱些什么,
　　他总给当地人以当地的货色;
对他反正一样:"天佑我王"[①]也好,

---

① "天佑我王",是英国国歌的起句。

"就会胜利"①也好,全看风尚如何;
自崇高的抒情以至卑微的道理,
　他的缪斯全能容纳而化为清歌。
既然品达②能把赛马唱得悠悠,
他为什么不能像品达一样迁就?

八六

例如,在法国,他就写法国的民谣,
　在英国,写四开本的六章故事诗;
在西班牙,唱着有关上次战争的歌,
　或罗曼斯③,——在葡萄牙大约也如此;
在德国,他多半要拍老歌德的马,
　还可以搬用斯泰尔夫人④的文辞;
在意大利,他会仿效"文艺复兴"诗人⑤,
在希腊,或许有类似如下的歌吟:

(一)

希腊群岛呵,美丽的希腊群岛!
　热情的莎弗在这里唱过恋歌,
在这里,战争与和平的艺术并兴,

---

① "就会胜利",是法国一七八九年革命时期的一支歌的迭唱。"自崇高的抒情以至卑微的道理"——柯勒律治吹捧苏赛的诗时,曾在《文学传记》中写出类似的话。
② 品达(纪元前522—前442),希腊诗人,写有许多歌唱奥林匹克运动会的颂诗。
③ 罗曼斯,以诗与散文并用的叙述骑士冒险的故事。
④ 斯泰尔夫人(1766—1817),法国女作家,著有《论德国》,其中说到"歌德能代表整个德国文学"。
⑤ "文艺复兴"诗人,意大利的"文艺复兴"始于十四世纪,其著名诗人有但丁、彼特拉克等。

狄洛斯①崛起,阿波罗跃出海波!
永恒的夏天还把海岛镀成金,
可是除了太阳,一切已经消沉。

(二)

开奥的缪斯②和蒂奥的缪斯③,
　那英雄的竖琴,恋人的琵琶,
原在你的岸上博得了声誉,
　而今在这发源地反倒喑哑,——
呵,那歌声已远远向西流传,
远超过你祖先的海岛乐园。

(三)

起伏的山峦望着马拉松④,
　马拉松望着茫茫的海波;
我独自在那里冥想了一时,
　梦见希腊仍旧自由而快乐;
因为当我在波斯墓上站立,
我不能想像自己是个奴隶。

---

① 狄洛斯,爱琴海中的一个小岛,有一群小岛环绕其周围。据希腊神话,它是由海神自海中唤出的,由于漂浮不定,宙斯以铁链钉之于海底。传说太阳神阿波罗(掌管诗歌与音乐)诞生于此。
② 开奥的缪斯指荷马,因据传说,开奥为荷马的诞生地。"英雄的竖琴"指荷马史诗,因为其中歌颂了战争和英雄。
③ 蒂奥的缪斯指安纳克利融(见第一章四二节注)。蒂奥(在小亚细亚)是他的诞生地。"恋人的琵琶"指他的以爱情与美酒为主题的抒情诗。
④ 马拉松,雅典东部平原。纪元前四九〇年,希腊在此击败波斯国王大流士的入侵大军。

（四）

一个国王高高坐在山头上，
　　瞭望着萨拉密①挺立于海外，
千万只战船停靠在山脚下，
　　还有多少队伍——全由他统率！
他在天亮时把他们数了数，
但在日落时他们到了何处？

（五）

呵，他们而今安在？还有你呢，
　　我的祖国？在无声的土地上
英雄的颂歌如今暗哑了，
　　那英雄的心也不再激荡！
难道你一向庄严的竖琴
竟至沦落到我的手里弹弄？

（六）

也好，置身在奴隶民族里②，
　　尽管荣誉都已在沦丧中，
至少，一个爱国志士的忧思，
　　还使我在作歌时感到脸红；

---

① 萨拉密，希腊半岛附近的岛屿。纪元前四八〇年，波斯国王瑟克西斯的强大海军在此处被希腊击败，从此希腊解除了波斯的压迫。
② "置身在奴隶民族里"，希腊在一四五三年至一八二九年期间，沦为土耳其的属地。拜伦为争取希腊的民族独立而最终献身于这一事业。他捐献家产组成一支希腊军队，并亲赴希腊参战，一八二四年以患热病死于米索隆吉（在希腊西部）军中。

因为,诗人在这儿有什么能为?
为希腊人含羞,对希腊国落泪。

(七)

我们难道只对好日子哭泣
　　和惭愧?——我们的祖先却流血。
大地呵!把斯巴达人的遗骨①
　　从你的怀抱里送回来一些!
哪怕给我们三百勇士的三个,
让色茅霹雳的决死战复活!

(八)

怎么,还是无声?一切都沉寂?
　　不是的!你听那古代的英魂
正像远方的瀑布一样喧哗,
　　他们回答:"只要有一个活人
登高一呼,我们就来,就来!"
噫!倒只是活人不理不睬。

(九)

算了,算了:试试别的调子;
　　斟满一杯萨摩斯的美酒!
把战争留给土耳其野番吧,
　　让开奥的葡萄的血汁倾流!

---

① 斯巴达人的遗骨,纪元前四八〇年,斯巴达国王利昂尼达率领三百勇士在希腊北部的山口色茅霹雳阻拦强大的波斯入侵军队,奋战三日夜全部牺牲,成为历史上著名的英勇事迹。

听呵,每一个酒鬼多么踊跃
响应这一个不荣誉的号召!

(一〇)

你们还保有庇瑞克的舞步,
　　但庇瑞克的方阵①哪里去了?
这是两课:为什么你们偏把
　　那高尚而刚强的一课忘掉?
凯德谟斯②给你们造了字体——
难道他是为了传授给奴隶?

(一一)

斟满一杯萨摩斯的美酒!
　　让我们且抛开这样的话题!
这美酒曾使阿那克瑞翁
　　发为神圣的歌;是的,他屈于
波里克瑞底斯③,一个暴君,
但这暴君至少是我们国人。

(一二)

克索尼萨斯④的一个暴君

---

① 庇瑞克的方阵,古希腊的战斗序列。由于伊派鲁斯(希腊—古国)王庇鲁斯(纪元前318—前272)而得名。庇鲁斯以战功著称,曾屡次远征罗马及西西里。
② 凯德谟斯,神话中的希腊底比斯国王,原为腓尼基王子,据说他从腓尼基带给希腊十六个字母。
③ 波里克瑞底斯,纪元前六世纪的萨摩斯暴君,以劫掠著称。他曾与波斯对抗。安纳克利融于纪元前五一〇年波斯占领蒂奥时,曾移居萨摩斯,在波里克瑞底斯的治下生活。
④ 克索尼萨斯,在今鞑靼海峡和爱琴海之间的一段地带。

是自由的最忠勇的朋友,
那暴君是密尔蒂阿底斯①!
呵,但愿现在我们能够有
一个暴君和他一样精明,
他会团结我们不受人欺凌!

(一三)

斟满一杯萨摩斯的美酒!
在苏里的山中,巴加②的岸上,
住着一族人的勇敢的子孙,
不愧是道瑞斯③的母亲所养,
在那里,也许种子已经播散,
是赫久里斯④血统的真传。

(一四)

别相信西方人会带来自由⑤,
他们有一个做买卖的国王;

---

① 密尔蒂阿底斯,纪元前五世纪希波战争中的希腊英雄,以后成为克索尼萨斯的暴君。
② 苏里,巴加,都是希腊北部地名。苏里山中居住有苏里族,自十七至十九世纪一直与土耳其统治者作着顽强的斗争。
③ 道瑞斯,希腊地名,其地居民勇武慓悍。
④ 赫久里斯,据希腊神话,他是希腊对特洛伊战争中的英雄,具有超人的力气。
⑤ "别相信西方人会带来自由",希腊人在武装反抗土耳其压迫时,英、法和俄国由于自身利益曾予以口头支持。当时有人对起义者曾提出警告:"我劝你们在听从英国人以前要好好考虑一下,现在英国国王是欧洲所有王的大老板——他从他的商人那里拿钱来支付他们;因此,如果对商人来说,出卖你们而取得阿里的妥协是有利的,以便在他的港口获得某些商业权益,那么英国人就会把你们出卖给阿里。"拜伦此处也可能指俄国人,他的《青铜时代》有如下两句:
    能解放希腊的只有希腊人,
    而非戴着面具的野蛮人。

本土的利剑,本土的士兵,
　　是冲锋陷阵的唯一希望;
但在御敌时,拉丁的欺骗
比土耳其的武力还更危险。

(一五)

呵,斟满一杯萨摩斯的美酒!
　　树荫下舞蹈着我们的姑娘,
我看见她们的黑眼睛闪耀;
　　但是,望着每个鲜艳的女郎,
我的眼就为火热的泪所迷:
这乳房难道也要哺育奴隶?

(一六)

让我登上苏尼阿①的悬崖,
　　在那里,将只有我和那海浪
可以听见彼此的低语飘送,
　　让我像天鹅一样歌尽而亡;
我不要奴隶的国度属于我——
干脆把那萨摩斯酒杯打破!

八七

一个现代的希腊人也许会如此、
　　或应该如此,用大体可听的诗唱出来,
即使不很像希腊初始的奥菲斯②,

---

① 苏尼阿,在希腊半岛阿蒂卡南端。
② 奥菲斯,传说为荷马以前的希腊诗人,连野兽听到他的琴声都静止不动。

但时至今日,换个人也许唱得更坏;
这支歌有些感情,不管是否正确,
　而感情一经诗人流露,就引起来
别人的共鸣;但诗人最善于说谎,
他变起颜色来就和染工的手一样。

八八

而文字是有分量的,一滴墨水
　一旦像露珠般滴上了一个概念,
就会产生使千万人思索的东西;
　说来奇怪,文字原用来代替语言,
但哪怕寥寥几字都能传联万代,
　而"时间"把脆弱的人欺负得多惨!
连这么糟的一张纸都比人长寿——
比他的坟墓、他的一切都更持久。

八九

等他的骨头变成灰,坟墓已荒湮,
　他的身份,他的一代,甚至全民族
都已物故,或者连物都荡然无存,
　只落得在编年录上有一点记述:
幸而久已被湮没的一篇手稿,
　或者在营盘,由于挖水道而掘出
一块什么碑石,或许把他的名字
像埋藏的宝贝似的传之于世。

九〇

什么是声誉?哲人早已一笑置之,

233

它可有可无,不过是空话,幻影,风,
　　主要不在于你留下的名字如何,
　　而全看史家如何调转他的笔锋;
特洛亚应归功于荷马,犹如贺尔①
　　使王牌戏风行;我们今日所以能
知道伟大的马尔勃洛②善于剑击,
还是由于考克斯③最近写的传记。

九一

我们都说,弥尔顿是诗坛的巨擘;
　　固然有些沉闷,但格调多么神圣!
他屹立于其时代,博学而虔敬,
　　绝非酒色之徒可比。但他的生平
不幸落到了约翰生④的手里去写,
　　这伟大的缪斯的侍奉者竟变成:
上学挨鞭子,对子女和发妻粗厉——
原因是第一位太太和他分了居。

九二

这一切无疑很有趣;像莎士比亚
　　偷过邻人的鹿,培根⑤受过贿赂,

---

① 艾德曼·贺尔(1672—1769),《牌戏》和《惠斯特王牌戏短论》(1742)的作者。
② 约翰·马尔勃洛(1650—1722),英国公爵和名将。
③ 威廉·考克斯(1747—1828),著有《马尔勃洛公爵约翰回忆录》,一八一七至一八一九年印行。
④ 塞缪尔·约翰生(1709—1784),英国作家,著有《弥尔顿传》。
⑤ 弗兰西斯·培根(1561—1626),英国哲学家和散文作家。曾任大法官,被控贪污而撤职。

像泰塔斯①和恺撒②少时的恶作剧,
　　或者彭斯③(请看居礼医生④的大著),
以及克伦威尔⑤的戏谑,这些"事实"
　　固然逼史家写出了可爱的记述,
仿佛对他们的大人物极为重要,
实则使他的光辉添不了多少。

九三

但这也算不了德行:例如骚塞
　　曾经对世人大谈其平等社会⑥,
或如华兹华斯,在未被税局雇用以前,
　　也给他的叫卖诗添些民主气味;
或如柯勒律治,和骚塞不谋而合⑦,
　　共同娶了卖帽子的一对姊妹,
这时他那枝飘摇的笔还没有
向《晨报》⑧租出去他的贵族派头。

---

① 泰塔斯,见第二章二〇五节注。据罗马史家斯威托尼阿称,他少年时以仿人手迹为乐,夸称他能出色地伪造文件。
② 恺撒,见第二章二〇五节注。传说他少年时曾被海盗所俘,他假装和他们友好,乘其不备而绑住了他们。
③ 罗伯特·彭斯(1759—1796),苏格兰诗人。
④ 杰姆斯·居礼(1756—1805),他印行了《罗勃特·彭斯诗集》(1800),并附以彭斯传。
⑤ 奥利弗·克伦威尔(1599—1658),一六四〇年以后英国资产阶级革命的领袖,共和国的执政官(1653—1658)。据传他少年时因偷果园而时遭父母的鞭打。
⑥ 平等社会,柯勒律治和骚塞都曾谈过要在美洲建立一个理想村以为试验。骚塞在一八一七年给友人信中曾说道:"拟与几个友人隐居美洲的荒野,在那里为一种社会立下基础。"
⑦ 柯勒律治、骚塞,一七九五年,柯勒律治和莎拉·弗里克结婚,同年骚塞娶了莎拉的妹妹艾迪斯。这两姊妹出身于一小店主家庭,在婚前曾在友人家工作,但没有卖过帽子。
⑧ 《晨报》,伦敦的保守派日报。"湖畔诗人"都曾为它供稿。柯勒律治的诗于一七九八年一月初见于该报上。

九四

这些名字目前都发着罪犯味,
　像是道德版图上的波坦尼半岛①,
他们死心的背叛,转变的毅力,
　足够给他们贫瘠的传记作肥料;
华兹华斯的四开本之大,是自有
　印刷术以来的任何书都比不了,
一篇又臭又长的诗,叫什么《漫游》②。
它那种写法在我看来很不对头。

九五

在那篇诗里他筑起一道大堤,
　把自己和别人的心智互相隔开;
但所有华兹华斯的诗和门徒
　就像苏斯考特③的福音及其教派,
在我们本世纪可难以投人喜好:
　上帝的选民究竟不多,这也难怪;
但他俩尽管能把童贞陈货翻新,
到头来不过把水肿病奉为神明。

九六

但还是讲我的故事吧。我承认,

---

① 波坦尼半岛,在澳大利亚。英国过去将罪犯遣送此地。
② 《漫游》,见献辞四节注。
③ 琼娜·苏斯考特(1750—1814),英国一农家女,曾为女佣多年,以后自称有神异,能预知未来,招引了不少信徒。她宣称自己将诞生一先知,时间为一八一四年十月十九日,但未应验,而在此十日后即死于脑炎。

如果说我有什么毛病,那就是
我爱闲扯,尽自离题议论不休,
　　而把读者撇在一边已有多次;
但闲扯,那好比我的御前演说,
　　随后举行议会才能论到正事;
我忘了世人忍受不了这种耽搁,
虽然论伟大,我不及阿里奥斯托①。

九七

我知道,我们邻邦叫作 longueurs 的
　　(我们无以名之,虽然不乏那内容,
而且还最十全十美地体现在
　　骚塞身上,使他每年春天能保证
出一篇史诗),并不怎么吸引读者,
　　而另一方面,却并不难在史诗中
找出一些标准的例子来证明:
它的最重要的成分就是"沉闷"。

九八

荷拉斯说过:"荷马有时打瞌睡",
　　我们知道:华兹华斯有时就醒醒,
好表示他和他那亲爱的《车夫》②
　　在湖边漫游是多么饶有诗兴。

---

① 阿里奥斯托(1474—1533),意大利诗人,著有浪漫史诗《愤怒的奥兰多》。
② "车夫",指华兹华斯的诗篇《本杰敏车夫》(1805)。

他很希望有一只"小船"①飘游在——
　　海上？——不,是在苍穹的空际航行；
于是为了这"小船"他又一次高呼,
他的口涎汪洋得足以把它漂浮。

---

① "小船",华兹华斯在《彼得·贝尔》一诗中有如下几句：
　　　　乘一只飞马看来不错,
　　　　乘一只大气球也不错,
　　　　可是我绝不去浮游云间,
　　　　除非我有一只小船,
　　　　形状像新月一样。

九九

假如他一定要驰过无垠的太空,
　　而嫌彼加沙①驮着他不够平安,
他何不借用一下"查理的战车"②?
　　或者向美狄亚③要一条龙使唤?
也许他太俗,想不到这么典雅,
　　又怕乘这样的神驹把颈骨跌断,
那么,这笨伯何以不要一只气球,
假如他必须到月宫的附近飘游?

一〇〇

"小贩"呀,"小船"呀,"车"呀④,哦!屈莱顿
　　和蒲伯的阴灵!谁想到竟有今天?
像这种糟粕不但没有人唾弃,
　　而且还容许它在这末代的深渊
像渣滓般浮到面上!以至有这种
　　良知与诗的逆子把你们针砭——
想想《小舟子》和《彼得·贝尔》居然能
对《阿希托非》⑤的作者如此嘲弄!

---

① 彼加沙,见献辞八节注。
② "查理的战车",指大熊星。该星座形状似一车,因此被名为"查理曼大帝的战车"。
③ 美狄亚,见第一章八六节注。
④ "小贩""小船""车",指华兹华斯的诗《本杰敏车夫》和《彼得·贝尔》,前者写车夫,后者写陶器小贩。《彼得·贝尔》在初发表时,文坛上曾引为笑谈,有多人戏仿之。
⑤ 《阿希托非》,即德莱顿所著的讽刺诗《阿伯萨龙和阿希托非》,一六八一年发表。华兹华斯对德莱顿曾有如下议论:德莱顿"作为诗人来说并不是我最喜好的。我高度赞赏他的才能和天分,但他不是一个诗歌天才。"(《致司考特函》,1805年)拜伦可能从司考特那里听到这种议论。

一〇一

讲我们的故事吧。——筵席散了,
　　奴仆退下,侏儒和舞女也离去,
阿剌伯故事和诗人的歌都完了,
　　一切欢乐的声音已归于沉寂;
只剩下了女主人和她的情郎
　　独自观赏着晚霞烧红了天际。
福哉马利亚①!整个海洋和大地
在这神奇的一刻最该属于你!

一〇二

福哉马利亚!祝福那一个角落、
　　那一刻和那地方吧,它使我常常
感到整个大地已深深浸沉于
　　这如此优美、如此温柔的时光:
晚祷的歌正冉冉上升而消失,
　　远处的钟楼传出低沉的音响,
玫瑰色的天空静得没有一丝风,
而树叶仿佛为祈祷声所颤动。

一〇三

福哉马利亚!这是祈祷的时辰!
　　福哉马利亚!这是爱情的良宵!
福哉马利亚!但愿我们的虔敬
　　能探得你和圣子之灵的玄奥!
福哉马利亚!在那白鸽的翼下,

———————
① 福哉马利亚,这是天主教徒晚祷的第一句话。马利亚是耶稣之母,亦即"圣母"。

呵,你低垂着眼睛,多美的容貌!
虽然那不过是画像,但太逼真:
来吧,请步下画框,挽救世人。

一〇四

比较仁慈的论客恐怕要发表
　匿名文章说:我没有敬神之诚;
但请他移驾来和我一起祈祷吧,
　那你就会看到,我们谁有本领
取得去天国的捷径;我的祭坛
　是山川大地,海洋,天空和星星,
就是从同一个"整体"而生的万物,
　灵魂始自它,也必以它为归宿。

一〇五

黄昏的美妙时光呵!在拉瓦那①
　那为松林荫蔽的寂静的岸沿,
参天的古木常青,它扎根之处
　曾被亚得里亚海的波涛漫淹,
直抵恺撒的古堡;苍翠的森林!
　德莱顿的歌和薄伽丘的《十日谈》②

---

① 拉瓦那,在意大利东北、面临亚得里亚海的港口,最初为纪元一世纪罗马皇帝(即恺撒)奥古斯都所建,五世纪起为罗马皇帝居住之地,植以园林和松树。拜伦于一八二〇年曾与友人骑马在其郊外松林中游荡。
② 德莱顿曾照薄伽丘(1313—1374,意大利小说家)的《十日谈》中一篇故事写成《西奥道尔和昂诺瑞阿》,故事大意为:拉瓦那少年西奥道尔热恋少女昂诺瑞阿,但受到这高傲的少女的冷落,他独行于松林中,意图自杀,这时模糊看到林中一骑马猎人带两只猎犬追一女子,并将女子撕裂;原来猎人名凯瓦尔甘蒂,因被所恋之女冷落而自杀,死后两人同入地狱,而她注定每天死于凯瓦尔甘蒂之手。以后西奥道尔带昂诺瑞阿来见此幻景,使她心软,因而不再对他冷落了。在《十日谈》中,此猎人名奥内斯提。

把你变为我梦魂萦绕的地方，
那里的黄昏多叫我依恋难忘！

一○六

在夏季，那松林的居士，清脆的蝉，
　　把整个的生命化为无尽的歌唱；
除了它，除了我和我的马蹄声，
　　就只有暮钟声在林中悠悠回响；
那时奥内斯提①家的猎人之灵
　　带着阴间的犬，在暮色里游荡，
还有一群少女有鉴于此而心软，
不再逃避情人了，——都恍惚浮现。

一○七

哦，金星②！你带给世间一切恩赐：
　　你使疲倦的回家，饥饿的就餐，
给雏鸟带来母鸟荫护的翅膀，
　　给辛苦的牛犊以牛厩的安恬；
凡是家神护佑的珍贵的一切，
　　那每家炉火前的适意和平安，
都由你宁静的容貌给招引来，
你把孩子也带到母亲的胸怀。

一○八

动心的一刻呵！那海行的游子

---

① 见本章一○五节。
② 金星，黄昏的星，没于西方。

第一天离开岸上亲爱的友朋,
这时会心绪万端,深深地祝愿;
行路的旅人听到远处的晚钟
悠悠地,似乎在哭泣日之将尽,
也会充满乡思急急趱赶归程;
难道这种忧郁是我凭空捏造?
唉,其实凡有死亡就必有哀悼。

一〇九

当尼罗①皇帝死去时,——灭人者
　天亦灭之,这宿命对他够公正,
不但罗马有感于自由而欢呼,
　凡获救的民族无不额手称庆;
但在他墓前,却有不知名的手
　给洒以鲜花②:想是为了这暴君
在权势不曾腐蚀他的某一刻,
曾经予人恩惠,以至为人感荷。

一一〇

但我又离题远了。天呀,尼罗王,
　或无论哪个人像他那样昏庸,
能和我们的主角有什么关系?
　正如月亮之对这种人的发疯
风马牛不相及。唉,我的创造力

---

① 尼罗,纪元一世纪的罗马暴君,以残忍著称。传说他下令焚烧罗马(64),而他对火弹琴取乐。六八年他被推翻,自杀而死。
② 关于这,可见斯维托尼亚(二世纪罗马史家,著有《帝王传》。——译者)。——拜伦注

  竟衰退到了零度,我已经变成
一个"木匙"了(这是我们剑桥人①
给成绩最劣的学生起的别名)。

———

我感到这样冗赘是不行的;
  这太像史诗了,我必须把它,
在重抄时,以一章分割为二,
  读者绝不会发现(除非是行家),
只要我自己不透露这一底细,
  还可以把它当做新猷来自夸,
我要说这原是批评家的见解,
有亚里士多德②为证:请看《诗学》。

---

① 剑桥,拜伦曾在剑桥大学读书。
② 亚里士多德,见第一章一二〇节注。此处拜伦戏仿奉《诗学》为无上权威的人。

第 四 章

一

写诗之难,大概最难于开宗明义,
　　此外,结尾也考验你有没有诗才,
因为往往你要胜利飞到终点时,
　　彼加沙折了一翅,你跟着跌下来,

---

① 本章写成于一八一九年十一月,发表于一八二一年八月。

好像卢西弗①犯了罪被踢下天界;
　我们的罪过不谋而合,也很难改:
那就是虚荣,它使人太好高骛远,
直到筋疲力竭,我们才自知收敛。

二

然而,那把芸芸众生夷平的"时间"
　和刻毒的"忧患",终于会教人知道——
也许,我们希望,也能教魔鬼明白——
　无论人或魔鬼的才力都很渺小;
但当青春的愿望在心头欢跳时,
　我们蔽于此——只怪血流得太快了!
只有当急流宽阔地泻入大海,
才容我们将每一旧情盘算于怀。

三

少年时,我自认是个聪明的家伙,
　并且希望别人对我也是这么想;
等我年岁大些,自己变冷静了,
　别人却拾去那想法,说我有专长;
而今我枯竭的幻想已变为黄叶,
　我的心灵之翼垂落了,不再飞扬,
只有可悲的真理在我桌前缭绕,
把一度浪漫的事物都变为讥嘲。

---

① 卢西弗,即撒旦,原为天使,因自负与上帝同等,被掷下地狱,成为魔鬼。在《失乐园》里,撒旦自称:
　　在天界与天界至高的王为敌,
　　　是骄傲和野心把我投入地狱。

四

如果说,我嘲笑了什么人或事,
 那是为了免得我哭;若是我哭,
那是因为我们的天性受不了
 不断的失望,而有违心愿的事物
却总是宁息不下,除非你把心
 沉在忘川①的渊底,不再问世务。
西底斯②使儿子在恨河中受洗礼,
凡母亲都该叫子女在忘川定居。

五

有人责备我,说我无中生有地
 意图反对我国的信仰和道德,
并追索本诗每一行都有这含义;
 我当然不敢号称我十分懂得
在我想露一手时自己的用意,
 但事实是:我从没有图谋什么,
只不过有时候我想"快活"一点——
在我的语汇中一个稀见的字眼。

六

在这正经的国度,好心的读者

---

① 忘川,据希腊神话,它是冥府中的一条河水,鬼魂饮了它的水便忘记生前的一切。
② 西底斯,希腊神话中海之女神,是希腊英雄阿其里斯的母亲。她把初生的阿其里斯在恨河(冥府中的一条河)里洗涤,使他全身不怕刀枪,但因握住了他的脚踵,那一处未沾到恨河的水,所以阿其里斯只有脚踵是能受到伤害的。

也许会觉得这种写法太奇怪,
半庄半谐的诗肇始于帕尔其①,
 他的歌迎合其时,而他那时代
颇有吉诃德的骑士风,所以他
 大唱其暴君,骑士,贞妇和巨怪;
但这一切,除了暴君,都过时了,
我想,写现代的题材也许较好。

七

我怎样对待它的,这我不知道,
 恐怕比这些人待我好不了多少:
他们所以硬指派我别有用心,
 并非有佐证,而是愿意如此臆造;
但如果他们高兴,那就随它吧,
 这时代很开明,思想谁也管不了。
说到这里,阿波罗②揪着我的耳朵,
叫我立刻讲故事,不要再闲扯。

八

年轻的唐璜和他的如意女郎
 真正是比翼双飞,享尽了欢情;
连与爱情为敌的无情的"时间"
 想到要掰开这样温柔的两颗心,
也不免忧伤于怀;它声声轻叹着

---

① 露意基·帕尔其(1432—1484),意大利诗人,著有诙谐的骑士故事诗《莫干特》,拜伦曾译其一部分。故事大略为:骑士罗兰被逐于查理曼大帝的宫廷,他路遇三巨人,杀死其二,而将第三个巨人莫干特感化为基督徒,随他做了许多可歌的事迹。
② 阿波罗,希腊神话中掌管诗歌和音乐的神。他也是太阳神。

收割他们的每一刻;但这一对人
可等不到老,在春天就会枯萎,
只要一丝痴情或希望展翅而飞。

九

他们的容颜不是为皱纹而生的,
　他们那蓬勃的心和纯洁的血液
不容凝滞,头上也不容白发为灾,
　他们像永恒的夏季,不知有冰雪;
宁可让电闪把他们烧成灰吧,
　然而,若要拖着漫长纡回的岁月
腐蚀这一生:那他们可受不了,
这只怪他们的俗骨生得太少。

一〇

他们又孤独起来了;这对他们说,
　无异是伊甸乐园。他们不知厌倦,
除非有一个不在。呵,在森林中,
　从老根砍下的树木,或从山泉
截断的河流,或突然从母怀里
　永远夺走的婴儿,都不及拆散
这一对情侣能立致生命的消殒:
唉唉,有什么本能比得人的心——

一一

这颗心呵——它会碎;最有福气
　也最幸运的是:谁的体质构造
像由泥土塑成的珍贵的瓷器,

249

脆弱得一摔就碎,那他绝看不到
一连串沉重的日子,年复一年,
　也不致忍受一切,无法与人相告;
唉,生命的原理就是这么奇怪:
最盼望死的人——往往数他健在。

一二

古语有云:"上帝爱的人死得早",
　这一死倒把许多起死亡躲掉:
例如友朋的死;但更凶的还有
　友谊、爱情和青春的死,以及除了
呼吸以外一切的消失;既然虚无
　在等待一切人,无论人多么巧,
多次躲开死神的箭:那么,也许
你所哀的夭折倒是老天的善意。

一三

海黛和唐璜没有想到死的事,
　这天地、这大气对他们太适合,
时光也无可挑剔,只嫌它会飞,
　他们看自己呢,更是无可指责;
每人就是对方的镜子,谁看谁
　都是眼里亮晶晶地闪着欢乐:
他们知道,这宝石一般的闪光
无非是他们眼底深情的反映。

一四

呵,那手指的轻捏!那激动的接触!

眉目的传情把千言万语都胜过；
嘴还在表达一切,而且总说不尽,
　但那语言和鸟的聒噪也差不多,
只有他们自己能理解,至少是
　它只对情人透露语意的曲折,
既甜而又戏谑,对于从来没有
听过或不再听的人,会显得荒谬。

一五

但这就是他们的王国,因为他们
　是儿童,而且还将过儿童的生活,
他们原不是为了在现实世界中
　给沉闷的一幕充当忙碌的角色,
却像是跃自清泉的两个生命：
　一个仙女,一个恋童,只知隐没
在花丛和清泉间,度着好时光,
而不想知道尘世的时刻的重量。

一六

月亮有盈有亏,但他们却不变,
　她每次升起都照见他们欢乐,
那欢情连她一路巡行都少见；
　这并不是猥俗之情易于饱和,
因为他们蓬勃的精神永不会
　囿于感官；至于占有,那使大多
爱情毁灭的,对他们适得其反：
他们越亲热,越感到占有之甜。

一七

这是多么美呵!既美而又稀见!
　　他们的爱情是那种使人甘愿
倾心以赴的;唉,在这颓旧的世界,
　　谁不是早已把爱情听厌和看烦:
密约呵,司空见惯的勾引呵,
　　还有小小的盘算,结婚和通奸;
仿佛海门①的火把只为了烙上
"荡妇"之名:当然丈夫没这么想。

一八

这话不中听;真理本来够冷酷;
　　何况这也是人所共知的。——够了!
那神仙的一对没感到片刻沉闷,
　　不知他们何以能如此自在逍遥?
凡人都生有青春的感情,有的人
　　让它一闪即逝,而他们却能永葆:
这气质我们俗人称之为"浪漫",
我们赞叹它,却暗中嫌它疯癫。

一九

若在别人,这会是一种反常状态,
　　是受了青春和小说的过分麻醉;
但在他们,却是天性或命定如此,

---

① 海门,希腊神话中婚姻之神,他手执火把和面幕。诗人在此讽刺了贵族和资产阶级的婚姻,指出他们婚前盘算的是金钱和地位,婚后则双方另觅所欢。

因为他们从没有对小说流过泪,
海黛的学问不多,这不必说了;
  唐璜呢,一直受的圣贤的教诲,
所以,若想给他们的爱情找根由,
明白夜莺或鸽子的相爱也就够。

二〇

他们望着落日,这美好的一刻
  对谁都是宝贵的,特别对他们:
因为最初就是从这样的天空
  爱神降临并使他们心心相印。
那时只有快乐是他们的贺礼,
  晚霞是他们热情结合的证人;
由于彼此迷恋,这痴情也推及
凡是能令人追怀往事的东西。

二一

不知什么原因,就当他们凝视着
  晚霞的那一刻,仿佛在他们心间
随着欢乐突然袭来一阵战栗,
  好似冷风拂过了火焰或琴弦,
一个声音发颤,另一个身子发抖,
  每人都掠过一丝不安的预感,
这使得唐璜发出低低的叹息,
海黛的眼睛也涌出晶莹的泪滴。

二二

她那先知的黑眼睛睁得大大的,

尽在追随和眺望消逝的太阳,
仿佛随着这灿烂的光轮的沉落,
　　他们欢会的最后一天就要消亡;
唐璜看着她,卜问自己的命运,
　　他感到凄酸,却又没有理由悲伤,
他的眼神因此向她的目光寻找
这悲戚的来由(至少对他够玄奥)。

二三

她转身对他一笑,但那笑容是
　　使别人笑不起来的,接着扭转脸,
不管她惊觉于什么吧,这一感觉
　　很快地就被明智或自尊所驱散;
当唐璜半庄半谐地向她提到
　　他们心头的这种不吉的共感,
她说:"万一有祸事——但那不可能,
至少我不会活着看见它发生。"

二四

唐璜还要问下去,若不是她的唇
　　压上了他的唇,使他不能不沉默;
她拿这热情的一吻和预感抗争,
　　终于使她的心完全把恶兆摆脱。
对,这才是解闷的最好的办法,
　　有人喜欢以酒浇愁:这也不错。
两者我都试过;所以,谁要试用,
可以就心疼和头疼任择一种。

254

二五

两者任择其一,随您自己的意,
　　反正你不爱女人就得嗜好酒,
那两种病痛就是我们为欢乐
　　所付的税,至于哪一种更好受,
我可不知道;但若非要我投票,
　　对双方我都有许多赞助的理由;
为了谁也不亏负,我可以肯定说:
两者都要,比两者都不要好得多。

二六

唐璜和海黛彼此默默地望着,
　　荡漾的目光透示无限的柔情,
一切最美好的情愫:友人,兄妹,
　　稚子和恋人,都已融会于其中;
因为是两颗纯洁的心在交流,
　　呵,爱得太深了,少爱爱都不行:
这过分的甜蜜圣哲可以原谅,
因为含有永恒的祝福的愿望。

二七

既然是互相拥抱着,两心交融——
　　唉,他们为什么不在那时候死去?
活得太长了,难保没有生离之时,
　　岁月会带来灾患或残酷的境遇;
这世界不是他们的,世人的奸巧
　　只凭莎弗般的热情也无法对敌,

爱情在他们是生命,它如此之浓,
不是感觉,而是整个的精神内容。

二八

他们该住在森林中,像夜莺似的
　　歌唱自娱而隐居;他们原不宜
在所谓"社会"这繁华的孤寂中,
　　和"憎恨"、"罪恶"、"忧患"呼吸在一起;
凡心灵自由的人都落落寡合,
　　唱得最甜的鸟儿只成双而栖,
雄鹰独自高飞,而乌鸦和海鸥
　　像世人一样,只围着腐尸不走。

二九

现在,海黛和唐璜脸偎着脸,
　　正相亲相爱地享受着午眠。
那是一阵小睡,睡得并不沉,
　　因为不时地仿佛有一种预感
使唐璜轻颤,并且传过他全身;
　　海黛的嘴唇好似溪水在喃喃,
发着无字的乐曲;她的脸被梦
熏得像风吹乱的玫瑰一般红。

三〇

或者像在阿尔卑斯的山谷中
　　一湾清澈的水面被风所波动,
她就如此被那神秘地侵袭到
　　头脑里的篡位者所搅扰,呵梦!

它使我们对心灵失去了控制,
 任心意所至,我们都唯命是从。
多奇怪的生存!(因为呼吸未断,)
失去了知觉,闭住眼还能看见!

三一

她梦见自己一个人在海边
 不知什么缘故,被拴在巨石上,
她动转不得,只听见海的呼啸
 越来越响,掀得高高的海浪
朝她打来,好像直扑她的嘴唇,
 使她噎不过气;一会儿更猖狂,
竟朝她头上泼来,又凶猛又高,
简直要淹没她,但她又死不了。

三二

不久她脱了身,在沙滩上走着,
 她的脚被尖石子刺得流出血,
几乎每走一步她都要跌倒;
 这时候在她的前面,隐隐约约
有一个裹白布的影子在滚动,
 她又追又怕,那东西总不停歇,
她看不清是什么,只跟踪去捉,
但是尽管捉住了,它又滑脱。

三三

梦境变了:她站在一个石洞中,
 岩壁上垂挂着由多年的水滴

形成的石钟乳,洞中海水在拍打,
　也许还有海豹在哪一角隐蔽。
她的头发滴着水,连她的眼珠
　仿佛也变为泪,从眼里往下滴,
直落到地面黝黑的尖石头上,
而且一滴落就凝成云石——她想。

三四

在她脚边,又湿又冷,死沉沉地
　躺着唐璜,鬓角浮着海的泡沫,
人已死了,她给擦也没有擦干,
　(对他的照顾曾使她多么快乐!
但现在没用了!)他那熄灭的心
　再也不能跳动了!大海的挽歌
尽在她悲哀的耳边低低地唱,
呵,这短短一梦比一生还要长!

三五

望着死去的人,她觉得他的脸
　消失了,或者换了另一副模样,
眉目有点像父亲,越看越清楚,
　它终于呈现为兰勃洛的脸庞,
精明,憔悴,带着希腊人的优雅;
　她猛然惊醒:呀,浩浩苍天在上!
她看见什么?那是谁的黑眼睛?
那和她面面相觑的正是父亲!

三六

她尖叫而起,又惊呼一声倒下,
　　真是悲和喜、希望和恐惧交集,
因为一个被她认为早已葬身
　　海底的人竟起死回生了,也许
是来向她心爱的人索命的吧?
　　对海黛,他似父亲般难舍难离;
这正是那可怕的一刻,这瞬息
我经历过,现在连想都不愿想起。

三七

听到惊叫声,唐璜立刻跳起来,
　　一把托住海黛使她不致栽倒;
接着从墙上摘下剑,怒冲冲地
　　就要惩罚这不速之客的侵扰;
兰勃洛直到现在都没有开口,
　　只冷冷一笑说:"只要我一声叫,
立刻就有千把刀子亮在这里,
小伙子,不如把你那玩艺收起。"

三八

海黛紧紧抱住他:"唐璜,这,这是
　　兰勃洛,——我父亲呀,——快和我跪下!
他会饶恕我们的,——是的,一定会。
　　哦,心爱的爸爸,我已心乱如麻!
快乐和痛苦都有,就当我吻着
　　你衣襟的时候,我的心怎容得下

又是做子女的欢欣,又是怀疑?
你饶了他吧!怎样罚我都可以。"

三九

老头子神情莫测地挺然而立,
　他的目光很平淡,语音也安详,
但这在他并不总是心平气和。
　他望她而不答,又向唐璜望望,
然而,这小伙子可是热血上冲,
　因为他已决定就要火拼一场:
他至少是站在那儿枕戈以待,
只要兰勃洛敢叫一个打手进来。

四〇

"小伙子,收起来吧!"老头又说一遍,
　唐璜答:"只要这只手还能动,不行!"
兰勃洛脸色发青,但不是由于怕,
　接着从腰带拔出了手枪一柄,
答道:"那就让你的血溅在你头上!"
　于是细看看打火石,好像要鉴定
它是否易燃,因为最近他开过枪,
接着安详地把扳机喀嚓扣上。

四一

扣上扳机会发出一种奇怪的
　非常刺耳的声音,假如你知道
再过一刹那枪口就会对着你,
　在大约十二码之外,抬起来瞄;

这是很礼貌的距离,不算太近,
　　假如你的敌手是过去的知交;
但若身受过一两次手枪的射击,
你的耳朵就变聋些,不那么精细。

四二

兰勃洛举枪瞄准,只一瞬就要
　　结束了唐璜的呼吸和这一章,
幸而海黛扑到她情人的身前,
　　严厉得像她父亲,叫道:"让死亡
找我来吧!——是我错——我许给了他,
　　并不是他自己找来这个地方;
我爱他,——要死就和他死在一起,
你说一不二,要知你女儿也像你!"

四三

一分钟以前,她满是泪水、柔情、
　　和孩子气;但忽而她毅然站起,
仿佛变成了人世弱者的护卫,
　　苍白,坚决,端庄,情愿受那一击;
她本来高过一般女子和男子,
　　现在挺起了身,像是要更便于
给枪作靶子,并凝视父亲的脸,
而对他持枪的手却不加阻拦。

四四

他看着她,她也看着他,真奇怪
　　他们多么逼肖!连表情也相同!

都暴怒而不形于色,只除了彼此
　　似乎有火焰射出大而黑的眼睛;
因为她虽然驯服,也是只狮子,
　　一旦惹恼起来,反扑得也够凶;
这是老头子的血在他自己面前
沸腾了:她总算不负他的真传。

四五

我说父女眉目和身段都相像,
　　只是在性别和年岁上有区别,
甚至他们的手也都同样纤巧,
　　亲子一脉相承竟至如此细节;
但现在,正当他们该欢欢喜喜
　　流着激动的眼泪把彼此迎接,
他们却怒目而视,各站在一方,
足见他们的情绪是多么激昂。

四六

沉默了一会儿,父亲收回武器,
　　又归放到原处;他站立在那儿
把她看个不停,像要把她看穿;
　　"别怪我,"他说,"找这外来人的碴;
不是我把家搅成了这个样的,
　　谁能受这种凌辱还忍住不杀!
我必须尽我的本分,——你怎样尽了
你的天职:看看目下就能知道。

四七

"叫他放下武器吧,不然,我敢说:
　　他的头就要当你的面滚下来!"
说完,他拿起了哨子轻轻一吹,
　　随着另一声哨音就涌进屋来
乱嘈嘈的一帮,由头巾到靴子,
　　个个全副武装,还有头目统率;
他下令给这约摸二十个海盗:
"捆住,不然就杀死这个西方佬。"

四八

接着,用一个迅速动作,他攫去
　　他的女儿;当他刚刚把她抱走,
那群人就拦在她和唐璜之间;
　　她不断挣扎,但她父亲的手
蛇一般缠住她,而那一群海盗
　　又像毒蛇发怒猛扑一只小兽,
冲到唐璜跟前;但为首的一个
迅即栽倒,他的右肩半已砍落。

四九

第二人面颊被劈开,但第三人
　　是一个足智多谋的老击剑手,
他以刀锋迎住那一击,闪电般
　　还没等你看清就刺中了对手,
唐璜倒下来,软软地躺在地上,

鲜红的血像小溪似的往外流:
那是又红又深的两处刀伤,
一处砍在手臂,另一处在头上。

五〇

唐璜倒下了,他们就地捆起来,
　　老兰勃洛挥挥手作了个信号,
他便被抬出屋子,直奔赴海岸,
　　那儿有一批船九点钟就起锚;
他们先把他放入一只小驳船,
　　直划到一排货船的旁边停靠,
然后就卸进一只大船的船舱,
盖上甲板,还嘱令人好好守望。

五一

人世间净是些变幻莫测的事,
　　目前这件事就很叫人不舒畅。
你看:一个年轻而漂亮的绅士
　　正享受着世间给他的一切恩赏,
而在他最料不到会出岔的一刻,
　　他竟被人捆起来送到了海上;
受了伤还捆着,好叫他不能动,
这一切只因有位小姐钟了情。

五二

现在要暂不表他。因为我竟然
　　感伤起来,这都怪中国的绿茶,

那泪之仙女！她比女巫卡桑德拉①
　还灵验得多,因为只要我喝它
三杯纯汁,我的心就易于兴叹,
　于是就得求助于武彝的红茶;
真可惜饮酒既已有害于人身,
而喝茶、喝咖啡又使人太认真。

五三

除非是和你掺起来,白兰地!
　呵,那火焰之河的迷人的女神!
为什么你要残害我们的肝脾?
　也学别的仙女,折磨爱你的人?
这使我只好去就清淡的饮料;
　至于烧酒呀,每当我夜静更深,
满满喝上几盅后,第二天醒来,
我的头就像是被夹上了刑台。

五四

现在要撇开唐璜——他倒是平安,
　虽然不是无恙:因为伤还很重,
可怜的家伙!但他受的皮肉之苦,
　怎及得海黛内心的一半苦衷?
她可不是先哭呀,闹呀,呓语呀,
　以后就让步、屈服,经不住人哄;
她母亲是摩尔人,原籍摩洛哥,
那儿或则是乐园,或则是荒漠。

---

①　卡桑德拉,据希腊神话,她是特洛伊王普莱姆的女儿,自阿波罗获得占卜的能力。

五五

那儿有高大的橄榄树把琥珀
　像喷泉一般洒下;五谷,花和果
在那儿从泥土涌出,泛滥大地,
　但同时,各种毒树也长得很多;
午夜的寂静不乏狮子的咆哮,
　沙漠漫漫的长途灼烤着骆驼,
有时黄沙蔽天,把商队都埋葬;
土地既然如此,人的心也相像。

五六

非洲是太阳之邦,斯土有斯民:
　人的体质也火热;从一坠地起,
摩尔人的血就受到太阳灼烤,
　无论是为善,为恶,都蓬勃有力,
它和地气一样,必须向外滋荣;
　海黛的母亲受着爱和美的赠礼,
她大而黑的眸子却深藏着激情,
有如一只睡狮还隐伏在林丛。

五七

她的女儿在较和煦的阳光下,
　像夏季的云,洁白、舒展而平静,
但逐渐荷负着雷电,总会变为
　天空中的暴风雨,使人间吃惊;
她直到现在都是安详而温柔,
　但既已载了过多的绝望的热情,

那一团火必迸出她非洲的血管,
有如沙漠的热风扫过一片荒原。

五八

她最后看到的是唐璜被砍倒,
 呵,那么美的恋人血染了满身,
他的鲜血就在那地板上流着,
 不久以前他还是走动的活人;
这就是瞬息间她看到的一切——
 接着她抽搐一下,一切都停顿:
在父亲的手臂上她原在挣扎,
现在却像砍断的树,颓然倒下。

五九

一条血管破裂了,在那朱唇上
 天然的鲜艳被染上血的殷红;[①]
她的头像在急雨下的百合花
 怏怏低垂着;使女们泪如泉涌,
她们奉命把小姐抬上了卧榻,
 又拿来草药和补品为她服用。
但这一切治疗对她都不生效,
仿佛她活既不成,死又嫌太早。

[①] 这是各种矛盾感情激烈冲突的常见的后果。窦什·弗兰西斯·弗斯加里在一四五七年被废黜,他听到圣·马可教堂的钟声宣布继任的人选时,立即由于胸中一条血管的爆裂致死,时年八十岁,"谁会想到这个老头儿有这么多血?"(见《麦克白》五幕一场)在我还不到十六岁的时候,我见过一个年轻人由于矛盾感情产生同样后果的惨况,不过他并没有立即死亡,而是在此后一些年里一遇到心情激动,立即引起同样的症状。——拜伦注

六〇

这样过了些天,情况毫无改变,
　虽然冰冷而不灰,嘴唇还很红,
脉搏没有了,但死亡似仍缺席,
　还没有任何恶象宣告她丧生;
身体并未腐蚀,所以不全绝望,
　看着她俊俏的脸,教人对生命
有了新想法:因为她满是心灵,
她有的太多,大地怎能收得净!

六一

好似雕塑得栩栩如生的石像,
　那主导的热情还留贮于其中,
虽然凝固了,但秀丽的维纳斯
　一经大理石定住,却永葆姿容;
罗马的角斗士①临死前的神态
　和拉奥孔②的痛楚之所以永恒,
就在于那生的情致使之流传,
虽然又非生,因为已泥固不变。

六二

终于她醒了,但不像一觉醒来,

---

① 罗马的角斗士,古罗马有击剑和其他的角斗表演,成为公众的一种娱乐。角斗士在这种表演中常因伤致死。这情景也成为雕刻的题材。
② 拉奥孔,希腊神话中特洛伊王普莱姆之子。他的两个儿子被蛇缠死,他赶去救时也被缠死。这一情景的雕塑是古代著名雕塑之一。

倒像是死而复活,换了新生命,
她一定是有一种新奇的感觉,
　因为她看到一切都显得陌生;
虽然那颗心依旧忠实于往日,
　它每一跳还带着深深的隐痛,
但她已不记得那是什么缘由,
　好似复仇的精灵暂时歇了手。

六三

她茫然望着闪来闪去的面孔
　和熟的物件,都不知道是什么;
许多人守着她,她也不加究问,
　更不管是谁在她的枕旁落座。
她充沛不言,也没有一声叹息
　泄露她的思想;仆从有意沉默
或故意急谈来引她,但没有用,
　除了呼吸,她毫无生命的表征。

六四

使女前来侍候她,她从不理会;
　父亲来看视她,她把眼睛移开;
无论触到旧日多亲切的地方
　或亲切的人,她一概认不出来。
给她调换屋子住,她全记不得,
　却只温顺地躺着,凡事不理睬。
最后,她眼里透出可怕的含义,
　唉,谁让他们要引动她的回忆!

六五

一个奴隶忽然想起给她弹琴,
　琴师来了,他以手试拨着琴弦;
起初,听到尖锐而杂沓的音调,
　她目光闪射,转向琴师看了看,
以后便回身朝墙,好似要避开
　那又刺穿心头的悲哀的思念;
琴师低唱着岛上的一支古歌,
那是帝制尚未暴横时的制作。

六六

她随即以苍白的手指在墙上
　打着歌的节拍。当歌曲的主题
转为爱情时,这激情的字立刻
　刺伤了她的记忆;她的现在,过去,
都如浮梦一般闪过她的眼前,
　而从她那过于阴霾的头脑里,
泪如泉水涌出,好似满山云雾
终于化为骤雨,久旱遇到甘露。

六七

呵,短暂的安慰! 这解救也无用!
　思想的旋风太迅急,她发了疯。
她忽地起来,好似没病过一样,
　见人就要打,像仇人一般眼红,
但没有人听见她说话或嚎叫,
　尽管这发作已是临死的象征;

为了使她清醒,人们试着打她,
即使如此她也不吐露一句话。

六八

偶尔她也像是有一丝知觉:
　　无论如何她不肯和父亲见面;
对一些用物她看得很专心,
　　可是却不能认出任何一件。
她拒绝食物或衣服;怎样劝说,
　　她都不吃、不穿;无论什么时间
用药物或手腕都引诱不了
她入睡,——好像这本能已经失掉。

六九

就这样,整整折磨了十二昼夜,
　　终于没有一瞥,没有一声叹息
以示与世永诀,她便魂离人间。
　　连最近的守护人都未能知悉
她几时死去的;那把她的秀脸
　　投入幽冥的"突变"非常纤缓地
遮上眼睛——呵,那美丽的黑眼睛!
原来是多么晶莹,竟然也消殒!

七〇

她逝去了,但不仅她;她还怀着
　　一个未见天日的生命的雏形,
它或可成为一个貌美而无罪的
　　罪孽儿,却早早结束小小的生命,

未诞生便进了坟墓;一场寒霜
　　使鲜艳的花和叶都一起凋零;
呵,这爱情的碎裂之花和残果
即使天降下仙露也无法复活!

七一

她如此生——如此死了。从此不再有
　　悲伤或羞辱来烦扰她。她的天性
原不像较冷的人能经年累月地
　　忍辱负重,单等老年来给送终;
她的岁月和欢情虽然够短暂,
　　却竭尽她的命运所容许的一生
愉快地度过,——她终于静静地安眠,
在她常常爱去散步的那个海边。

七二

如今那海岛全然零落而荒凉,
　　房屋坍塌了,居住的人都已亡故:
只有她和她父亲的坟墓还在,
　　但也没有一块碑石把他们记述;
谁知哪儿埋下了如此美的少女,
　　她的往事再也没有人能够说出;
呵,在那儿听不见挽歌,除了海啸
在为那已死的希腊美人哀悼。

七三

但许多希腊少女都唱着一支
　　动人的歌,在把她的名字哀叹。

许多岛民爱以她父亲的故事
　　打发漫漫长夜:说他特别勇敢,
而她富于美色;即使她爱得不智,
　　她已经用生命把那罪过偿还;
这笔债可够重,但终归逃不脱,
因为爱情是它自己的复仇者。

七四

调子太悲了,还是改改话题吧,
　　这哀情的几页应该置之高阁;
我本来不太愿意描写人发疯,
　　唯恐自己被疑为如此;何况我
在这题目上也添不了什么新意;
　　但既然我的缪斯脾气很奇特,
且让我另想办法,拿唐璜试试:
前些节曾提到他被砍得半死,

七五

被捆着,受了伤,禁闭在船舱里,
　　憎憎然几昼夜他才完全清醒,
并把一切往事历历回想起来;
　　而等他想起来的时候,他已经
飘行海上,每小时扬帆六海里,
　　伊里安①海岸正向他的船接近。
要是换个时候,他倒想去游览,
但此刻,他对西吉姆海角②很冷淡。

---

① 伊里安,即特洛伊,在小亚细亚西北。
② 西吉姆海角,在特洛伊岸沿。

七六

在那碧绿的、筑有村落的小山顶,
　　(一边是海,一边是赫里斯庞特①湾,)
据说有神勇的阿喀琉斯之墓,
　　(只是据说,布莱安②有不同的意见;)
在它下面,还有一个高耸的古坟,
　　是谁的? 只有天知道;也许那里面
是巴仇克勒斯,阿夹克斯③,或别人?
总之是英雄,若活着还会杀我们。

七七

呵,高高的古墓,没有碑石或名字,
　　俯临着广大、荒芜而环山的平原,
艾达④之巅耸立在远方,仍旧无恙,
　　斯卡曼德⑤(假如是它)的流水依然;
这壮丽的山河还是能名震宇内,
　　尽够十万雄师在这儿驰骋争战;
但伊里安的城堡何在? 我只能
看到羊群在吃草,乌龟在爬行;

---

① 赫里斯庞特,见第二章一〇五节注。
② 杰科布·布莱安(1715—1804),一七〇九年发表《关于特洛伊战争的论文》。他引起关于特洛伊是否系历史事实的争论。
③ 巴仇克勒斯,阿夹克斯,特洛伊战争中希腊的英雄。前者是阿其里斯的战友,后者是阿其里斯死后希腊最勇武的战士。
④ 艾达山,在小亚细亚,特洛伊城附近。
⑤ 斯卡曼德河,在特洛伊附近流入海。

七八

还有无拘束的马群,疏疏落落的
　　农家茅舍,住着不见经传的姓名,
一些牧童(远不像巴里斯①)好奇地
　　观望着那出于学童时代的感情
而来游的欧洲人;一个土耳其佬
　　嘴含着烟袋,手执念珠,异常笃信,——
这就是我慕名而来所见的胜地,
而扶里几亚②人呢?鬼也不见踪迹。

七九

唐璜这时获准走出他的小舱,
　　才知道自己已落入奴贩手中;
凄怆地,他眺望着蔚蓝的波涛
　　映照着岸上许多英雄的坟冢;
他流血过多,仍旧衰弱得无力
　　多问些问题,而别人也不可能
对他目前和过去的种种情况,
解答得使他感到十分舒畅。

八〇

有些被俘的伙伴像意大利人,
　　唐璜和他们一接触,果然不假;

---

① 巴里斯,特洛伊王子,因他诱拐斯巴达王曼尼雷阿的美丽的妻子海伦而引起特洛伊战争。特洛伊因此战败被焚。
② 扶里几亚,小亚细亚的古国。特洛伊人亦称扶里几亚人。

他听他们讲到自己的遭遇,
　　那真够奇特:一个由歌唱家
组成的戏班子到西西里演出,
　　而由利弗诺①驶出后却出了岔,
倒不是被海盗所劫,而是班主
以低廉的价格把他们售出。②

八一

是一个滑稽歌手把这新鲜事
　　告诉了唐璜的;虽然他已注定
要卖到土耳其市场,却保持着
　　高昂的精神——至少高扬着面孔;
这个小伙子看来挺精神饱满,
　　老是喜笑颜开,倒很乐天知命;
他的风度比那戏班的女主角
或男高音歌手可潇洒得多了。

八二

他把他们倒霉的遭遇简短地
　　说了说:"我们阴险的戏班班主
在一个海角外对一只双桅船
　　打出了一个信号;得,我的天主!
我们立刻被转到那只怪船上,
　　连一个银币的工资都没有付;

---

① 利弗诺,即雷格亨,意大利港口。
② 这是事实。几年前有人为外国剧场雇了一个戏班,让他们在意大利的一个港口登上船,运到阿尔及尔时,把他们都卖掉了。有一个从奴役中回来的女人,由于奇怪的巧合,我在一八一七年初听到她在罗西尼的《阿尔及尔的意大利人》歌剧中演唱。——拜伦注

但如果土耳其苏丹爱听戏,
我们不会很久就又能抖一气。

八三

"我们的女主角可惜年纪大些,
　荒唐日子过久啦,人显得憔悴,
而且卖座一少就伤风,她的调门
　倒不错;那男高音的老婆模样美,
可是不中听;上一次巡回演出时,
　在波隆那她很惹了一场是非:
她竟从一位罗马老公主的手
把恺撒·西孔纳伯爵给夺了走。

八四

"那些跳舞的呢,有一个叫妮妮,
　因为职业不止一种,很受欢迎;
还有爱笑的妞儿彼利哥丽尼,
　上一次演唱时她真是很幸运,
至少弄到了足足五百块金币,
　可是花得太快,至今不名一文;
呵,还有个滑稽女歌手,只要男人
有肉体或灵魂,她管保能称心。

八五

"那些配搭的舞女没什么新鲜,
　都是成批的货色,偶尔一两位
长得标致些,或许能惹人赏眼,
　剩下的连在市集演出都不配。

有一个苗条舞女,比梭鱼还直,
　　却带有一种多愁善感的气味,
这本来大有指望,但她不用劲跳,
　　可真辜负了她那脸子和身腰。

八六

"至于男演员呢,都是庸庸碌碌,
　　那个主角简直是一个破脸盆,
不过他倒有一种用途,我希望
　　苏丹能使用他作后宫的仆人,
那他也许可以得到晋身之阶;
　　他的歌唱我相信绝上不了名。
别看教皇①年年培养,很难找到
三个不阴不阳的嗓门比他还糟。

八七

"那男高音的嗓子可惜太造作,
　　至于男低音呀,那畜生只会咆哮;
本来他没有受过歌班的训练,
　　什么音调、节拍、板眼,一概不知道。
不过因为他是女主角的近亲,
　　她非说他的歌喉又圆润又好,
于是雇了他;可是你若听他唱,
就会以为是什么驴子在吊嗓。

---

①　可怪的竟是教皇和苏丹成为这项行业的主要支柱——因为圣·彼得教堂里不能
　　由女人当歌者,她们作后宫的监护人也不甚可靠。——拜伦注

还有爱笑的妞儿彼利哥丽尼,
　上一次演唱时她真是很幸运。

八八

"至于我的才能哩,我不便自吹,
 你虽然年轻,先生,据我看模样,
你倒有出门人的派头,这表明
 你对于歌剧一定也不是外行。
你可听说过斯声甘喊?敝人就是;
 你也许有机会赶上听我演唱。
去年你没有到罗哥去赶集吧?
再次我到那里上演时,务请移驾。

八九

"哎,还有男中音我几乎忘了提,
 他是个小白脸,尾巴翘得可太高:
嗓音变化不够多,也不够浑圆,
 只知动作优美,一点不懂门道;
他还总是怨天尤人哩,老实说:
 让他去沿街卖唱都不够材料;
他扮演情人倒能把感情抒发,
因为无心可表,他露出他的牙。"

九○

斯声甘喊的滔滔不绝的议论
 至此为看守的海盗吆喝打断,
俘虏在规定的时刻都得回舱。
 他们在回到那阴暗的铺位前,
不禁对海波投出依恋的一瞥
 (海被晴朗的天映得加倍的蓝,

在日光下自由而欢快地滚动),
然后就一一走下舱口的黑洞。

九一

次日他们听说,在鞑靼海峡
　　他们要等待苏丹的御赐护照,
(在一切御旨中,这一种最威风,
　　凡能躲过它的绝不愿意去要,)
结果他们被囚得更加严密,
　　男和男的,女和女的,都用镣铐
一对对锁上,并且一对对分开,
只等到君士坦丁堡市上出卖。

九二

似乎是,在他们搭配完的时候,
　　单剩下男女各一没有法成对,
这颇引起一番斟酌,经过商量
　　起初想把那女高音冒充须眉,
以后决定把男的充作女班护兵,
　　于是就把他捆到女队:真倒霉。
他正是唐璜;唉,难为他这少年
竟和花容月貌的姑娘结了伴!

九三

斯声甘喊不幸和那个男高音
　　锁到一块,他们互相间的仇恨
只在戏台上才会有:谁都厌恶
　　近身的伙伴甚于自己的命运;

他们又很执拗,谁也不肯忍气
　　让对方一句,于是就起了纠纷;
他们一边骂,一边往两下拉扯,
"好样儿的!"意即全不是好家伙。

九四

唐璜的伴侣是拉瓦那的原籍,
　　然而在古安科那①的地界长大,
她的眼睛能直射进你的心魂
　　(她确称得起是一个"贝拉·唐娜"),
呵,又乌亮,又火热,像燃烧的煤;
　　一个棕发美人,不但容光焕发,
那眉目还透露着讨好的痴情——
这天赋实在可喜,特别在异性。

九五

但这一切魅力对于他都没有用,
　　因为忧伤控制着他的全部感官;
尽管她在瞟他,他的眼睛却不亮,
　　尽管他们捆在一起,她的玉腕
触着他的手,但不管这个或她的
　　其他迷人之处(无动于衷可很难),
都引不起他心跳,或使他变糊涂,
也许他最近受的伤有一些帮助。

---

①　安科那,意大利东部城市。

九六

这不必提吧;我们不该追究太多。
　　事实总是事实:没有骑士更忠诚,
也没有恋女还希求更大的坚贞,
　　这已经够了,我想无需再提佐证。
据说,不能"只凭想着高加索冰雪①,
　　就能握一把火"而不把手烫肿,
但也有例外:唐璜这次确确实实
受到更烈的火攻,而且安然无事!

九七

这儿我本可作些正派的描述,
　　因为我在少年时也曾不动心;
但我听说,有人反对开头的两章,
　　认为那里写得太露骨而逼真;
连出版家也断言:若教那两章
　　传诵到家庭,那比教骆驼穿针孔
还要难上加难;因此,我想不如
少费笔墨为佳,教唐璜赶快登陆。

九八

对我左右一样;我愿意俯首听命。
　　因此就把那描述留给斯摩雷特、

---

① "只凭想着高加索冰雪……",引自莎士比亚《理查二世》一幕三景。与原文略有出入。

普莱尔、阿里奥斯托或菲尔丁①的
　　更纯洁的篇幅吧;他们可说过
很多怪事给这正经的时代听。
　　我的笔一度很泼辣,爱与人反驳;
若在过去,这些人云亦云也许会
引起我訾议吧? 现在则绝不多嘴。

九九

孩子都爱吵架,我少年时也如此;
　　但时至今日,我宁愿平静地退休。
任文坛上的贩夫走卒去争执吧,
　　看我的诗名是不是在我的右手
还能够写作的时候就已经消失,
　　或者是竟能回荡几世纪之久;
反正我坟头的青草将悠久地
对夜风叹息,而我的歌早已沉寂。

一○○

对于声誉的宠儿,那超越时间
　　和语言的隔阂而流传的诗圣,
生命仅仅是他生存的一小段,
　　经二十个世纪而累积的名声

---

① 托拜阿斯·斯摩雷特(1721—1771?),英国小说家。
马修·普莱尔(1664—1721),英国诗人。
亨利·菲尔丁(1707—1754),英国小说家。拜伦引述上列作家等以证明本诗的描述并不"太露骨"或不道德。他在一八二二年十二月二十五日致莫瑞函中说:"过些时候,《唐璜》的意图即将为人所知——它是一篇对社会现况的恶习的讽刺,而非对罪恶的颂扬。它或许有时是纵欲的,——那也不可免。阿里奥斯托更糟。斯摩雷特要坏十倍,而菲尔丁并不更好些。"

就像一个雪球积自每片雪花:
　还要向前滚去,还要不断添增,
终至成为漂浮的冰山那么大——
但终归仍不过是寒冷的雪花。

一〇一

所以,伟大的名字不过是虚名,
　荣誉的爱好是寄奢望于虚无,
仿佛人竟想从那埋葬一切的
　万劫不复中标明自己的灰骨;
试问在"末日裁判"以前,有什么
　能永存,除了变迁?我曾经立足
在阿喀琉斯墓上,却听人否认
特洛亚的存在;罗马也将成疑问。

一〇二

死者一代代被时流冲入空茫,
　坟墓继承坟墓,直到了无痕迹,
一整个世纪的记忆就此丧尽了,
　又被后一代的归宿所深深埋起。
我们祖先所读的墓碑而今安在?
　只剩了几块被人从墓地里搜集;
在那儿,成千上万一度扬名的人
已经在普通的寂灭中湮没无闻。

一〇三

每天下午,我都在那个青年英雄

德·弗瓦①一死成名的地方游荡;
对人间的虚荣说,他死得太早,
　　但对世人说,他已经活得太长!
一棵残破的、雕琢尚细的石柱
　　(长久的荒芜已使它濒于断丧,)
还记述着拉瓦那的一场杀戮,
虽然周围已积满野草和秽物。②

一〇四

我每天也骑马经过但丁之墓,
　　它整洁而精巧,上面覆以圆顶,
并不显得壮丽;但人们来凭吊的
　　却是诗人的骨灰,而非那个英雄。
但总有一天,无论诗人的卷册
　　或战士的丰碑,都将消逝无踪,
而沉沦地下,不问战绩或诗:
大地可比荷马或阿喀琉斯古得多。

一〇五

那丰碑是由人的鲜血凝成的,
　　现在则被人的污垢所凌辱,
好像农民要以这粗鲁的发泄
　　来表示他对这一角落的嫌恶;
那丰碑的遭遇,那些嗜血魔王

---

① 盖斯通·德·弗瓦(1489—1512),法王路易十二之侄,率法国军队在拉瓦那与意、西英勇作战,战死于此。一五五七年在拉瓦那附近树立了他的记功碑。
② 记载拉瓦那一役的石柱立于离城约二英里处,在弗里大路的河对岸。在此役中获胜的盖斯通·德·弗瓦战死于此;双方共死两万人。石柱的所在及现状在文中已有描述。——拜伦注

所得到的追念就是如此,呜呼!
　　由于他们性喜屠杀和荣誉,
　　竟把人间变成了但丁的地狱!

一○六

但歌者总会存在的:诗名虽然是
　　一阵轻烟,它的芬芳却刺激思想;
那最初发为歌唱的不安的感情
　　还是要求表现出来,和过去一样;
有如海波最终冲到岸沿才碎没,
　　热情也把它的波浪冲激到纸上
而成为诗歌。本来诗歌就是情感,
至少是,在写诗成为风尚以前。

一○七

如果在一种既是沉思冥想的
　　又是充满了千变万化的生活中,
人们领略到一切悲欢,潜移默化,
　　从而学会了极深而辛酸的本领,
使他们能刻绘世相,而且居然是
　　惟妙惟肖,宛如人们的镜中之影;
自然,你尽可禁止诗人去献拙,
但那就(我想)抹煞了一篇杰作。

一〇八

哦,善心的女学究,天蓝的袜子①!
　　哪一本书不是靠你们而走红!
你们以容貌为新的诗篇作广告,
　　何不也发给我一张"出版许可证"?
怎么?难道我必须落到庖夫手里,
　　卷入那掠夺巴纳斯②的一把火中?
唉,在诗人之群里,难道只有我
无福登上你们那灵泉的茶座?

一〇九

怎么?难道我已不再是文豪了?
　　不再是舞座的诗家,光烫的丑角?
忍受一批蠢材的恭维,不禁慨叹:
　　"我脱不了身呀!"像约瑞克③的鸟?
好,那我就像华诗人④那样赌咒:

---

① 天蓝的袜子,英国称女学究为"蓝袜子",拜伦在本诗中屡次以这一称呼戏谑所谓"才女"。这一词的来源是:在一七五〇年,蒙泰古夫人家中的晚会以文学谈话代替牌戏,参加者不着礼服,其中一人经常穿蓝毛袜(而不穿黑丝袜),因此惹人注目,称之为"蓝袜俱乐部"。
② 巴纳斯山,希腊山名,其一山顶为赫利孔山,献与阿波罗和缪斯。故巴纳斯经常象征诗歌或诗国。山下有一条泉水名卡斯达里,据神话传说,饮其水可以得到诗的灵感。
"灵泉的茶座"——英国贵族夫人的"沙龙"(即客厅)中经常饮茶,拜伦戏称此茶有灵感之泉的功效。
③ 约瑞克的鸟,见英国小说家劳伦斯·斯特恩(1713—1768)的小说《情感旅行》。主人公约瑞克因笼中的八哥鸟不断呼喊"我脱不了身呀!"而不再有投身于巴士底监狱的愿望。
④ 华诗人,指华兹华斯。原文将此字截为一半,戏称为 Poet Wordy(唠叨诗人)。

（因为没人读他,他常常发牢骚,）
文风已荡然无存,诗名成了抓彩:
只能由俱乐部的蓝衣女士分派。

——○

哦,"又深又暗的、美丽的蓝色呀!"
　　正如某人在某处这样赞叹天空,
博学的女史们,我要以此言奉上;
　　据说您的袜子太——(不知什么原因,
当袜子是那颜色时我很少注目,)
　　蓝得使人想起当贵胄们朝觐,
或是在午夜狂饮时,他们左腿上
安详地装饰着那一枚嘉德勋章。

———

但你们有些人真像天仙一般——
　　唉,时过境迁!想从前我爱凑韵,
你们读我的诗,我读你们的姿颜,
　　而且——算了吧,那些事早似烟云。
并非我对博学的天资有反感,
　　何况有时它容有成车的德性!
我见过一个深紫一派的女人,
就最贞,最美,最善,——但十分愚蠢。

一一二

韩伯特①,引最近的报道来说,
　那"空前的旅行家",但非绝后,
他发明了——我忘记叫什么名字,
　或那伟大的发明在什么时候;
总之是一种测空器,对着蓝天
　可以推算天时的变化和气候,
它妙在能把"蓝色的深度"测量,
我但愿能测一测你,达芬姑娘!

一一三

但闲言少叙吧。——运奴隶的船
　若是开到京城来把货出脱,
那么,它们在办完例行手续后,
　就都在苏丹王宫的墙下停泊;
如果这批货没受到瘟疫之灾,
　那就卸在市集上,和从高加索、
俄罗斯、乔治亚运来的人一起
兜售给各种用途,各种情欲。

一一四

有的价格很昂贵:一千五百元

---

① 亚历山大·韩伯特(1769—1859),德国科学家和旅行家,他在海程中利用"蓝度表"测定空气的蓝度及其他特性。这个仪器的发明者是荷拉斯·德·肖叙尔(1740—1799)。

卖出了一个吉尔吉斯的姑娘，
保证是处女；她真是天姿国色，
　　无一处不鲜艳夺目。她的出让
使高声争购的主顾一哄而散，
　　有人出价一千一都没有买上，
当价钱继续提高，他们就明白
　　这是苏丹要买的，于是退出来。

一一五

十二个努比亚黑女售价之高，
　　西印度群岛的市场都比不上，
虽然韦伯弗斯①已把黑人的身价
　　提到废奴前的两倍；这种情况
当然没有什么可怪的，因为"恶"
　　在豪华方面总是远超过帝王，
而美德呢，连至高的美德"慈善"
都节俭，——"恶"为了猎奇却不惜花钱。

一一六

至于这一班青年戏子的命运——
　　有的卖给犹太人，有的卖给总督，
有的如何注定了要作一世苦工，
　　另一些如何变了节，提升为头目，
而不幸的歌女排列着专候选购，
　　唯望不太老的贵官作她的买主，

---

① 威廉·韦伯弗斯(1759—1833)，英国政治家，毕生从事于废奴斗争，主张废除奴隶的买卖及蓄奴制度。

好使她成为他的第四位如夫人,
要不作为情妇,或是一件牺牲品:

——七

这一切都得等下一章交待了;
　还有主人公的命运,不管怎样
令人担心,目前也得暂缓解答,
　因为考虑到这一章已经太长。
我深感到啰啰嗦嗦是不对的,
　但虽尽力而为,还是未能少唱;
现在就打断唐璜的故事进展,
以待《奥西安》①中所谓的"第五段"。

---

① 《奥西安》,英国诗人杰姆士·麦克弗孙(1736—1796)所著的散文史诗《奥西安》,以"段"划分。

第 五 章[1]

一

当风流的诗人以流畅的骈丽诗
　　歌唱着爱情,并且每两行一押韵,
有如维纳斯驾着一对鸽子飞翔,
　　他绝料不到祸事就由此来临;
而且他成就越大,其结果就越糟,
　　关于这,奥维德[2]的诗足可以为训;
连彼特拉克[3]本人,若严加审核,
也给后世作了柏拉图式的拉客。

二

所以我痛斥一切香艳的作品,
　　除非是它写得毫不引人入胜,
平铺,直叙,简短,一点没有味道,
　　对每一越轨都明示必有严惩;
它的目的是训诫,不是为了娱情,

---

[1] 本章开始写于拉瓦那,一八二〇年十月十六日,完成于同年十一月二十日。与三、四章同发表于一八二一年八月。
[2] 奥维德,见第一章四二节注。
[3] 彼特拉克,见第三章八节注。

而且凡属热情都一一予以教正;
唉,要不是我的彼加沙脚力差,
这篇诗定会成为德育之精华。

三

欧罗巴和亚细亚的两岸对峙,
　楼台和宫殿栉比;三两只炮舰
在海峡游弋。索菲亚教堂圆顶
　闪着金光,还有皑白的奥林比山,
柏树林,十二名岛,以及那一切
　我难以想像的,更难以历述完①;
就是这片景色使玛丽·蒙泰古②
那风度迷人的才女也被迷住。

四

我对"玛丽"这名字特别有好感③,
　它一度对我发着迷人的声音,
至今提到它,还在我脑中唤起
　一片仙境,和那永不再有的情景;
呵,旧日感情都变了,只有它没变,
　唯有它的魔咒还箍住我的心,——
但我又感伤了,弄得故事冷凄凄,

---

① 这一节所描写的地方是君士坦丁堡,它位于波斯波拉斯湾,这个海峡是欧洲和亚洲的分界。
② 玛丽·蒙泰古(1689—1762),英国女作家,健谈,广交游,结识了许多当代作家。她的丈夫是英国驻君士坦丁堡大使,她著有《土耳其书简》。
③ "我对'玛丽'这名字特别有好感",拜伦早年爱过一位玛丽·德芙和一位玛丽·安·查沃斯,一八〇三年曾向后者求婚。

它不该讲得这么回肠荡气。

五

当黑海起风时,波浪便直卷上
　蓝色的辛普盖得海峒,碎成白沫,
这时从巨人坟①俯览滚滚的海涛
　从波斯波拉斯的峡道奔腾而过,
巨浪拍打着欧亚两岸,而你在
　怡然观望,那真是庄严的景色!
任何叫旅客晕船而呕的海洋
都没有像黑海这样惊人的巨浪。

六

那正是秋季阴风刺骨的一天;
　萧索的季节呵,夜夜都一般长,
而白日却渐短;那时命运女神②
　把水手的命运之网织得匆忙,
早早就割断。而暴风席卷海波,
　凡海行的人都在默默祷告上苍,
发誓痛改前非:但实则是欺心,
因为若淹死,便罢;若幸免,则不肯。

七

　市集上陈列着一群瑟缩的奴隶,

---

① 巨人坟是波斯波拉斯湾亚洲沿岸的一座山,为假日游客常到的地方,类似海罗山和高门。——拜伦注
② 命运的女神,见第二章六四节注。

有男有女,有各种国籍和年龄,
每一伙奴隶都有商人在看守,
　可怜的人!他们是多么忧心忡忡;
除黑人外,都已失去原来的丰采,
　从此和自由、家乡、亲友变为陌生。
只有黑人较为达观,他们无疑
　是习惯了,好似鳗鱼已惯于剥皮。

八

唐璜年幼无知,所以像大多的
　少年人一样,健康而充满希望;
不过我得说,他有点无精打采,
　时或有泪水偷偷溢出他的眼眶。
也许是:他最近的失血使精神
　有些不振吧,更加以刚刚断丧
情人、财富、和如此舒适的住宅,
接着就列入鞑靼人中被拍卖,

九

这类事恐怕连坚忍派的哲人
　也受不了;但他呢,倒总算沉稳。
他的姿态和他那衣服的考究
　(至今还能看到些金边或丝襟),
很惹起人们注目,使他们想到
　从风度看,他不是个普通的人。
他虽然脸色苍白,却非常漂亮,
人们于是把他的身价细加酌量。

一〇

那儿像双陆棋盘①一样交错地
　　站着黑人和白人,等着人来买,
不过不太像棋子摆得那么齐;
　　有的人专买墨玉,有人专拣白。
就在这一群碰运气的商品里
　　恰好有个男子,年纪三十内外,
他站在唐璜身边,体格很壮硕,
深灰的眼里露着坚定的神色。

一一

他像是英国人:长得魁梧结实,
　　肤色白里透红,牙齿洁白整齐;
鬈曲的头发深棕色,而那前额
　　也许由于过多的劳苦或思虑,
或由于造作,深刻着几条皱纹,
　　一条膀子扎着绷带,满是血迹。
他站在那儿,模样如此之冷漠,
比袖手旁观的游人还更淡泊。

一二

但这时,他看到站在自己身边
　　是一个小伙子,显然精神勃勃,
不过被这种连成人也受不了的

---

① 双陆棋盘,英国一种棋戏,用两个棋盘,每盘每方各六串,棋子黑白交错。

坏运气所连累,弄得不很活泼;
他便立刻对这共患难的少年
　有了同情:其实这目前的落泊,
在他看来,并不比其他烦恼更坏,
人活着总会碰上一些不愉快。

一三

"小伙子!"他说,"在这个破烂摊上,
　什么俄国人,乔治亚、努比亚①人,
都是一路货,不同的只是肤色,
　我看只有你和我两个正派人
有幸跑到了他们这一道上来;
　交个朋友吧,我们可以谈谈心!
要是我能给你点安慰,那对我
是一种愉快,——请问原籍哪一国?"

一四

唐璜答一声"西班牙",他又说道:
　"据我猜想,你也不会是希腊人,
那些献媚的哈巴狗哪有这么
　骄傲的眼神。命运真够和你开心!
不过她对别人也一样。只要你
　经受得住,下礼拜也许就转运。
她对我呢,并不比对你好一点,
不过我觉得,这倒没有什么新鲜。"

---

① 努比亚,今之埃及和苏丹。

一五

"请原谅我冒昧,"唐璜说,"你怎么
　　来到这儿的?""噢,没有什么稀奇!
不过是六个蛮子和一条套索。"
　　"我想知道,是什么境况使得你
受到这灾难?""我投效俄国军队,
　　当过几个月的差,跑东又跑西;
最近苏瓦洛夫①叫我们打一座城,
城没拿下,我倒落进敌人手中。"

一六

"你没有朋友吗?""我有过的,——可是——
　　谢谢天,最近倒没惹这类麻烦。
我已经全盘回答了你的问题,
　　好啦,你也该对我好好谈一谈。"
"唉!"唐璜说,"那是个伤心的故事,
　　而且说来话长。""嗯,如果你为难,
那就少讲为是:又伤心,又太长,
这故事一定会叫人加倍悲伤。

一七

"但不要垂头丧气吧:命运这女人
　　虽然喜怒无常,但在你这种年龄,

---

① 亚历山大·苏瓦洛夫(1730—1800),俄国元帅。本诗第七章描写了他统率俄军进攻土耳其名城伊斯迈(1790)的战役。

299

她既然不是你妻子,绝不会把你
　　老是冷冰冰地留在这种处境。
而且,你也犯不上和她闹别扭呀,
　　那就像一捆草要和镰刀去拼命;
人本来就是被环境捉弄着玩,
　　别看他像主宰一切,法力无边。"

一八

"我不是对目前遭遇伤心,"唐璜说,
　　"而是对过去,——我爱着一个姑娘,"
他停了停,他的黑眼睛充满忧郁,
　　一颗泪珠悬在睫毛上已有半晌,
噗地落下来。"我还是讲下去吧。
　　刚才我说过,我所以心里不舒畅,
并不是由于目前的处境,因为
连最坚强的人受不了的那种罪,

一九

"我在海上都受过来。但这最近的
　　一次打击呀——"他沉默了,掉过脸。
"呵哈,"他的朋友接着说,"我猜想,
　　多半有个女人在这故事里面。
这类事总会叫人心软流泪的,
　　若是我设身处地,恐怕也难免。
我的头位太太咽气时,我就哭过,
第二个妻子逃跑了,也够难过,

二〇

"第三个——""第三个?"唐璜转过脸问:
　"你顶多三十岁吧,就有了三个?"
"不,只有两个现在还活在人间;
　要是一个人有三次神圣的结合
我想算不了什么奇怪的事情——"
　"好,你这第三位怎样了?"唐璜说,
"她没有逃走吧,先生?""她倒没有。"
"那怎样了呢?""是她把我给吓走。"

二一

"先生,你看事太冷酷了,"唐璜说。
　"不然,"另一个回答,"你该怎么办?
在你的天空中还有许多彩虹,
　可是在我这儿,一切已消失、暗淡。
谁年轻时都是热情和希冀很高,
　但时间却把那五彩的幻景冲散,
像蟒蛇每一年都把外皮脱落,
我们壮丽的谬误也一再失色。

二二

"固然,它还要变为灿烂而新鲜,
　甚至长出更新和更美丽的皮,
但一年以后,这外皮还是脱落,
　有时甚至只存在一两个星期;
爱情是首先张开的一面罗网,

以后就是野心,贪婪,复仇,荣誉,
凑成了我们招摇过市的一束花,
它不是为了铜钱,就为了叫人夸。"

二三

"这话说得很漂亮,也许都很对,"
　　唐璜说,"可是我实在看不出来
这对你和我目前有什么帮助?"
　　"怎么没有?"那人说,"你看,对世态
要是有了正确的看法,那至少
　　你就获得了知识。比如说现在,
我们懂得当奴隶是多么痛苦,
等我们当主人时就不要残酷。"

二四

"咳,让我现在就是主人吧,"唐璜说,
　　"哪怕把刚才获得的这一课学问,
对那些异教的朋友试一试也好!
　　望老天可怜被命运派来的学生!"
"别着急,也许就会有那么一天,"
　　另一个答道,"只等走完了这步运。
(那边一个黑人老太监正在盯你)
老天爷,我真希望快被人买去!

二五

"老实说,我们如今处境怎么样?
　　够坏的,也许会变好——人的命运

都是这样。一般人谁不是奴隶?
　　大人物更坏,被种种欲念牵着心;
社会本来该提倡仁爱,它反而
　　使我们仅有的一点荡然无存:
人人都变成坚忍派那么麻木,
真正的处世术就是对人冷酷。"

二六

正在这时,走来了一位又老又黑、
　　非男非女、可以称为中性的达官,
他对这群奴隶的年纪、相貌、能力,
　　眯着眼细细打量,好像要发见
谁最适于装进那已备的牢笼,
　　连女人都不曾被恋人如此飞眼,
连赌马的人看马,律师瞄着佣金,
裁缝端详整幅布,狱卒打量犯人。

二七

都没有挑买奴隶的这种眼神。
　　本来,买我们的同类确是很开心:
想想看,他们也有热情,也灵巧,
　　一切都能卖:有的凭着脸儿俊,
有的被好战的君主看中了,有的
　　被职位买去——适其年龄或天性;
大多凭现金交易,要看罪恶大小:
大的报以王冠,小的给他一脚[①]。

[①] "大的报以王冠,小的给他一脚",原文中有语义双关之妙,译文无法表达。原文 Crown,既指"王冠",也指"银币"。Kicks 既指"脚踢",也指"铜币(六便士)"。译文只能表达较深刻的意思了。

二八

那太监仔细地把他们观察一遍,
　　于是转向商人,起初只挑一个
讲价钱,以后又提出要买一对。
　　他们评头论足,样样计较价格,
争吵、赌誓,有如在基督教国家,
　　市集的人们挑剔牛羊和马骡;
这种议价听来很像一场战争,
不知谁最善于驾驭两脚畜生。

二九

争吵到末了,剩下零星的怨声,
　　于是买主很勉强地摸出钱包,
商人细点着银币,有的掂一掂,
　　有的摔个响,有的翻转瞧一瞧;
有时金币和铜板错弄在一起,
　　又得从头细数,等收款都数好,
商人这才找给零钱,签了收据,
并且开始想到该回家吃饭去。

三〇

呵,我真不知道他的胃口如何,
　　若是还能吃,不知是否能消化?
说不定会有怪想头闯进脑中,
　　使良心发出问题来难以回答:
譬如神圣的权利能允许我们
　　出卖人身至何限度? 人们最怕

吃饭时有事堵心,这或许就是
难过的一天中最难过的一小时。

三一

但伏尔泰①不同意,他说憨第德
　　就是在饭后对人世最为达观;
无疑他说错了,只要人不是猪,
　　饱餐会使人对生活更加不满;
除非是喝醉了酒,头既飘飘然,
　　当然就摆脱固有的沉重之感。
对于食物,菲力普的后嗣,或者
阿蒙之子亚历山大②说得不错

三二

(他有两个父亲,也要两个世界),
　　他说吃饭,以及其他一二行为,
会使我们感到有加倍的浊气;
　　假如一盘烤肉、煎鱼、菜汤、杂烩,
再加上小吃等等,确能给人以
　　乐趣或痛苦的时候,请问有谁
还以心智而自豪?脑子的用途
难道竟有赖于胃液是否充足?

---

① 伏尔泰(1694—1778),法国启蒙运动的著名作家,著有讽刺小说《憨第德》等。
② 亚历山大大帝(纪元前356—前323),马其顿国王,其父为菲力普二世。在亚历山大远征埃及时,埃及教士尊称他为阿蒙之子。阿蒙是埃及宗教中至高的神。

这或许就是
难过的一天中最难过的一小时。

三三

有一天黄昏,是在上星期五
　　(这是实有其事,并非诗的臆造),
正当我把大衣往身上一披,
　　还没有拿起我的帽子和手套,
忽然一声枪响!——不过刚刚八点,
　　于是我飞快地跑向外面瞧,①
只见一位军官横躺在街道边,
像要喘气似的,但已气息奄奄。

三四

他被人打了五枪,可怜的家伙!
　　不知为什么,反正没有好名堂;
我唤仆人赶紧把他抬进房子,
　　又抬上楼,接着给他脱下衣裳,
看了看——但我还何必噜苏下去?
　　这都是白费事,那军官已在一场
意大利人的纠纷中,被旧枪筒
连发出的五颗子弹送了终。

三五

我凝望着他,因为我和他很熟;
　　虽然我看过许多死尸,却从未
看到一个这样死于非命的人

---

① 这里所写的暗杀在一八二一年十二月八日发生在拉瓦那市街上,离作者的住处不及百步。其情况见诗中。——拜伦注

如此泰然,虽然他的心肝和胃
都穿了洞,但很难说他是死了,
　你看他的模样简直是在安睡,
因为他受内伤,没流一摊血泊,
我凝视着他,禁不住连想带说:

三六

"这就是死吗?生死到底是什么?
　说吧!"但他不语。"醒一醒!"他还在睡。
"不过是昨天,他多么威风凛凛?
　他的一句话使成千万战士敬畏。
像罗马的百人队长,他叫声'来!'
　他们就来;呼声'去!'他们就后退。
没有他一句话,连鼓号都不响——
而今呢,他成了无声的臭皮囊。"

三七

那些曾听命于他和崇拜他的
　饱经风霜的面孔都围在床边,
临终看一看这发号令的泥坯,
　他虽流血多次,这却是最后一遍;
想不到的结局呵!他也曾面对
　拿破仑的敌人多日,终于凯旋——
谁想到这位冲锋陷阵的英雄
竟在文明的小道上死于非命!

三八

那光荣的旧伤就在新创旁边,

是那些伤疤给他赢得了英名;
这对照真是触目惊心!然而我
　　还是少说为佳,也许这类事情
引起我不必要的关切;我像往常
　　那样凝视着他,想尽我之可能
取得死者的音讯,好借此推翻
或肯定,或重新树立一个信念。

三九

但这一切都是谜。我们活在这儿,
　　以后死了——哪儿去了?五颗铅丸,
或三颗,两颗,一颗,送得人多逍遥!
　　难道这一腔热血只能往土里溅?
难道每种元素都伤害我们体质?
　　水火,空气,泥土永生,而我们完蛋?
呵,我们——这生为万物之灵的人!
算了吧,让我们还是回到正文。

四〇

买去唐璜和他朋友的那太监
　　带着采购的货来到御河边上,
他们坐上了一只刷金的小船,
　　顺水疾行,人也有力地摇着桨;
看来这俩伙伴好像是去受刑,
　　谁也不知道下一步是怎么样。
轻舟驶入宫墙下的一条小河,
墙头是一片墨绿高大的松柏。

四一

那人带他们走到一扇小铁门,
　　敲敲便门,打开了,他们便走进,
起先穿过一片密密的矮树丛,
　　两边是参天古木,显得阴森森;
幽径不易于辨认,必须摸索走,
　　因为他们上岸时已经近黄昏;
太监对摇船的人摆了摆手,
船夫一言不发就把船摇了走。

四二

他们沿着曲折的小径走下去,
　　穿过了橘林,素馨,和种种树木——
(关于树名,我还可以列举下去,
　　我们北国原没有东方的植物
那么多种类,因此拙劣的文人
　　便认为很值得把他们写的书
变为整个花房,这都因为最近
有个诗人曾到土耳其去旅行①)

四三

正当他们走着曲折的小径,

---

① "有个诗人曾到土耳其去旅行","诗人"可能指拜伦自己,(他著有"东方故事诗")也可能指托玛斯·摩尔(他著有东方故事诗《拉拉·鲁克》),他们的东方作品风靡一时,使欧洲对东方(阿剌伯,土耳其,印度等)发生了猎奇的兴趣。

唐璜的脑中突然转了个念头,
　他和伙伴小声商量,(这种想法
　　你和我在那时候多半也会有,)
"我想,"他说,"要是冷不防敲倒他,
　　那不算可耻,我们倒可以逃走。
给这个黑老头子往头上一击,
　我看做来比这么说说还容易。"

四四

"对,"另一个说,"但这以后怎么办?
　怎么出去? 我们进来得可容易?
即使跑出去了,即使我们不像
　圣·巴索洛缪①那样,幸而保住皮,
明天呢,我们会掉进另一个坑,
　比从前更坏,那又有什么便宜?
而且我饿了,目前很想学以扫②,
宁愿把自主权换成牛排吃掉。

四五

"我们离人住的地方不会很远,
　不然,这老黑鬼摸索这条小道,
又带着两个俘虏,怎能如此沉稳?
　这表明他的伙计们并没有睡觉。
只要一声喊,他们多半会跑出来,

---

① 圣·巴索洛缪,基督徒,据传他在纪元四四年被剥皮而死。
② 以扫,见《圣经·创世记》二十六章。以扫是猎人,其弟名雅各。有一天以扫饿昏了从田野回来,要求雅各给他一些食物吃,雅各则要把长子的名分卖给他。以扫就对他起誓,把长子的名分卖给他,于是雅各把饼和红豆汤给以扫吃了。

所以,还是看准一些,再想法逃——
呵,你看,这一转弯就出了树林,
天哪,一座宫殿!而且灯火通明!"

四六

那的确是很宏伟的一座建筑,
　前景正对着他们,大厦的正面
按照土耳其的习俗,尽量涂着
　金漆和五颜六色,看来很俗艳:
因为人们不懂本地原有的艺术,
　所以,沿着波斯波拉斯的两岸,
每座别墅看来都像新漆的画屏,
不然就像歌剧场上华丽的布景。

四七

他们又走近些,一股香味扑鼻,
　好像是胡椒肉饭,炖肉和烤肉,
总之是饥者一见就馋的东西,
　使唐璜忘却了他粗暴的计谋,
而暂时摆出一副规矩的外表;
　他的朋友又添一句,以备两手,
他说:"老天爷!让我们先饱吃一餐!
以后我再帮你,如果你想闹翻。"

四八

有人讲话诉诸于某一种情欲,
　有人打动感情,有人剖解道理,
但这后一条办法从不太风行,

因为理性认为：说理不合时宜。
有的说客哀求，有的挥舞大棒，
　但总还或多或少想讨人欢喜，
所以凡争议总说自己之所长，
却从没有人想到话应该少讲。

四九

我又扯开了：说服人方法很多，
　我承认用哀情，黄金，美色，奉承，
恫吓，以至一先令所起的魔力，
　但若想抓住人的最深的感情，
（而这，我们天天看到，已经变得
　越来越柔了）最好是使他聆听
那软化一切、无坚不摧的声音，
这就是那灵魂的丧钟——餐铃。

五〇

土耳其没有餐铃，人们也吃饭；
　唐璜和他的伙伴虽然没听见
像基督教国家的就餐的铃声，
　也没看到一列仆人端送菜盘，
他们却闻到烤肉味，看到火光，
　还看到厨师们卷起了白袖管
来往奔走；他们只顾左右张望，
带着垂涎欲滴的期待的目光。

313

五一

他们不再另打着抗拒的主意,
　　只一心跟着他们黑色的向导,
老太监完全没想到:他那半已
　　割除的生存几乎全部被敲掉;
他摆手叫他们在后面停下来,
　　然后自己前去叩门,门打开了,
呵,一座辉煌的大厅,炫耀着
奥托曼①的排场,亚细亚的豪奢。

五二

我不想描述,虽然这是我的特长;
　　在开明的今天,每个蠢驴都要谈
他到异域观光的奇妙的旅行,
　　并且滥出四开本,要你来称赞。
这在他很开心,却愁死了出版家,
　　而大自然受着千方百计的磨难,
却坚忍可嘉,一任诗、画、和插图
以及指南和游记等把自己摆布。

五三

在这大厅里,远远近近都是人:
　　有的盘膝而坐,沉思地下着棋,

---

① 奥托曼,土耳其帝国亦称奥托曼帝国。

有的和人一字一音地谈着天,
　　有的把自己的衣服细加整理,
还有人在吸着琥珀嘴的烟袋,
　　看来非常讲究,价值却不一律;
有几个在跨方步,也有人小睡,
　　有的等待晚宴,先喝甜酒开胃。①

---

① 在土耳其,回教徒们喝几杯烈酒以促进食欲是很普遍的。我曾见他们在餐前喝过多至六杯的"拉基"酒,并声称他们更开胃了。我试行了一下,但结果和如下一位苏格兰人差不多:他听说海鸥是很好的开胃剂,便吃下六只,但抱怨说"他并不比未吃它时更有食欲"。——拜伦注

五四

太监领着买来的一对异教徒
　　笔直走进大厅;有的抬起眼睛
瞥了一下,依旧走着自己的路,
　　若是坐着的,则绝不欠一欠身;
有一两人注视着俘虏的面孔,
　　仿佛端详一匹马究竟值几文;
有人在原位对黑人点头示意,
但没有一个人开口理他一句。

五五

他领他们穿出大厅,一直来到
　　一列华丽的宫室,却鸦雀无声,
只有一间屋内听见大理石喷泉①
　　透过夜的幽暗发出碎落的水声,
还有另一处,可能是一个女人
　　好奇地推开门窗而有了响动:
她睁大了黑眼睛,把头伸出来,
想看看是什么妖精跑来作怪。

五六

在高墙上悬挂的微弱的灯光

---

① 一种普通的摆设。我记得我曾被阿里巴夏在一间大厅中接见,那厅中铺以大理石,有一个大理石水池,中间有喷泉跳动,等等。——拜伦注

只能勉强指明他们要走的路,
它不能显示出这琼楼玉宇的
　整个庄严的格局,辉煌的气度;
也许最令人悒郁的(还不说惊愕),
　莫过于走进一间巨大的空屋:
无论日,无论夜,都没有一个灵魂
来打破它朱墙画壁的死气沉沉。

五七

在沙漠,森林,闹市或大海之滨,
　两三个人真微不足道,一个"我"
更算不了什么,因为我们知道,
　那儿本是"寂寞"的永恒的王国;
可是在一所大厅或者画廊中,
　无论是新建的或古代的楼阁,
独自会有死亡之感,因为那地方
原为多人而设,怎落得一人来往?

五八

在冬夜,有一间舒适的小书斋,
　一本书,知心好友,或一位小姐,
一杯红葡萄酒,小吃,和好胃口,——
　英国人就爱以此来打发长夜;
然而我呢,(虽然那景象的辉煌
　比气灯照耀的剧场要稍差些,)
却爱独自一人在画廊里徘徊,
这就是为什么我时常悲哀。

五九

呜呼,人竟创造出了庞然大物
　　来菲薄自己:教堂雄伟尚可说,
因为表现天堂的不能太脆弱,
　　它必须坚固耐久,久到无法揣测
是谁盖的它;但自亚当堕落后,
　　巨大的屋宇(巨墓则更不必说)
对人类就不适宜;通天塔的故事①
我想比我更能启发人对此明智。

六〇

巴别本来是宁录②游猎的行宫③,
　　以后成了花园城,惊人的富豪,
尼布甲尼撒④就在那城里称王,
　　直到有个夏天他竟然去吃草;
以后但以理⑤由于驯服了雄狮,

---

① 通天塔的故事,见献辞第四节注。
② 宁录,据《圣经》载,他是示拿的王,英勇的猎者。他建立了尼尼微城。
③ 巴比伦被宁录扩建,被尼布甲尼撒巩固和美化,又被西米拉密斯重建。——拜伦注(巴别即巴比伦。——译者)
④ 尼布甲尼撒,纪元前六世纪巴比伦国王,他兴建了巴比伦城墙和"空中花园"。据《圣经》载,他因骄傲自大,被神罚以在草地上像牛一样地吃草。
⑤ 但以理,据《圣经》载,但以理是一个术士,笃信上帝,能圆梦解疑。大利乌王禁止祈求上帝,但以理犯了禁令,便被抛进狮子坑里,试看上帝是否能救他。次日国王去坑边,见他毫无损伤,因此对他和上帝都有了信仰。(见"但以理书"第七章)

而受到他的子民敬畏和称道；
这儿有过西斯比①的双双情死，
还有被诬的皇后西米拉密斯②——

六一

呵,那位皇后竟被粗陋的史家
　　说得好像(我相信是合谋诬陷,)
对她的马有一种不正当的情谊,
　　(爱情像宗教,有时候也出异端,)
我想,这骇人的故事多半是由于
　　(这类荒唐的讹误已屡见不鲜,)
有人把"仆役"错写成了"坐骑"③,
这桩公案实在该请陪审团审理。

六二

但还是扯回来:关于巴别,假如
　　(唉,在这种年头,什么怪事没有?)
竟有些邪教徒,由于自己看不到
　　巴别的遗址,或者不愿去寻求

---

① 西斯比,见古罗马诗人奥维德的《变形记》。其中有一段故事称:巴比伦有一青年庇拉玛斯与少女西斯比相爱,约定在白桑树下见面。西斯比先到树下,遇狮而逃,但遗下一被狮染上血斑的面纱。庇拉玛斯见面纱,误以为西斯比被狮所食,即自刺身死。及西斯比赶回树下,见情人如此,亦挥剑自尽。这两人的血染赤了桑树,因此今日的桑葚为紫红色。
② 西米拉密斯,神话中亚述国的王后。传说古代东方的许多工程都是由她主持兴建的。
③ "仆役"、"坐骑",在原文中,这两个字是比较近似的,Courier 和 Courser。拜伦写这一章时,英国国王乔治四世正和妻子凯罗琳进行离婚诉讼,控告她和她的前仆役伯加米管家有暧昧关系。

(尽管瑞奇①先生已有两篇回忆录,
　　记述他如何发现了几块砖头),
居然不信犹太人的——异教徒的——
那些该信的话②(尽管他不信你),

六三

那就请他们想想:荷拉斯曾经
　　巧妙而干脆地嘲笑一些人,
他们专心致志地营造大厦,
　　却忘了搭一块自己的墓门③;
我们今天明白了:人去物亦故,
　　这实在是一个苦涩的教训:
何必要把那宫殿筑得天高?
我们其实正该把墓穴修好。

六四

最后他们来到了偏僻的一处,
　　使回声仿佛从长眠中醒来,
这里充满了为人喜爱的物件,
　　但多得不胜枚举,令人奇怪:
要这些用不完的东西做什么?
　　这儿,财富把一套精美的住宅
尽可能堆上了陈设,使自然也

---

① 克劳迪斯·瑞奇,英国东印度公司驻巴格达宫廷的代表,曾发表《巴比伦遗迹回忆录》(1815)及其续集(1818),并将尼布甲尼撒宫殿的几块刻有楔形文字的砖带到欧洲。
② "居然不信犹太人的那些该信的话",就是说,不信《圣经》上关于巴比伦的记载。《圣经》的《旧约》是犹太人的历史,但犹太人不信基督教,因此被称为异教徒。
③ 荷拉斯讲过:"……你忘记坟墓而修筑了家室",拜伦引申了此句。

对艺术的最终目的大为不解。

六五

看来好像是,只要再越过一排
　　或另一套房屋,就会把人引到
天知道什么去处!但只这所在,
　　家具和摆设已经极为富豪:
沙发是如此贵重,若是坐下来
　　会感到罪过;那地毯的每根毛
都是精工巧织,它使你想变作
一条金鱼在它的面上浮游过。

六六

使奴隶们惊叹不已的这物件,
　　那黑太监却连看也不看,一步
就踏了上去,而他们却好像是
　　履过银河,生怕有一点点玷污
脚下的星辰。越过这一段以后,
　　他们来到另一端的小屋或壁橱——
你可以看见,它远在那一角落——
看不见也可以,那就不要怪我。

六七

我是想把一切都交待明白了。
　　我说,那个黑太监打开了壁橱,
抱出来一抱给任何回教徒穿上
　　都无愧的衣裳,不管什么贵族;
而且是花样品种都应有尽有。

但是,虽说不乏任何样的衣服,
他却要对他买来的基督教奴隶
指出什么衣服对他们最相宜。

六八

他认为最适于他们穿戴的是:
　　对那较年长也较壮硕的一个,
是一件长不过膝的克里特斗篷,
　　一条紧裤,并不是紧得要挣破,
而是适于亚洲人屁股的;红花鞋,
　　凯什密羊毛的披肩,以及光泽、
锋利而轻便的匕首;总之那一切
装饰一个土耳其阔少的都不缺。

六九

就在他穿衣时,他们的黑朋友
　　巴巴,转弯抹角地教他们明白,
只要他们肯循规蹈矩地做去
　　(显然命运也是给这么指出来),
那他们将得的好处可说不清;
　　最后他添上一句,他必须交待:
"他们的处境还将要改善得多,
假如他们肯迁就点,身受阉割。

七〇

"对他自己说,固然他会很高兴
　　看他们变为正教的信徒,但仍然
要把这作为建议供他们抉择。"

那另一人认为,他的盛情真可感,
在这么一件微不足道的小事上
　还如此周到,要他们来表示意见;
"对这个文明古国的文雅的风俗,"
他说,"他实在是说不尽地钦慕。

七一

"至于他自己,简直没有什么理由
　来反对如此可敬的古朴仪式,
不过,他承认他腹中有些空虚,
　只要容他目前稍进一些饮食,
再加几小时的思索,毫无疑问,
　他就会完全同意办这件好事。"
"什么?"唐璜勃然说,"死也办不到!
宁可让他们把我的头割掉!

七二

"宁可割下我一千个头吧!""喂喂,"
　那另一个接过来:"请别打断我:
你没等我把要说的话说完哩。
　先生! 等我吃过饭,我刚才说说过,
我就立即考虑您的建议是否
　我可以采纳而对各方都适合;
当然,这完全有赖于您的好心
容许我们割不割由自己决定。"

七三

巴巴瞟了唐璜一眼说:"请好好

穿上衣服吧,"他以手指着一套
连公主见了也要兴高采烈地
　抢着穿的行头,但唐璜只瞧瞧——
他目前没有化装跳舞的兴致,
　便抬起他基督徒的腿踢它一脚;
等老黑太监又催促了他一句,
他说,"老先生,我可不是一个妇女。"

七四

"我不知道你是什么,也管不着,"
　巴巴说,"但请你照我说的去做,
我可没有工夫在这里多费话!"
　"那至少我可以问问吧,"唐璜说,
"这恶作剧是为了什么?""请不要
　多啰嗦,"巴巴说,"在适当的场合、
时间和地点,一切自然水落石出,
现在我没有奉指令向你透露。"

七五

"那好吧,我要穿它就叫天——""打住!"
　黑人止住唐璜说:"可别把人惹恼!
你这精神不错,但容易变为莽撞,
　那你就会发现我们不太爱玩笑。"
"怎么,先生! 难道要我在服装上
　改变了性别?"但巴巴压服下了
这个麻烦,说道:"别再惹恼我吧,
要是我喊人,你什么性都留不下。

七六

"我给你拿了一身很漂亮的服装;
　　不错,那是女人的。所以要你穿它,
是有理由的。""什么理由?也不管我
　　讨厌女人的穿装打扮!"稍停一下,
唐璜叹了口气,又轻轻咒一句:
　　"真见鬼!要我怎么穿上这罗纱?"
唉,最精美的花边竟挨这种骂,
　　哪个新娘穿上它不容光焕发!

七七

唐璜又赌个誓,于是一面叹气
　　一面拉上光滑滑的玄色绸裤,
又拿起一根处女的丝带系腰,
　　把一件乳白色的紧身衣束住;
然而提上裙子时,他跌了一跤,
　　这——用苏格兰话说:就是"匍匐",
(所以按上这个字,就为的押韵,
韵脚呀,你有时比暴君还逼人,)

七八

这(或者"匍匐",随您选择)是由于
　　衣服太新奇,使得他行动不便。
最后他总算把这件梳妆大事
　　办理完毕,虽然办得有些迟缓;
当服装某些特别固执的部分
　　拉不上来时,巴巴也帮着他穿;

终于,他把两只手交插进袖管,
　　停了停,把唐璜上下打量一番。

七九

只剩下一处比较麻烦:那就是
　　唐璜的头发不够长,但巴巴
给找来许多绺长长的发辫
　　很快就在他头上装满了假发,
并且照时兴的式样梳了起来;
　　给他戴的那嵌宝石的发夹
也足配得上他华贵的行头,
巴巴教他梳好发,又涂上了油。

八〇

现在,完全打扮成了女人模样,
　　再加上剪子,镊子和一些脂粉
小小帮助一番,无论从哪面看,
　　他都是少女无疑。"看哪,先生们!"
巴巴微笑说道:"多完善的变形!
　　现在,好啦,你们跟我来吧,诸君——
唔,我是说——小姐,"他拍两下手,
立刻来了四个黑人两旁伺候。

八一

"好吧,先生,你跟这几位去用餐,"
　　巴巴点点头对唐璜的朋友说;
"可是您,尊贵的基督教尼姑呵,
　　跟我来吧。先生,可不许你啰嗦,

无论我说什么,你得立刻照办。
　你怕什么呢？难道这是狮子窝？
你看,这是皇宫呀！凡是大智者
都在这儿期待着先知的天国。

八二

"傻瓜！告诉你吧,没有人要害你。"
　"那很好,"唐璜说,"免得他自寻苦恼。
不然,他就会尝到我这只老拳,
　它的分量你可别以为是轻飘飘。
我迁就你到此为止;要是一旦
　谁以假当真,来和我无理取闹,
那就一切全完。我相信这打扮
不致引起误会来,对谁都不便。"

八三

"你这蠢货！来吧,等着瞧,"巴巴说。
　这时候,唐璜转身看他的伙伴,
那人虽然有点难过,却忍不住
　噗哧一笑,看他竟已如此改观。
"再会吧,"两人相互说,"这个国度
　离奇古怪的事儿真难以想见,
谁料到由一个老黑人略施法力,
一人变为回教徒,一人变成少女！"

八四

"再会吧,"唐璜说,"万一无缘相见,
　我祝你胃口无恙。"另一个答说,

327

"再会吧!这样分手很叫我难受,
　　但以后再见会有个故事可说;
我们都得各自跟着命运飘流,
　　请保令名,夏娃可曾经堕落过。"
"当然,连苏丹也动不了我的心,"
少女说,"除非他答应我正式结婚。"

八五

他们就这样分了手,各自走出
　　不同的门。巴巴领唐璜走过了
一层层屋子,穿过辉煌的回廊
　　和云石地面,直到能模糊望到
远处的一座高傲雄伟的大门,
　　并闻到一缕香从那里往外飘;
仿佛他们是来到了一座庙堂,
一切是这么广大,庄严,幽寂,芬芳。

八六

青铜的门既高且大,光辉夺目,
　　上面镀着金,镂饰有奇异的画面:
这儿是战士恶狠狠厮杀,那儿有
　　胜利的英雄阔步在覆灭者中间,
还有被押的一列俘虏,垂头丧气,
　　远处是一队队的败兵在逃散,
这幅画使人想到君士坦丁[①]时期的英豪

[①] 君士坦丁堡,罗马皇帝君士坦丁于三三〇年将罗马帝国的首都迁于东方拜占庭,并将此城改名为君士坦丁堡,以后成立东罗马帝国。一四五三年君士坦丁堡被土耳其人攻陷,东罗马帝国亡。

还保持着古罗马帝国的骄傲。

八七

这雄伟而沉重的门闭着一座
　　巨大的殿宇,真想不到在那门边
守着两个矮人,活似丑陋的小鬼,
　　好像设他们于此是专为和那扇
高大的铜门对比;经过这一陪衬,
　　那巨门真像金字塔一样傲岸,
它的辉煌吸引了你整个目光,
简直没把两个小人儿放在心上,

八八

直到你不留神,几乎踩上他们,
　　这才吓得倒退一步,把这两位
丑得出奇的小侏儒打量一番,
　　他们的颜色不白,不黑,也不灰,
而是一种奇怪的混合,用笔墨
　　很难形容,也许铅笔倒能描绘;
他们是既聋且哑的一对小怪物,
那购价至少和相貌一样特殊。

八九

他们的职务是开门;这两个人
　　别看身材那么小,力气却够大,
干起重活儿不发愁,而那门轴
　　又像罗杰斯的诗句一样光滑。
有时候,他们会给叛乱的督军

用坚韧的弓弦当做领带结扎：
因为东方的习俗就是这样，
他们往往用哑巴作这种勾当。

九〇

他们用手势说话，也就是无话，
　　只是像梦魇一般眼瞪着巴巴：
看他以手指的比划告诉他们
　　把门拉开；而当这两个小夜叉
用蛇一般的小眼盯着唐璜时，
　　他立即打个寒噤，不禁有些怕，
仿佛那目光射到谁，就能够
使谁不是中毒，就是受到魔咒。

九一

巴巴在进门前停下来，对唐璜
　　作了一些小小的指示："假如你，"
他说，"能把你那雄赳赳的步伐
　　稍收敛些，也许没什么不可以；
而且也可不必那么摇来晃去，
　　固然这没有什么太大的关系，
可是有时候叫人看来怪特别——
还有，你能不能装得更文雅些？

九二

"那会少惹些麻烦，因为这些哑巴
　　眼尖得像针，会把你那裙子看穿，
要是万一他们看出你是假扮的呀，

你知道波斯波拉斯湾就近在眼前,
那你和我也许不等黎明就会看到
　我们是朝着马摩拉驶去,不是坐船,
而是缝在麻布袋里——这样的航行
在这带地方一有机会可就采用。"①

九三

这样鼓励一番后,他领着唐璜
　走进一间华宫,比前次更珍奇:
只见缤纷的五光十色杂陈,
　其中雕饰和摆设如此奢靡,
你扫过一眼会觉得头晕目眩,
　很难把哪一件东西看个仔细;
那简直是成堆的金银和珠宝
璀璨夺目地胡乱凑在一道。

九四

财富造成奇迹——却难免俗气,
　不但在东方的宫廷是这样,
连西方帝王的较素净的大厦
　(我也曾经到过六七处去观光,)
虽然金银珠宝不这么闪光辉,
　也还有许多方面要加以原谅;
例如桌椅,绘画,和拙劣的雕塑,

---

① 几年前马曲塔巴夏的妻子对他父亲抱怨其夫另有所欢。他问:"和谁?"她竟残酷地交上雅尼那十二个最美的女人的名单。她们都被捕,装在麻袋里,当夜即投入湖中。一个现场的卫兵告诉我:受害者没有一个叫一声,或对这突然"永别我们所熟悉、所爱的一切"表现任何恐怖的迹象。——拜伦注

恕我不便停笔细细加以指责。

九五

在这宫闱的远远一角,在华盖
　遮掩之下,像皇后一般懒洋洋,
偃卧着一个女人。巴巴立刻止步,
　双膝跪倒,并且以手暗示给唐璜:
这小伙子虽然从来不惯于祈祷,
　也本能地跪下来,心中却暗想
不知演的什么把戏;巴巴这时
俯身叩了头,结束了参见仪式。

九六

这位夫人抬身起立,呵,那姿态
　很像维纳斯跃出于海水之外,
她闪着羚羊般含情欲的眼睛
　望着他们,使鬓角宝石的光彩
也黯然无光;她挥动那皎洁得
　像新月的手臂叫巴巴上前来,
他先吻她紫袍的边,然后指着
跪倒的唐璜,悄悄地说些什么。

九七

她的身材和她的地位一样高,
　她的姿色谁见了都得神魂荡漾;
然而描写她徒然减损那魅力,
　因此,还不如请您自己去想像,
以免文字煞风景;其实,即使我

能把她的容貌写得丝毫不爽，
您的眼睛也受不住那种光艳，
所以，幸而我拙于辞，倒是两便。

九八

不过我想添一句：她年纪看来
　已成熟了，约有二十六个春天，
但时间对有些容颜轻轻放过，
　它的镰刀只找俗物肆意作践：
玛丽女王①美色不衰就是一例；
　确实，哀情催人老，媚人的娇艳
经不起悲伤摧残，但有人仍旧
从不变丑，例如尼侬·德·恩克娄②。

九九

她对侍女们寥寥吩咐几个字；
　这一列宫女约有十个或一打，
每人和唐璜穿戴得一模一样，
　而且和唐璜一样，也是由巴巴
挑选来的，个个像是瑶池玉女，
　从外貌看，简直可以和狄安娜③
所率领的那群嫦娥姊妹相称；
但止于外貌相似，别的不敢保证。

---

① 玛丽·斯图尔特(1542—1587)，苏格兰女皇，以美貌著称，后被女王伊丽莎白监禁和处死。
② 尼侬·德·恩克娄(1620—1705)，法国著名的"沙龙"夫人，据称她的美色至老不衰，八十岁时尚有情人。她和当时的法国文人如莫里哀、伏尔泰等都有来往。
③ 狄安娜，罗马神话中月之女神，司猎狩。

一〇〇

她们遵命低低一躬退了出去,
　　但所走的不是巴巴走的那个门;
唐璜站在不远的地方呆望着,
　　自来到这奇异的宫闱,一切见闻
无不使他惊叹;这里一切本为了
　　羡慕和称颂的,这两者原不可分。
我必须声明,我看不出为什么
不羡慕别人就是最大的快乐。

一〇一

"不羡慕别人,这是我所知道的
　　唯一快乐或保持快乐的方法,
（这是克利奇①的译句,亲爱的莫瑞②,
　　朴素的真理无须雕饰和浮夸。)"
荷拉斯很早以前就这样说过,
　　以后蒲伯又引用了这一句话
来教导人;但若果没有人赞羡,
蒲伯可会作歌？荷拉斯何来灵感？

一〇二

侍女退出以后,巴巴招了招手
　　叫唐璜走上前,又一次希望他

---

① 托玛斯·克利奇(1659—1701),他于一六八四年翻译并出版了荷拉斯的作品。
② 莫瑞,曼斯菲尔德勋爵,诗人蒲伯(见第一章二〇五节注)的友人。蒲伯在《仿荷拉斯》中向莫瑞谈到"不羡慕别人"。

跪下来,并吻一吻夫人的脚;
　但唐璜,虽然照办了前一句话,
当巴巴又用那指令催促他时,
　却皱皱眉,索性直立起来回答:
"这可对不起,除非是教皇的脚,
对任谁的鞋子他也不能弯腰。"

一〇三

巴巴对这不合时宜的妄自尊大
　愤慨得不得了,连连劝说和解释,
还恫吓了几句(但这是自言自语)
　要用绞索之类,但也无济于事;
看来即使是穆罕谟德的新娘
　也不能使唐璜举行弯腰的仪式。
呵,礼仪真太重要了,不仅在宫廷,
在赛马场和乡间舞会上也时兴。

一〇四

他像阿特拉斯大神①一样屹立着,
　尽管肩负着全世界的汹汹指责,
他却绝不屈服,那世世代代的
　卡斯底爵爷的血都已火热得
在他的血管里沸腾;宁让千把刀
　杀他一千次吧,但门楣不可辱没;
而终于,巴巴看到"脚"已站不住,
便提议吻吻手,作为一种让步。

---

① 阿特拉斯,据希腊神话,他是巨人之一,因反抗雷神宙斯,被罚以双肩支撑着天庭。

335

一〇五

这是一种不算失体面的让步,
　是为外交家而设的中途休息站,
使他们可以在较和平的伪装下
　言归于好;而唐璜把他的意愿
也表现得尽可能地彬彬有礼,
　并且说:这样做来也是最普遍
和最适宜,因为照南方的风习,
君子总是吻吻夫人的手为礼。

一〇六

于是他上前一吻,虽然有些勉强,
　虽然从没有嘴唇把它的印痕
留在如此优雅而秀丽的手上,①
　只要一碰到,它就会吻得情深,
而且还会一而再,再而三,假如
　你所爱的人把手指越凑越近;
有时呀,陌生人的一吻竟能摇动
一个女人十二个月的海誓山盟。

一〇七

那夫人不断瞟着唐璜,然后叫
　巴巴退出,这他作得端庄而大方,
仿佛他很习于退堂这一行业;

---

① 也许没有任何事物比手更标志着出身。这是贵族能制造的关于血统的唯一征象。——拜伦注

他一直在察言观色,估计情况,
行前还低声嘱咐唐璜别害怕,
　并带着一丝微笑把他望了望,
于是退出;呵,他那满意的神色,
凡好人做了好事都这么自得!

一〇八

他退出后,情况立刻起了变化:
　我不知道这位夫人想些什么,
只见她明亮的额际顿起情涛,
　而她白净的脸蛋涌上了血色,
赤红得好像夏日黄昏的云霞
　横抹在天际;各种情绪的混合
都透出了她那晶莹的大眼睛,
其中一半是欲望,一半是命令。

一〇九

她的容貌具有女性的百般温柔,
　又甜蜜得像诱惑夏娃的魔鬼,
当他装作天使的模样,引得她
　(天知道是怎么回事!)去犯了罪①;
如果说太阳没有斑点,那么她
　就比太阳更无可挑剔,更完美。
不过,你总觉得她缺少些什么,
好像她不能"惠予",而只能"强索"。

---

① "魔鬼……装作天使的模样",西方有一些描绘夏娃堕落的图画,画着一个天使(蛇的化身)在夏娃的耳边低语,劝她吃知识之树的果子。

一一〇

一种皇家专横的气派,像锁链
　　贯穿她所做的一切;那就是说,
仿佛有条锁链套着你的脖颈——
　　哎呀,那欢情还算得什么快乐?
假如一切都是专制逼出来的!
　　我们的心至少是自由的,若貌合
而神离,即使你一时勉为其难,
到末了,心灵还是要你跟着它转。

一一一

连她的笑也凌人,尽管笑得美;
　　她的点头绝不意味对人迁就。
她的秀足像是觉到她的高贵,
　　也有自己的意志,显得很执拗,
仿佛是踩着人颈;为了更充分
　　标志她的地位,还有一把匕首
悬在腰间,表明她是苏丹之妻,
(幸好不是我的老婆,谢谢上帝!)

一一二

"唯命是从",这是自她出生以来
　　她周围的人必须遵守的法律;
无论什么异想天开的古怪事
　　只要合她的意,她的奴隶必须
遵命去办到;唉,又绝色又高贵,
　　请想这样的女人任性可有边际?

如果她是个基督教徒,我相信,
我们早就发明了"不息的运行"①。

一一三

凡是她见到和想要的都得拿来,
　若是从没有见过,而她却认为
天下有的,那一定要苦苦去寻找,
　若一旦找到了,价钱就无所谓;
她购买的东西真是无穷无尽,
　惹起的麻烦也同样没有范围;
不过,她的专制富于一种优雅,
除了那脸蛋,女人都很原谅她。

一一四

在赴市集途中,唐璜被她一眼
　看中了,成了她最近一时的爱好;
她立刻命令到市场去购买他,
　而巴巴呢,一向都是最为可靠,
任何尴尬的差事他都能办通,
　对于这一种拍卖更精于门道;
她是不知慎重的,但他能兼顾,
这就是何以唐璜穿错了衣服。

一一五

他的青春和容貌都便于改装;
　若是你问:身为苏丹娘娘的她

---

① "不息的运行",见献辞十三节注。

怎能冒这种危险,起这种怪想?
　　这,我必须留待女苏丹去解答。
皇帝在妻子看来不过是丈夫,
　　国王呀,皇后呀,所以被人神化,
如果我们肯仔细地加以分辨:
有的是凭阅历,有的只是传言。

一一六

但我们还是回到主题上来吧——
　　现在,她感到既然已一帆风顺
把他终于变成了自己的财产,
　　她认为她已经非常、非常谦逊,
无需什么前奏,只用那饱含权力
　　和热情的蓝眼睛瞥了他一瞬,
便草草说:"基督教徒,你能爱吗?"
这一句话难道还感动不了他?

一一七

当然会,假如碰对时间和地点;
　　不过现在,唐璜的脑中还浮着
海黛的岛屿和那爱奥尼亚的
　　温柔的面孔;听到这句话,立刻
他头上的热血都奔流到心中,
　　他的面颊苍白得像雪花飘落;
这句话像阿剌伯的矛刺进心胸,
他半晌一言不发,只是泪如泉涌。

一一八

她大吃一惊,倒不是为了眼泪,
　　因为女人爱流泪,用起来很方便;
但男人眼圈红了,就当另作别论。
　　特别糟的是:当女人娇啼一遍,
心就舒畅了,而男人的泪却好似
　　熔铅一般灼痛,倒像你朝他心坎
刺了一枪,才逼出他的那些泪水;
总之,女人哭舒心,男人哭是受罪。

一一九

她本想安慰他一下,但又不知
　　如何开口,因为直到如今,还没有
这类事发生,或什么引起她同情,
　　她也从未想到满心悲苦忧愁
是怎么一回事;虽然,偶尔也曾
　　有些噘嘴的小事掠过她眉头;
但她最不懂的是:那眼睛怎会
在如此挨近她的眼睛时还流泪?

一二〇

但天性能补救权势带来的缺陷;
　　当陌生的事物强烈得也能引起
善良的感情时,那你就会发现
　　女人的心田是最肥沃的园地;
她们本诸天性倾洒着"酒和膏油",
　　处处慈悲为怀,不管有没有道理;

因此,古尔佩霞也不知什么原因,
竟感到眼角有些奇怪的湿润。

— 二 —

但眼泪和其他一切事物一样
　　总有完结的时候;唐璜虽然一时
听到有人居然问他"是否爱过"
　　而感到如此悲伤,但很快就使
他的眼睛复归于坚忍派状态,
　　他那闪亮的泪水也随着被斥止;
尽管对美色敏感,但身为奴隶,
　　这怎能不叫他感到非常可气?

— 二二 —

而古尔佩霞,这是生平第一次
　　大为困惑,因为她生活这些年,
除了祈求和赞美没听过别的,
　　何况她也是冒着生命的危险
获得了他,并指望通过爱之门径,
　　开导他进入一种亲切的密谈;
虚掷这时光对她是绝大的牺牲,
　　而他们几乎已浪费了一刻钟。

— 二三 —

对于经历着类似情况的诸君,
　　我想提出一个时间的限度,
那就是说,适于南方人来采用——
　　至于我们这儿,关于这类追逐

法规却较严:只要你稍误一刻,
　　就构成大罪;即使最宽洪大度
(请想想)也只许你表达两分钟,
　　再多呢,就要有损及你的令名。

一二四

唐璜的声名是好的,也许能更好,
　　要不是他脑海中浮现着海黛;
不管说来多离奇,他总忘不了她,
　　这就使他的教养显得非常之坏。
古尔佩霞认为既已把他带进宫,
　　那唐璜就是对她负了一笔债。
她的脸庞开始涨红,以后又变白,
以后那红晕又飞到眼底下来。

一二五

终于,她带着一种皇家的气派
　　把手放在他的手上,又投给他
一种无须帝国也能服人的秋波,
　　去找他的爱情,而却不见回答;
她眉头一蹙,但并不想来责问,
　　凡骄傲的女人都不依赖这办法;
她站起来,贞静了一刻,然后就
一下子投进他怀中,再也撑不走。

一二六

这倒是个棘手的试探,但唐璜
　　又是悲伤,又是愤慨,又是骄傲,

轻轻就把她雪白的手臂拿开,
　又把她颓丧地扶在一边坐好,
于是他傲然站起来,扫了一眼,
　继而冷冷瞧着她的面孔,叫道:
"囚笼的鹰不肯配对,我更不能
侍候一个女苏丹的色情的梦。

一二七

"你问我能爱吗?就让这来证明
　我是爱得多深吧——我无心爱你!
这身卑贱的衣服,这花边和裙带
　我穿上倒合适,因为一个奴隶
能讲什么爱情!你这宫殿的豪华
　可没有看在我眼上!你的权力
也许很大,叩头呵,屈膝呵,眼和手
都得侍奉你——但这颗心可自由!"

一二八

这道理对我们已是老生常谈,
　对她却不然,因为她从没有听过;
她认为,她一召呼就使人愉快,
　这世界只是为国王和王后而设。
就好像她连心生在左边或右边
　都茫然无知,法权使它的膜拜者
也变成同样不折不扣的愚昧,
只知身为皇家就有权把人支配。

一二九

而何况她又是这么美,这美貌
　　即使落在远为卑微的境况中,
也足能兴邦,或弄得国破家亡,
　　而且可以想得到的,她很看重
自己的魅力,这当然也不足怪,
　　谁肯把自己的美色埋没不用?
她认为她有双重的"天赋权利",
这意见的一半我倒也同意。

一三〇

请回忆一下,或者(如果不可能)
　　请想像:假如你少年洁身自好,
一个青春不再的贵妇急急于
　　和你纠缠爱情,却被你泼冷了
她火热的兴头,她该如何盛怒!
　　或者想一想:在这方面你读到
或听到的一切吧,然后再想见
这一位妙龄的绝色佳人的脸。

一三一

请设想——也许你们已经想到了,——
　　波提乏太太[1],费德拉[2],布比夫人[3],

---

[1] 波提乏太太,见第一章一八六节注。
[2] 费德拉,据希腊神话,她是雅典国王西修斯的妻子,爱上西修斯的儿子希波利他斯,但被他所拒,怒而向西修斯诬告其子无礼,因而使之被处死。
[3] 布比夫人,英国小说家菲尔丁的小说《约瑟夫·安德鲁斯》(1742)中的人物。她爱上自己的仆人安德鲁斯而被拒,以后即对他极力迫害。

或者一切故事中所能揭示的
　　良好范例吧;可惜作家和师尊
给你们揭示的事例不多,因此,
　　青年人呵,你们的教益也不深:
但即使能想到这少数的范例,
　　你们也难想见古尔佩霞的怒气。

一三二

一个失去幼雏的雌老虎,母狮,
　　或任何饶有趣味的吃人野兽——
这是现成的比喻来形容女人
　　不能随心所欲时的气冲牛斗;
但我要的比喻虽不能弱于此,
　　这些连我要说的一半都不够:
因为,那失去的幼雏,不论多少,
怎比得根本让她们生育不了?

一三三

爱子女本来是自然界的法则,
　　母虎对虎雏,鸭子对小鸭都一样,
只有在幼雏受袭击时,才能见到
　　母爪最为锐利,铁喙磨得最光;
在婴儿室里,我们会看到妈妈
　　多爱自己孩子的哭笑和叫嚷!
对后果若还是那么其乐融融,
这表示对那起因兴致就更浓。

一三四

如果我说古尔佩霞的眼睛冒火,
　这等于什么也没说,因为她的双目
一向怒火闪闪;若说她的面颊红得
　颜色最深,又怕对染工有些凌辱;
总之,她的欲念从没有受过委屈,
　这一回发的脾气当然不比凡俗:
即使你见过受挫的女人的怒火
(天哪,够受的!)那也比这还差得多。

一三五

她的怒火只是一瞬,这倒也好,
　不然再过一瞬就把她也毁灭;
旺盛的脾火真不凡,只一刹那
　已经足够给人以地狱的一瞥,
看来惊心动魄,但说来却壮丽,
　好像大海冲击孤山那么猛烈,
那热情的狂澜掠过她的外貌,
使她变为具体的美观的风暴。

一三六

若把一般人的愤怒和她相比,
　那等于拿普通的风暴来比台风;
不过,她倒不想伸手到天空捞月,

像温和的霍兹伯①那样要发疯。
她的愤怒的格调比较低,也许
　这毛病是在于她的性别和年龄,
像李尔王②,她气得只想"杀,杀,杀,"
然后这血的渴望就化为泪滴下。

一三七

愤怒像风暴卷来,又像风暴偃息,
　她默默无言——实则也无话可说,
呵,她终于感到了女人的羞耻,
　这感觉在她本来一向很薄弱,
现在却迅速涌来,像堤堰突然
　有了裂隙,大水冲进她的心窝;
是的,她感到丢了面子,——但差辱
有时对于高官显贵倒有好处。

一三八

这教他们明白,自己也是血肉,
　并且暗示到,别人固然是泥土
塑成的,那可并不都是污泥浆;
　贵瓮和瓦壶本是脆弱的手足,
不管好坏,总是一个窑的陶器,
　虽说并不全出于同一个父母。
这教导了他们——天知道教导了什么!

---

① 霍兹伯,莎士比亚戏剧《亨利四世》中的人物,性情暴烈,他有如下两句台词:"天呵!我想只要轻易一跳,就能从脸儿苍白的月亮摘下光辉的荣耀。"(一幕三场)
② 李尔王,莎士比亚同名戏剧的主人公。他因被两个女儿欺骗和驱逐而发了疯。他曾讲了如下的话,"等我摸到这些女婿们,那就杀,杀,杀,杀,杀。"(四幕六场)

有时颇是中肯,帮助很多。

一三九

她第一个思想是砍唐璜的头,
　　第二个思想是和他一刀两断,
第三个思想是把他送回老家,
　　第四个思想:叫他悔过和道歉,
第五个思想:叫侍女准备就寝,
　　第六个思想:自杀;第七个,用皮鞭
抽巴巴一顿,——但她最出色的办法
是重新坐下来,当然还要哭一下。

一四〇

她原想刺杀自己,但不妙的是
　　她有一柄短剑太容易拿到手,
而东方的紧身衣棉絮又不多,
　　用匕首狠狠一刺就容易刺透;
她又想杀唐璜——这可怜的少年!
　　杀他并不冤,谁叫他这么犟头;
但杀他的头不一定十拿九稳
就能达到她的目的——要他的心。

一四一

唐璜是真急了:他已经豁出去
　　或受桩刑,或被剁成肉泥喂狗,
或者细细折磨得他痛死也行,
　　不然也可往大海或狮笼里投;
因此他英勇地站在那儿等死,

决不苟且——除非碰上他的兴头。
这倒真是丈夫气概！但一遇到
女人的眼泪，就不免瓦解冰消。

一四二

好像艾克斯①的勇气从手掌溜走，
　　不知如何，唐璜的浩气都消失了；
起初奇怪自己为什么要拒绝她，
　　继而又想，不知能不能言归于好；
接着便责骂自己野蛮的德性，
　　好像苦修僧也时而自怨修道，
或太太后悔结婚时所订的誓约，
　　（至于这，双方终于都撕毁一些。）

一四三

因此，他就讷讷地说些抱歉的话，
　　但在这类事情上，光说话可不成：
即便你能搬来缪斯所唱的一切，
　　甚至风流公子的最风流的谈锋，
或被卡色瑞糟蹋过的全部辞藻。
　　呵，正当那嫣然一笑刚刚要促成
他的和解时，还没等到下一步，
老巴巴却已匆匆跑进了房屋。

---

① 艾克斯，英国剧作家谢立丹喜剧《情敌》中的人物。他有如下台词："是的，我的勇气全完了！它是溜走了！我感到它仿佛是从我的手掌渗走了！"（五幕三场）

一四四

"太阳的新娘呵,月亮的姊妹,"
　　(他是这样说的)"哦,世上的女王!
你一笑能使宇宙星辰都欢舞,
　　你一皱眉连日月也黯然无光;
你的奴隶给你带来一个信息,
　　但愿你垂顾,而不怪它太莽撞——
我像一丝光线,奉太阳的命令,
前来通禀太阳御驾就要光临。"

一四五

古尔佩霞叫道:"天哪,可是真的?
　　我原望他明晨以前不会光临。
叫我的宫女快排开一字银河。
　　去吧,老扫帚星!叫群星要小心,——
基督徒呵,你要尽力扮好宫女,
　　既然你叫我不要记你的旧恨——"
正说之间,只闻一片人声嘈杂,
又有一声高喊:"快迎苏丹王驾!"

一四六

头前是她那一列端庄的宫女,
　　接着是陛下的宦官,有黑有白,
随行人员的行列长达一里远;
　　帝王很懂得礼貌,他每次前来
都早早派人通知,特别在夜晚
　　是如此,以便于容人妥善安排;

因为她是皇上最近纳的一宫,
当然在四名王妃里她最受宠。

一四七

苏丹陛下的仪表十分庄严,
　　披肩遮住鼻子,胡须长到眼下;
他夺出监狱的门就登上王位,
　　是他被绞死的哥哥提拔了他;
在君主之中,他的德行不逊于
　　在康特密尔①或诺尔斯②的笔下
所记载的那些,其中除苏来曼外③
其余的帝王都不算怎样光彩。

一四八

他到清真寺里去作他的祷告,
　　气派之大很超乎"东方的审慎";
他把国家大事交给宰相去管,
　　连皇室的好奇心也不见一分;
我不清楚他有没有家务麻烦,
　　倒没有诉讼揭示闺房的怨恨;
四位王妃和一千宫女被治理得

---

① 狄米特里·康特密尔(1674—1723),俄国史家,著有《奥托曼帝国兴衰史》,一七三四年译成英文出版。
② 瑞恰德·诺尔斯(1550—1610),著有《土耳其通史》。
③ 也许值得一提:培根在《论帝国》一文中表示苏来曼是其世系的最后一员,我不知何所据而云然。他的话如下:"穆斯塔法的死对苏来曼家族是致命的;因为土耳其的继位者被疑为非出于苏来曼而出于别的血统,因此赛里姆二世被认为是僭位者。"但培根的历史论证常常是不准确的。仅从他的《格言集》我就能举出半打例子。——拜伦注(赛里姆二世〔1524—1574〕是苏来曼的另一儿子,由于穆斯塔法被杀,故在苏来曼死后由他继位。——译者)

像一个基督教皇后那样平和。

一四九

如果偶尔有失于防范的差错,
　罪人和罪状都不会有人知道,
没有一张嘴会把那故事传开——
　自有大海和麻袋把一切注销。
谁还能到海底去探寻那秘密?
　所以,公众和本诗都无法知晓;
没有丑闻给报刊去伤风败俗,
风俗改善了,鱼也不见得恶浊。

一五〇

他自己亲眼看到月亮是圆的,
　同样该肯定的是:大地是正方,
因为他曾经旅行五十哩之远,
　任何地方都见不到圆的迹象;
他的帝国的版图也是无边的,
　确实,这里或那里少不了动荡:
不是督军叛变,就是海盗骚扰,
不过他们从未达到他的皇城脚。

一五一

除非是以特使之名来,而特使
　按照真正的国际法,一遇到战争
就派到了京都:这群坏蛋依法
　当然不是在他们那卑污的手中
拿起一把刀来发泄满腔的邪火,

而是把一篇谎言写得周周正正,
美其名曰公函,安全地交给对方,
连一根染黑的髭须都烧不伤。

一五二

他有五十个女儿和四打儿子,
　只要长到成年就都收藏起来,
女的藏在宫里,像尼姑般过活,
　直等到有了督军要驻节国外,
那她,要是轮到了她,就嫁出去,
　甚至只六岁!——这虽然听来奇怪,
却是真的,因为督军作了女婿,
必然要给老丈人送一笔厚礼。

一五三

他把他的儿子都关在监狱里,
　以待成长得够资格套上绞索
或登上王位:这两者必居其一,
　但只有老天知道是哪种结果;
而在这期间,他们所受的教育
　是王子式的,因为无论哪一个
当了皇太子,人们仍然会看到:
他固然该加冕,却也早该挨绞。

一五四

苏丹陛下以帝王的礼节见过
　他的第四位夫人;而她满面笑容,
眉头更见舒展,泪眼早已擦干;

本来,凡耍过把戏的太太都相同:
她们必须装作加倍重视那婚约,
　好挽救那快倒闭的银行的信用。
丈夫若得到这样亲热的寒暄,
定是太太已使得他适于升天。

一五五

君王把他的大黑眼睛扫了扫,
　立刻看到了(他总是看得很细)
夹在宫女中间的化装的唐璜,
　他没有一点不悦,也毫不诧异,
只是带着庄重和超然之态说:
　(正当古尔佩霞心慌地喘口气,)
"我看你又买了个宫女;想不到
一个基督徒竟还算有些俊俏。"

一五六

这一赞不得了,使大家都瞧着
　新买的少女,使她脸红而抖颤;
她的女伴都感到自己是完了!
　噢,穆罕谟德的天灵!怎么苏丹
竟会如此赏识了一个邪教徒?
　而对她们,那圣口尚未发过一言!
大家在窃窃议论、拉扯和扭动,
但礼仪禁止她们噗哧笑出声。

一五七

土耳其人惯于把女人关起来,

355

这办法很好；因为,唉,说来寒心：
在这不幸的南方,女人的贞操
　　可不像北国那样冰冷而严谨,
那儿用不着担心早熟的罪恶,
　　我们的道德比白雪更为纯净；
太阳每一年把北极的冰削减,
对于罪恶,它的效果却适得其反。

一五八①

因此,在东方,人们都非常严格：
　　百年之好的婚姻就等于铁锁,
只不过,若是前者被偷偷撬开,
　　便无法恢复旧格局,总有些涩,
好像是一桶红葡萄酒透了气：
　　然而这是他们的多妻制之过。
为什么不把两个好人捏在一起
变为终身的道德怪物——夫和妻？

一五九

到此为止,让我们的故事稍停,
　　并非为了缺乏素材。是时候了！
按照古代史诗的条例,我应该

---

① 这一节在初版时未印。拜伦在发见这一删节时写信给出版者莫瑞说："你凭什么原则删去……我补充的最后几节中的一节？我想是因为它的结尾有：
　　　为什么不把两个好人捏在一起
　　　变为终身的道德怪物——夫和妻？
现在,我必须干脆说清楚：我不允许任何人由于我不在而如此随意处置我的作品。我希望把删去的再印上(西米拉密斯一节除外)——特别是关于土耳其婚姻的那一节。"(1821年8月31日致莫瑞函)

卷起帆篷,和这歌一起抛下锚。
让这第五章博得应有的喝彩,
　下一章我要弄点庄严的格调。
既然荷马都免不了要打瞌睡,
请原谅我的缪斯也稍歇一会。

第六、七、八章序言[①]

以下两章(即第七章和第八章)关于伊斯迈攻守战的细节是从一本法文书《新俄罗斯史》[②]中摘录的。假托于唐璜的一些事件确实发生过,尤其是他拯救幼儿的一段情节,那是已故的黎世留公爵的事迹,他当时是俄军中一个年轻的志愿人员,以后成为敖德萨城的创建者和恩人;在那里,他的名字和事迹将永远为人所景仰。

这些章里有几节涉及已故的伦敦德里侯爵[③],但那是在他死前的一些时候写成的。我本可舍弃这几节,假如那个人的寡头统治已与人俱亡。可是鉴于当前的事态,我认为无论从他死的情况或生平的情况看来,都没有任何理由不让所有他曾尽毕生之力加以奴役的人们来自由发表意见。据说他在私生活中是一个可亲的人,不管是不是确系如此,但这和公众有什么关系呢。至于哀悼他的死亡,那有的是时间,可以等爱尔兰不再悲叹他的诞生再说吧。我和千百万人一样,认为身为国务大臣的他,是在暴虐治国者之中心意最暴横而又智力最差的。确实,这是在诺尔曼人[④]之后,英国第一次被一个不能讲英语的大臣(至少是大臣)所凌辱,而国会居然允许人用玛拉普洛

[①] 在经过一年半的间歇以后,拜伦于一八二二年六月又着手写作《唐璜》。第六、七、八章发表于一八二三年七月,由约翰·汉特代替莫瑞为出版者,因后者对本诗前些章的大胆描写有所顾忌,不敢再承担出版之责。在初出版时,第六章前有如下题词:"你可认为由于你道德高尚,世间便不再有糕点和啤酒了吗?会有的!而且吃姜也还会辣嘴。"(引自莎士比亚《第十二夜》二幕三场)

[②] 《新俄罗斯史》,全名为《新俄罗斯古代及现代史》(1820),作者为法国侯爵盖伯希埃·德·卡斯特尔诺,他曾居住在敖德萨,并结识了参加过伊斯迈战斗的黎世留公爵。

[③] 伦敦德里侯爵,即卡色瑞,见献辞一一节注。

[④] 诺尔曼人,欧洲北方人,其公爵威廉于一〇六六年征服英国,他们对被征服的盎格鲁·撒克逊人使用法语。

普太太①的语言来对它发号施令。

关于他死的情况,没有什么值得一提。我只想说,假如一个像瓦丁吞②或华生③那样可怜的激进派抹了脖子的话,他就会被埋在十字路口,用通常的木桩或木槌装点一下就完了。然而,这个大臣是高贵的疯子——一个多情的自杀者,他只是割了"颈动脉",(天保佑人们的学问!)于是不得了!又是排场,又是威斯敏斯特教堂④,还有报纸上呼号的一片哀辞,验尸官⑤在死者血腥的尸体上所作的一篇颂德演说(这是安东尼的演说⑥,对这样的恺撒倒是旗鼓相当),以及那密谋对付一切诚实和正直行为的一伙卑鄙家伙所发的令人作呕的违心之论。就他的死而言,按照法律⑦他应被认为不是罪犯,就是疯子,而在任何一种情况下都不太应该是恭维的对象。就他的生平而言,那是全世界都清楚的,而且半个世界还将有许多年继续感受其影响,除非他的死能对欧洲尚存的大臣们⑧成为"道德的教训"。他的死至少对各民族是一种安慰,因为看到了迫害他们的人是不快乐的,并且在某些情况下还对自己的行动有点正确的评价,恰同人类后来对他

---

① 玛拉普洛普,英国剧作家谢立丹喜剧《情敌》中的人物。她谈话爱咬文嚼字,可是把文辞都用错了地方。
② 塞缪尔·瓦丁吞(1759—1822),激进的政治活动家,一七九三年曾主持群众大会,赞助法国革命。一八一二年著有《致联合王国人民书》。
③ 杰姆士·华生(1766—1838),激进的政治活动家,参与了一八一六年一次未遂的暴力政变,被控以叛国罪,后无罪开释。
④ 威斯敏斯特教堂,英国国葬的地方,其中有历代名人的墓。
⑤ 验尸官,在英国,凡非正常的死亡先由验尸官验察,然后才能埋葬。
⑥ 安东尼的演说,罗马的凯撒大帝被布鲁塔斯刺死后,布鲁塔斯当即发表演说,历数恺撒称帝的野心,向罗马民众表明他的行刺是正义行为。在民众欢呼他的时候,恺撒的将领安东尼也站起来指着恺撒的尸首向罗马民众发表了一篇颂扬恺撒的演说,民众又报他以欢呼。(见莎士比亚戏剧《尤利·凯撒》三幕二场)
⑦ 我是说根据这个国土的法律——依照人类的法律,判断要温和些。但既然执法者经常把"法律"挂在嘴边,那就让他们尽量享受一下吧。——拜伦注
⑧ 应将甘宁排除于这些人之外。甘宁是一个天才,几乎是全面的,他是演说家,才子,诗人,政治家;没有一个有才能的人能长期追随这位先辈甘宁勋爵所走的道路。如果能有人拯救国家,甘宁即其一,但他是否肯去做?我殷望如此。——拜伦注(乔治·甘宁〔1770—1827〕,于一八二一年代卡色瑞任英国外交大臣。拜伦此处对他评价过高了。——译者)

们的裁判一致。让我们别再提这个人吧；让爱尔兰把她的格拉坦①的尸灰从威斯敏斯特教堂的圣地移出去吧。那热爱人类的志士怎能安息在政界的维特②之旁！！！

至于本诗已发表的几章所引起的另一些非难，我只想引用伏尔泰③的两句话作答："廉耻逃出了心房，而跑到嘴边上来避难"……"道德越是败坏，就越是谈吐有方；人们想在语言上弥补其在德性上的缺陷。"

这确是恰当地描绘了当代英国社会的腐朽而伪善的一群人，并且是他们应得的唯一答复。那陈腐而滥用的头衔"渎神者"，以及"激进派"、"自由思想者"、"雅可宾派"、"改革派"等等称呼，是雇佣文人们每天对肯听信的人们当做通币敲得丁当响的——一切被扣上这种头衔的人应该高兴，假如他们想到它起初是扣给谁的。苏格拉底和耶稣·基督就是被指为"渎神者"而公开处死的，过去还有其他人也这样，将来还会有许多人如此，凡是胆敢起来反对那些极端渎侮上帝之名和人类理性的昭彰罪行的，谁又能免呢。然而迫害并不是反驳，甚至也不是胜利；那被称为"可鄙的异教徒"④在牢狱里可能比他高傲的指控者更快乐些。我和他的信念并无共同之处，——那也许对，也许错，——但他是为它而受苦，为良心而受苦这件事本身将为自然神教招募更多的信徒，远胜于异端的⑤教长为基督教、自杀的

---

① 亨利·格拉坦（1746—1820），为爱尔兰独立而斗争的爱国者，他争取了爱尔兰的议会独立。
② 维特，德国作家歌德小说《少年维特之烦恼》的主人公。他是一个多愁善感的青年，因失恋而自杀。
③ 伏尔泰，见第五章三一节注。
④ "可鄙的异教徒"，可能指瑞恰德·卡莱尔（1790—1843），进步的出版家。因出版美国进步作家托玛斯·潘恩的作品及其他无神论作品，于一八一九年被判监禁三年。他在狱中继续出版《共和国人》杂志，因此又增加三年刑期。
⑤ 当山德维治勋爵说，他不懂正统和异端的区别时，华勃吞主教回答道："大人，正统就是我的信仰；异端就是别人的信仰。"似乎近来一位教长发现了第三种信仰，它在上帝的选民中信誉并不太高，边沁称之为"英国教会主义"。——拜伦注

大臣为暴政,或年金过丰的杀人犯为邪恶的同盟①(它竟自称为"神圣"以凌辱世界!)所能招募的。我无意践踏死者或不光彩的人;但我认为,那些自愿依附于此辈人的阶级而为之效劳的人们假如能压低一下他们违心之论的高调,也许并不是坏事;而这种高调正是这个自私的掠夺者时代、这个尔虞我诈和口是心非的时代的大弊……就先说到这里吧。

---

① 邪恶的同盟,指一八一五年俄国、奥地利和普鲁士三国发起成立的"神圣同盟",它以维持宗教及专制的统治、镇压人民自由及民族独立运动为其目的。"年金过丰的杀人犯"指英国战胜拿破仑的将军惠灵吞,他是"神圣同盟"的赞助者,但以后英国未加入。

第 六 章

一

"人事的盛衰①有如潮汐,若遇见
　　满潮之时,"底下不说您也知道;
我们都有过大有可为的时机,
　　只是当局者迷,轻易就错过了,
而等你知觉时,它已一去不返。
　　但无疑,凡事都以至善为目标,——
这由结果可以证明:正当事情
最不如意时,突然一切转了风。

二

女性的无常有如潮汐,若遇见
　　满潮呀——天知道冲到什么地方!
有的航海家真是能干,竟能把
　　这潮流的趋向测绘得丝毫不爽;
雅可布·比曼②的幻想无论怎样出奇,
　　和她们那漩涡和曲折可比不上。
男人用脑子想想那,又想想这,

---

① "人事的盛衰有如潮汐……",引自莎士比亚戏剧《尤利·恺撒》四幕三场。
② 雅可布·比曼(1575—1624),德国神秘主义哲学家。拜伦曾两次把他和华兹华斯相比。

但女人的心——谁知道想着什么?

三

一个倔强的、急躁的、轻率的她,
　　又年轻、美貌、大胆,宁可以牺牲
皇座、天下和宇宙,只要能使她
　　被人爱得称心;若是天空的星星
挡住了路,那也得一挥手弹开,
　　好教她自由得像海波遇上劲风——
这样的女人若不是魔鬼,谁还是?
但还有不少人甘愿作她的信士。

四

王位和天下等等,都往往由于
　　通常的野心而易手;所以当爱情
把国家倾覆时,我们很易于忘记,
　　或至少宽恕了那不智的钟情。
如果说,安东尼①至今传为美谈,
　　那可不是由于他的那些武功;
他为美人而败亡的阿克兴一役
胜过恺撒所赢得的一切战绩。

五

他年已半百,还为四十岁的女皇
　　而殉情;唉,我倒希望他们才十五
和二十,那么财富和天下等等,

---

①　安东尼,见第二章二〇五节注。

就不过是儿戏;记得我在那岁数
虽没有多少天下可失,但为了爱,
　　却倾尽我的一切——把一颗心献出。
年长了,我倾城以献;但多少城
也恢复不了我昔日纯洁的感情。

六

就算它是稚子的寸心,像寡妇的
　　一文钱一样,只有留待后日去称;
但不管这类东西有没有分量吧,
　　凡爱过的人都承认,在人一生中
没有什么能比它。据说,上帝是爱,
　　但爱确是上帝,至少当大地的面容
没有被罪孽和眼泪弄折皱以前——
史册会告诉你它枯萎了多少年。

七

我们把男主人公和第三个女角
　　留在了一种稀奇而为难的局面,
因为绅士们为了猎获那口禁脔——
　　有夫之妇,有时得冒切身的危险。
何况苏丹又极厌恶这一类罪过,
　　绝不能赞赏那位古罗马的名贤
凯图[①],一位豪爽的坚忍派,
他向友人霍顿西斯租出了太太。

---

① 马可·凯图(纪元前95—前46),罗马政治家,主张共和政体,被恺撒击败而自杀。据史家称,他把妻子玛霞让给友人霍顿西斯,而在后者死后,又将她收回。

八

我知道古尔佩霞的行为很不对,
　　我承认这一点,我痛惜和谴责它,
但我也不愿花言巧语,尽管写诗
　　也得说出真情,不管您怎样责骂。
她理智不足,感情却强烈;她认为
　　她丈夫的心(即使她有权占有它)
是不够的:因为他已经五十九岁,
而他的妻妾却足有一千五百位。

九

我比不上凯西欧①,"一个数学家",
　　不过仅凭书生之愚见,用了点
女人的精明核算一番,再加上
　　皇上圣龄的那笔账,那么,显然,
苏丹娘娘是由于空虚而出了岔,
　　因为,即使苏丹把他的心分摊,
给他亲爱的人(其实这只能专利!)
她也只能得到一千五百分之一。

一〇

据说,夫人们都是好讼成性的,
　　动不动要为合法占有权起诉,
就连笃信天堂的人也毫不示弱,
　　对于这种亏损反而加倍愤怒;

----

① 凯西欧,莎士比亚悲剧《奥赛罗》中的人物。

她们用状子和检举围攻我们,
　　从法庭多次的会审就可以看出:
她们怀疑每个算数的人都侵占
那依法只合她们享有的权限。

　　　　　　一一

既然基督教的乐土尚且如此,
　　异教之邦亦然,不过度量更小,
她们会采取高压的手段,摆出
　　连国王都称之为"堂正的仪表"
为妻权而争,要是她们的夫君
　　敢于忘恩负义,有违夫妇之道;
四个妻子有四重权利:醋海风波
不但泰晤士有,底格里斯①也很多。

　　　　　　一二

古尔佩霞是第四位,而且,我说过,
　　也最受宠;但由四位分摊的宠幸
算了什么? 无怪人都怕多妻制度,
　　它不但是一桩罪孽,而且真扫兴;
所以,智者娶一个良家妇女即足,
　　而不发明哲理再为重婚找佐证。
人人都怀有戒心,除了回教徒,
谁愿意把自己的婚床变为通铺?

---

　　① 泰晤士河、底格里斯河,前者在英国,后者在土耳其及伊拉克。

366

一三

苏丹陛下,人类的至圣与至尊——
  这本是按照君臣之礼,每个国君
应有的称号,直到遇上那一帮
  倒霉的、饿不死的雅各宾党人①,
呵,那些蛆虫,竟宴飨至高的王,——
  苏丹陛下看到古尔佩霞那么俊,
他很希望得到一个情人的迎接,
(无论在哪一国,这总是最热烈。)

一四

不过,这里我们得清楚说一下:
  拥抱呀,亲嘴呀,和种种甜言蜜语,
无论怎样像真的一样——无所谓,
  都能来得像戴帽子一样容易,
或者不如说,像戴上一顶女帽,
  以便给头或心增添一些魅力,
但只是装潢,而不是头的一部分,
正如她们的温存也非出于本心。

一五

轻微的赧红,温柔的颤抖,以及
  一种淑静的女性的喜悦,与其说
流露在眼里,不如说在眉目间,

---

① 雅各宾党,一七八九年法国革命时期的激进民主主义者。也泛指一切"过激的"革命者。

因为她力图把那最悦人的掩遮——
呵,在朴实的人看来,这一切才是
　　爱情最好的表征;爱神的宝座
本来最妙是在真挚女人的心里,
太热或太冷就损毁了爱的魅力。

一六

太热,若是装的,就比不装还坏;
　　若是真的,那火焰绝不会持久;
除非少不更事,我想绝没有人
　　甘愿把一切都押在情欲上头,
因为情欲是一种不稳的股票,
　　碰上一个买主,就会大打折扣
从你那儿转了手;但另一方面,
太冷的女人也似乎相对寡欢。

一七

那就是说,我们会怪她没有风趣,
　　因为凡是恋人,不论性急或性缓,
都愿意情投意合,不仅自己的心
　　火热起来,也要看对方闪着情焰,
哪怕是对着圣·佛朗西斯①的情妇——
　　寺院中的白雪(它也是亮闪闪);
总之,对于恋人,荷拉斯那句名言
值得遵守:"你走中庸之道最安全。"

---

① 圣·佛朗西斯(1182—1226),基督教中佛朗西斯教派的创始者。传说他为了压制情欲而投身到雪里。

一八

这里"tu"字不恰当,但随它去吧,
　　它有助于音步,就是对我这拙著
而非指那古典的六音步诗而言;
　　不过,这最后一行诗实在够粗俗,
既无格调,又无节奏,很明显地
　　是硬塞到八行格诗里来凑数;
我知道诗典绝不会去推荐它,
但真理却会,要是你译得不差。

一九

我不知道迷人的古尔佩霞是否
　　假亲热得过了分——但她却很成功,
而成功,不管什么事,总是了不起,
　　对心灵或女人的其他装饰都相同。
男人的自爱更胜过女人的花招,
　　她们假,我们也假,大家都假,但爱情
并不稍减;唉,还不见有一种美德
(除了饥饿)能遏止传种这种罪恶!

二〇

我们让这对皇家夫妇去就寝吧,
　　床铺不比王座,他们尽可以安然
去做他们的好梦,快乐或者烦闷;
　　不过,好事若不称心,令人空喜欢,
那可就成了人生中最大的恨事。

或者不如说,像戴上一顶女帽。

最轻的痛苦是使我们哭哭就完；
只有日常一星一点的忧烦最可悲，
它能把心灵像一块石头给磨碎。

二一

一个脾气坏的太太，别扭的儿子，
　该付的账单不付，倒惹起争吵，
或被打了折扣；一个顽劣的孩子，
　病狗，爱马才骑上就挫伤了脚，
一个狠心的老妇以更狠的遗嘱
　把你算准的一笔钱财给勾销，——
这些都是小小的琐事吧，不过
我还没见一个人不为这恼火。

二二

我是个哲人：让它通通见鬼去吧！
　什么账单，畜生，人——不，女人例外！
我要好好骂她们一通以消怒火，
　以后就让禁欲主义清除心怀，
不留任何邪念或痛苦的痕迹，
　于是我就全心向精神世界膜拜；
不过，什么心和精神，都哪儿来的？
我一概不知——也都见它的鬼去！

二三

这样都打入地狱，我感到很舒服，

好像刚读完阿凡那修士①的咒文,
哪个真信徒读它不拍手称快?
　　不知谁还能对俯首听命的敌人
比那篇咒文斥骂得更淋漓尽致!
　　它真是堂堂正正,简洁而中肯,
我们的祈祷书有了它生色不少,
　　好似雨后的晴空有了彩虹一道。

二四

古尔佩霞和夫君睡了,或至少
　　有一个是如此——呵,沉重的午夜!
凡爱上单身汉的邪恶的妻子
　　这时都怨忿满怀地难以安歇,
只恨黑夜太长,而那黝黑的窗棂
　　却总望不到一丝晨光的闪耀。
她辗转反侧,睡了又醒,心惊肉颤,
生怕太合法的共枕人醒来发见!

二五

这就发生在天国的华盖之下,
　　而且是在由四根竿子撑起的
丝绸的帐幔中,一切达官贵人
　　都是和娇妻在这里双双栖息,
而那被单会被诗人比作白雪。
　　唉!一个人嫁出去真是碰运气:
古尔佩霞贵为王后,可是仍然

---

① 阿凡那修士(293—373),亚历山大城的主教,曾于三二六年对阿留士的异端教义发出诅咒。

372

也许像嫁到农家去那么悲惨。

二六

男扮女装的唐璜和众宫女
　　排成长长的一列,对皇上一致
躬身为礼后,苏丹挥了挥手,
　　她们便退下回归自己的寝室;
那是后宫中的一长列回廊,
　　宫妃都在那儿歇下她们的玉肢:
呵,成千颗心都为爱情而跳动,
像笼中的鸟儿渴盼飞往太空。

二七

我是爱女人的,有时候我真想
　　把暴君①的这个愿望反转一下:
他愿意"全人类只有一个脖颈
　　好使他挥一挥刀就可以全杀",
我的雄心也很广,但不那么坏,
　　也不那么狠(我当时年纪还不大):
我希望全体女人只有一张嘴
只消我一下就能从南吻到北。

二八

哦,令人羡慕的布利流斯②! 你多头
　　又多手,要是你的其他一切部分

---

①　暴君,指罗马皇帝凯里古拉(12—41),以疯狂及暴虐著称,后被人所杀。
②　布利流斯,希腊神话中的巨人,他有五十个头和一百只手。

都照样增加多好!——但我的缪斯
　　对于到南极旅行或嫁给巨人,
都鼓不起博大的胸襟去作歌,
　　还是唱唱小人国她倒能胜任。
因此,我只好再把我们的主人公
从几行前他的所在领进爱情的迷宫。

二九

看到手势一挥,唐璜就随同
　　那一队窈窕的女儿轻步移去;
有时候,虽说这很有点危险,
　　他还免不了向左右一群艳丽
瞟来瞟去,从胸脯直看到后背,
　　(这种戏谑惹起的后果,在这里
可比在礼仪之邦英国罚得严,
因为在英国,最重就是缴罚款。)

三〇

但他并没有忘记自己的裙装。
　　请看她们沿回廊一屋屋走过,
真无比贞静,堪称为处女典范;
　　两边把守有太监,最前面走着
一个掌管全队纲纪的妇人,
　　若是没有她的准许,谁也不得
在这仪仗队中乱动或讲话;
她的官衔就叫"姑娘的妈妈"。

三一

我可不知道她是不是"妈妈",
　　或叫她妈妈的人是不是"姑娘",
不知何故,后宫都如此称呼她,
　　随它去吧:叫什么左右都一样,
康特密尔①或德托②会为我作证;
　　她的职司是把一切不良倾向
从一千五百个少女身上灭除,
或隔绝起来:越轨的必受惩处。

三二

一个上好的闲差事,毫无疑问!
　　但可省心的是:这里男人不多,
除了陛下;而他,加上她的辅助,
　　再加上卫兵,宫墙,铁门闩和锁,
以及偶尔有一二小小的示范
　　给投下的暗影,使这个美人窝
像意大利的尼庵那么冷幽幽,
一切热情,呜呼,只有一个出口。

三三

什么出口?当然就是化为忠贞——
　　您怎么对这还有疑问?让我们

---

① 康特密尔,见第五章一四七节注。
② 德托男爵(1733—1793),著有《土耳其帝国情况回忆录》,其中提到"姑娘的女管家"这一名称。

继续讲下去。我说过,这一长列
　　不同国籍的少女照一个好人
所安排的那样,庄重而迟缓地
　　像百合花在溪水上冉冉行进,
或者像在湖上,因为溪水较急,
而她们的款步却娉婷而沉郁。

三四

可是她们一回房,就和放出的
　　笼中鸟、疯子或顽童差不许多,
又像春天的潮水,或任何地方
　　解除了婚约的女人(这种束缚
本来就没用),或像爱尔兰市集,
　　监视的人一走开,她们就仿佛
和囹圄生活达成了停战协议——
又歌又舞,有说有笑,尽情嬉戏。

三五

自然,她们大都谈着新来的人,
　　把一切都评到:头发,风韵,身段,
有人认为她的衣服不甚合体,
　　或者奇怪她为什么不戴耳环;
有的说,她的年纪已接近盛夏,
　　有的不同意,认为还只在春天;
有人觉得她高大得有男人味,
又有人真愿意她就是个须眉。

三六

但总的说来,一切人都相信她
　　就是她的装束所表现的那样,
一个非常可人的俊俏的少女,
　　比得过最鲜艳的乔治亚姑娘;
她们奇怪古尔佩霞未免太傻,
　　净买一些女奴美得可以分享
她的宝座,权势,和一切东西,
只要陛下一旦厌了他的发妻。

三七

但这群宫女们有一点最可怪:
　　虽然新宫女美得够叫人气恼,
但在她被考查过第一遍以后,
　　她们在这女伴身上竟没找到
像温柔的女性所惯常挑剔的
　　那么多缺陷;因为基督徒也好,
异教徒也好,只要初见一面后,
总是"从没见过这么丑的丫头"。

三八

当然她们还未能免俗,也有着
　　个人小小的嫉妒;可是这一回,
不知是不是有所谓心心交感
　　(不管你承认不承认它)在作祟,
虽说她们不曾看出她的假扮,
　　却一致对她感到温情的陶醉,

有如磁石的吸力,魔咒,或任何
您想打比的——我们别为这不和;

三九

可以肯定的是:她们对这新伴侣
　都有一种新鲜的感觉,有点像
一见倾心的、绝对浪漫的情谊,
　非常之纯洁,使她们不禁想望
有这样一个妹妹,只有少数人
　愿意有个弟弟和她一模一样,
若和他在高加索的故乡生活,
可比伴着苏丹或巴夏①好得多。

四〇

对这种浪漫情谊最有天才的
　该数罗拉、卡金卡、杜杜三个人,
总之,为了我少费笔墨来描述,
　这三个少女,据最可靠的传闻,
都是花容月貌,美得不可再美,
　只是在身材、肤色、年纪、丰润、
经纬和国度有别,但相同的是:
她们都很欣羡这一个新相识。

四一

罗拉像印度那么幽暗,那么热;
　卡金卡是乔治亚人,白里透红,

---

①　巴夏,土耳其文武高官的尊称。

眼睛大而蓝,手和臂膀都可爱,

 双足精巧得不像为了走路用,
而是为了轻轻掠过;至于杜杜,

 她的体态最宜于拥在床被中,
她身材大,却娇弱而且懒洋洋,

 但她那姿容美得真叫你发狂。

四二

杜杜像一个打瞌睡的维纳斯,

 不过,她又最能教你辗转不眠,
只要你见到她那典雅的前额,

 浮雕型的鼻梁和光灿的脸蛋;
她的身上全无棱角;确实,若使

 她再清减些,也不会有失丰满;
但你又很难断定她哪一部位

 能够减损而不削弱她的妩媚。

四三

她不爱卖弄风情,却会悄悄地

 像五月的春光袭入你的心灵;
她的眼睛不太活,但只半阖着

 已足以教人一望而神魂不宁;
她看来好像(这个比喻很新奇)

 皮格梅良[①]的石雕刚被刻成形,
其中生命和大理石还在交搏,

 虽然各部分已是缓缓地复活。

---

① 皮格梅良,据希腊神话,他是一个雕刻家,虽憎恨女人却爱上自己所雕刻的女像,由于他的祈祷,女神维纳斯使这雕像有了生命,于是皮格梅良便和她结了婚。

四四

罗拉问起新来的少女的名字,
　"璜娜。"——这名字还不错。卡金卡
又问她是从哪儿来的?"西班牙。"
　"西班牙在哪儿?""唉。别问这傻话!"
罗拉重重地说了卡金卡一句,
　"真羞人:这显得你们在乔治亚
什么都不懂!西班牙是个岛国,
紧靠着埃及,丹吉尔和摩洛哥。"

四五

杜杜一言不发,只挨璜娜坐下,
　一面玩弄着她的发辫和面纱;
她注视了她一会儿,叹了口气,
　仿佛很可怜这个陌生的娇娃
何以到了这儿,一个亲朋也没有
　又被大家的注目弄得羞答答——
新客人到处离不开这一种接待,
那评头论足是多么好心的关怀!

四六

但这时,姑娘的妈妈来喊大家:
　"姑娘们!到了安寝的时刻了!"
接着,她对新来的客人璜娜说:
　"亲爱的,你来得有点出乎意料,
我不知道该把你安排在哪儿;
　你看每个床都有了人,我只好

让你挤在我的床上。明天早上,
我们会把一切给你安排妥当。"

四七

这时罗拉插嘴道:"妈妈,你知道
　　你本来睡不安宁,我不忍看到
你再被别人打扰,还是把璜娜
　　交给我好。我们两人都算苗条
还不及你的一半呢;别说不吧,
　　我会把你的新人照顾得周到。"
但这时,卡金卡赶紧插了一嘴,
说她也有同情心和一个铺位。

四八

"而且,"她说,"我最恨一个人睡觉。"
　　妈妈皱起眉头问:"为什么这样?"
"我怕鬼,"卡金卡说,"真的,我看见
　　有一个鬼怪在每根床柱子上,
接着做噩梦:尽是拜火教徒呵,
　　基督徒呵,吸血鬼和妖魔一大帮。"
妈妈说,"把她交给你和你的梦,
我担心璜娜的梦就难做得成。

四九

"罗拉呵,你还是得一个人去睡,
　　别管理由是什么。你也是一样,
卡金卡,等以后再说吧。我要把
　　璜娜和杜杜放在一张床铺上,

因为她安静,不惹人,又怕羞,
　　不会通宵说个不完,老是动荡。
你说怎么样,孩子?"杜杜不哼声,
她的才能原是沉默的那一种。

五〇

她站起身,吻一下妈妈的脑门,
　　又把罗拉和卡金卡两边的脸
都吻过了,于是翩然鞠了一躬,
　　(土耳其和希腊人不讲究请安,)
便领着璜娜的手,得意洋洋地
　　把她们的住处向她介绍一番;
别人都噘了嘴,虽然闭口不言,
却一致怪妈妈对杜杜太偏袒。

五一

那是一所宽大的宫室(土耳其语
　　叫作"奥达"),沿墙摆着一排床铺
和梳妆台,——我本可描写得细些,
　　因为土耳其的后宫我曾目睹;
但是算了吧,没有什么特别的,
　　总之是装饰华贵的一大间屋;
有女人所需的一切,除了一两件,
但那也是远在天边,近在眼前。

五二

我说过,杜杜是个妩媚的姑娘,
　　不算太艳丽,却非常讨人喜欢,

她的姿容独具一种端正的美,
　若是入画,和那种不平整的脸
可不相同:对那种脸,画家只消
　凭大笔挥几挥,立刻情致毕现,
不管笔锋对错,是否教人称心,
但看来却洒脱醒目,也很传神。

五三

但她却像怡人而和煦的风景,
　这儿一切是安谧、和谐与平静,
明媚似含蕾初放,却乐而不淫,
　即使还不算至乐,但已最接近,
远胜过被有些人尊为"崇高"的
　那种激烈的热情!天哪,但愿他们
自己试试狂暴女人搅起的风波,
我看恋人比水手的处境惨得多。

五四

她与其说忧郁,不如说爱沉思,
　而庄重又比沉思的味道更浓些,
也许态度的恬静又压过那一切;
　至少到目前为止,她思想纯洁,
毫无瑕疵;她虽然够俊,又正值
　十七岁的敏感之年,却不自觉
她是高还是矮,是黑还是白,
对自己一点不琢磨,这倒真奇怪。

五五

因此,她温柔而善良,善良得像
　　黄金时代(那时代何曾有黄金,
虽然它倒是冒充了黄金之名;
　　这是个最恰当的例子来说明
那一句古谚:谓其有者实则无,
　　谓其无者实则有。而这种行径
颇风行于我们这金属的世纪——
至于什么金属,但鬼也难以分析;

五六

我想可能是柯林斯的青铜①,
　　其中各种金属具备,而渣滓
浮在最上面)。善良的读者呵,
　　请越过这括弧中太长的表白,
我不知如何总无法收住;而且,
　　还认为您也有同病,不致见怪!
请对我和我的毛病加以包涵,
如果您不肯,——算了,我啸傲依然。

五七

我们该回到故事的叙述上来,
　　那就开始吧。杜杜带着一片至诚
几乎是夸耀地,向唐璜,或璜娜,

---

① 柯林斯的青铜,出产在希腊柯林斯,为铜与金、银的融合。"渣滓浮在最上面",原文是 Brαgen(双义字:指"黄铜"或"无耻之徒")浮在最上面。

一处又一处显示着女人的迷宫,
每一站都解说一番,但奇怪的是:
　　不过寥寥数语她已把事情说明。
我倒有一个比喻,当然很不对:
沉默的女人好像是无声的雷。

五八

接着她又向她(我说"她",因为
　　他还是阴阳两性,至少那外表
是我可以引为佐证的一条,)
　　把东方的习俗大致作了介绍,
并提到它严明而贞洁的法规,
　　因为后宫的人数既日益入超,
那么,对于超额的少女就该有
在德操方面更为严格的要求。

五九

然后她给璜娜一个无邪的吻;
　　杜杜是喜欢亲吻的,——我敢说
没有人会指责这有什么不该,
　　亲吻很愉快,只要它光明磊落;
女人互吻,这顶多意味着她们
　　还没有更甜或更新鲜的事做。
"亲吻"和"福分"协韵,事实也这样,
但愿它不致引起不幸的勾当。

六〇

接着,她完全无邪地卸下了

全身的装束,这倒不费什么事,
因为她是自然之子,并不浓妆,
　即使偶尔她端详自己的服饰,
那就像小鹿徜徉在湖水之畔,
　不意看见了自己怯生的影子,
始而惊跳开,随即又回来偷看,
对这水中的新生命异常欣羡。

六一

她卸下了一件又一件的装饰,
　放在一边;但在这以前,她提出
要替璜娜解衣,而后者却出于
　过分的谦虚谢绝了她的帮助;
这倒没什么,——她多半也会如此;
　不过这辞谢使璜娜吃了点苦:
那些该死的别针把手指都刺破,
它们显然是为了我们的罪过

六二

而发明的,把女人变得像刺猬,
　轻易碰不得。但更糟的是:万一
唉,你和我一样,被命运注定了
　在少年时就充作小姐的侍役,
为了打扮她去参加化装舞会,
　我以稚子之心尽过最大的努力:
别针倒是插了不少,但总不能
把每一个别针都插在要冲。

六三

对于智者,这一切当然很愚蠢,
 而我对"智慧"(她虽不爱我)很倾慕,
我的天性爱对大多事物都发挥
 一通哲理,从暴君以至于一棵树,
但独身的少女"智慧"还是逃避我。
 我们是什么?从何而来?最后归宿
又是什么?何谓"现在"?这些难题
虽无法解决,却总是浮在心里。

六四

后宫的夜晚,一片深沉的寂静。
 稀疏的灯相距很远,而且幽暗。
那一群莺燕都已歇下了玉肢,
 她们轻盈的梦正萦绕在床前。
如果有幽灵的话,在这种时际,
 它们该换到这儿来妙舞联翩,
只要它们具有较高尚的趣味,
何必总是作荒郊野墟的恶鬼!

六五

到处横陈着美人,像是在一座
 奇异的花园:朵朵含苞待放的花
争奇斗艳,色彩、品种和产地各异,
 更加巧工和暖房培育,不惜高价。
有一个,她棕色的发辫轻轻结起,
 白净的额像枝头的果实垂下,

她在睡眠中发着柔和的呼吸,
唇儿半张,恰好露出一排珠玉。

六六

另一个,红润的面颊枕着玉臂,
　　乌黑的发卷蓬松地堆在额前,
她睡得温馨而舒适,还从梦中
　　透出笑意,好似月光漏出云间;
她在雪白的被中只微微一动,
　　就有更多的魅力向黑夜涌现,
那妩媚抓住昏迷的午夜时光,
羞答答地争取更多的光亮。

六七

这比喻可不是吹牛,虽然有点像。
　　那是黑夜,但我说过,也有灯照明。
第三个面色苍白,眉目间呈现着
　　凄苦的睡容。那胸脯的起伏表明
她的梦正飞向她深深渴望的
　　遥远的乡土;缓缓地,从她那眼睛
乌黑的边缘溢出几颗泪珠,
好似柏树的黑枝上凝着夜露。

六八

第四个像静止的大理石塑像,
　　沉睡得凝然不动,也闻不见呼吸,
洁白,冰冷,有如阿尔卑斯峭壁上
　　冰堆玉琢的塔,或冻结的小溪,

或者像罗得的妻子①化为盐,或者,
　　像什么都行;——我写了这一堆比喻,
就为的请您选择;也许您高兴
　　把她比作石碑上刻出的女性。

六九

哦,还有第五位,她又是什么样?
　　有了"一定的年龄",这就毫无疑义
是美人迟暮,至于芳龄有多少,
　　凡超过二十的我都不再去理;
她睡在那儿,看来不怎样悦目,
　　因为她已快到那可悲的时期:
那时无论男女都被置之高阁,
只剩了盘算自己和自己的罪过。

七〇

可是在这一夜,杜杜睡得如何?
　　经过周密的调查,我毫无发现,
所以也不想在这儿闭门造车;
　　不过,就当灯光缩得又蓝又暗,
子夜的值更刚刚结束,而到处
　　暗影飘忽,或者,至少是在情愿
有鬼的人看来,简直鬼影憧憧——
那时忽闻杜杜猛然大叫一声:

---

① 罗得的妻子,据《圣经》故事,她被化为盐柱。

七一

她的叫声大得把整个"奥达"
　　都惊了起来,大家乱作一团,
妈妈和姑娘,以及既非妈妈
　　也非姑娘的人,都像海潮般
一波推一波,涌进了整个大厅,
　　抖抖索索,不知出了什么灾难;
因为她们也和我一样不明白:
是什么把安详的杜杜惊起来。

七二

但她是醒了,大家奔向她床头,
　　人流中只见裙带飘舞,长发飞扬,
急切的眼神,碎小急促的脚步,
　　洁白的脚踝,赤裸的胸脯和臂膀,
都向她奔去,好似北极的流星
　　那样光灿耀目;她们问短问长,
因为她看来惊慌失措而又激动,
两眼睁得大大的,脸色也飞红。

七三

但奇怪的是——这倒充分证明了
　　高卧毕竟福气——璜娜却睡得熟,
像任何由神圣的婚姻认可的
　　丈夫睡在妻子身边那样打呼。
直到她被摇醒前,这一切喧哗
　　(至少据人说)都未能把他唤出

那酣睡的仙境。以后她睁开眼睛
连连打呵欠,并且相当表示吃惊。

七四

于是开始了一场严格的调查,
　不过由于七嘴八舌连珠而发,
揣测、好奇、刨根问底兜头而来,
　恐怕无论是聪明人或是傻瓜
都很难原原本本把事情讲明。
　杜杜倒不是个笨丫头,然而她
却不像布鲁塔斯①那样会演说,
所以一时也说不清出了什么错。

七五

最后她说了:就是在她熟睡时,
　她做个梦,梦见自己走进树林,
"一个幽暗的树林",就像是但丁②
　正当他达到令人向善的年龄
所走进的,——那是生命的中途站,
　一到那儿,贞妇就不必太担心
恋人会变卤莽;——她看见树林中
悬满了果子,树木高大而葱茏;

---

① 布鲁塔斯,见第359页注⑥。
② 但丁,在他的《神曲》"地狱篇"开头,他写道:"在生命旅途的半路,我走进了一个幽暗的树林。"

七六

在那枝头上长着一个金苹果,
　　呵,一个极大的苹果,但那位置
太远又太高;她对它看了几眼,
　　一心想尝尝,于是就拿起石子
或任何能捡到的东西去掷它,
　　但它却可恶地紧紧抱住树枝
不肯落下,可又不断地摇摆,
叫人看得心焦,却高得无法采。

七七

但突然,在她最没料到的时候,
　　苹果自己落下来了,正好落在
她的脚前。她立刻俯身拾起,
　　想一口咬到果核,吃个痛快;
可是,手拿着这梦中的金苹果,
　　正当她要把年轻的嘴唇张开,
一只蜜蜂飞出来,刺得她心痛,
因此——她就惊醒大叫了一声。

七八

她讲述这个梦时有一些混乱
　　和惊惶,当然这是噩梦的结果,
而且又没有现成的人来帮她
　　把太虚幻境的玄奥加以解说。
我就曾听到一些离奇古怪的梦
　　仿佛真是对人间事有所预测,

或恰好构成一个"奇异的巧合"①,
就像如今对这类事所给的解说。

七九

少女们原以为出了什么大祸,
　　怀着恐惧跑来,原来竟无所谓!
她们失望之余,不由得对这种
　　扰人睡眠的一场虚惊有些责备;
妈妈也有气,被逼出了暖被窝,
　　却来恭听这一个梦,怎能不对
杜杜有怨言?杜杜只长叹一声
　　说她很抱歉,不该把大家惊动。

八〇

"我倒听过雄鸡和公牛的故事,
　　至于这种苹果和蜜蜂的梦
也要把我们从床上叫唤起来,
　　弄得整个'奥达'在这半夜三更
不得安宁,倒好像是月圆作怪!
　　孩子呵,我想你一定是有了病,
明天我们把御医请来,看看他
对你这神经质的梦怎样说法。

---

① "奇异的巧合",影射乔治四世的妻子凯罗琳被诬的事件(见第五章六一节注)。辩护律师在上议院中曾提到,在凯罗琳和伯加米的来往中,有些极令人困惑不解的事情实则是"奇异的巧合"。

八一

"还有,可怜璜娜这孩子来到深宫,
　第一夜就受到这么大的惊扰;
我本来认为,这孩子人地生疏,
　小小年纪别让她一个人睡觉,
因为你最安静,杜杜,所以就叫
　她和你一起好好地歇这一宵。
不过,现在我要把她交给罗拉,
虽然她的床没有你的那么大。"

八二

罗拉听到这提议,眼睛有了神,
　但可怜的杜杜却滴下了泪珠,
想是因为别人指责或那个梦;
　她恳求对她初犯的这个错误
予以宽容不究,而且无论如何,
　(这句话她是乞怜地轻轻说出)
别给璜娜换床位;只要她留住,
她对将来的梦一定加以约束。

八三

她保证她将来一个梦也不做,
　至少不会做得如此大惊小怪,
她承认她神经过敏,不识大体,
　连自己都不懂何以当时叫出来——
当然这痴心的幻觉会给人以
　嘲笑的话题——真使她感到悲哀;

她恳求她们走开,让她静一静,
再过几个钟头她就能平复神经。

八四

这时璜娜也好心地插了一嘴,
　　她说她留在原处确实好得很,
当四周人声鼎沸好似敲警钟,
　　她还睡得很香,这就足以证明。
她丝毫也不想离开她的女伴,
　　和她分居实在也举不出原因;
除了做过一个梦不很得人心,
她倒也没有其他的劣迹可寻。

八五

当璜娜这样说时,杜杜转个身
　　就把她的脸埋进璜娜的怀中,
只露出了半个脖颈,而那颜色
　　比得上含苞初放的玫瑰花蕚。
我不清楚她为什么羞红了脸,
　　为什么她们同榻就如此高兴;
唯一可告的是:我说的是事实,
就像近来所谓真事一样确实。

八六

所以,让我们对他们道声晚安吧——
　　不,该说早安,因为公鸡已经啼唤;
亚细亚的山峰正笼罩着晨晖,
　　长长的骆驼商队已依稀望见

寺院顶上的新月,而且脚踏朝露
　　缓缓地在每一座高山脚下蜿蜒;
这是亚细亚边缘的一片山地,
有库尔德人在卡夫山①下聚居。

八七

天刚透亮,或还在铅灰色的时候,
　　古尔佩霞就从辗转不眠中起来,
苍白得像被钉的基督,开始把
　　斗篷、珠宝和面纱给自己穿戴;
在神话中,那被荆棘刺伤的夜莺
　　无论怎样鸣啭它伤痛的情怀,
也远较这种人快乐:不智的热情
给他们内心充满了应有的苦痛。

---

① 卡夫山,拜伦指高加索;古代小亚细亚人认为卡夫山是世界的边沿。

八八

这就是这篇作品的寓意所在,
　　假如读者肯去看它真正的旨趣,
但他们虽看到,也仍旧要疑心,
　　因为可敬的读者有一种绝技:
能对光天化日闭上他们的眼睛,
　　而可敬的作家也爱互相攻击;
这也难怪:因为作家多如牛毛,
已无法对彼此都一一奉承了。

八九

苏丹娘娘起身走下华丽的床
　　(它软得胜过那西巴利人①的卧榻,
想他曾经多情得放声大哭,
　　只因床上揉皱了一瓣玫瑰花),
爱情与骄傲的冲突使她憔悴了,
　　但她仍旧美得无需打扮一下;
她正为她的失算而大为激动,
甚至连照照镜子都没有心情。

九〇

同时起身的,或大约稍迟一点,
　　是她伟大的夫君,崇高的主宰:

---

① 西巴利人,西巴利在意大利南部,该地居民据传好安乐享受。古罗马作家森尼加讲过如下一个故事:有一个西巴利人抱怨夜晚没有睡好,人问以故,他答道:"他发见身下有一瓣玫瑰花双层叠着,这硌疼了他。"

他拥有三十多个王国的版图,
　　和一个把他厌恶之至的太太;
在那个国度,这倒算不了什么,
　　至少对那些财源进项很不坏
而能贮满妻妾的人是这样,——
禁止重婚的地方自然比不上。

九一

他并不太在乎这类事情;其实,
　　他对于什么也没有多加盘算;
生为男人,他喜欢有个把情妇,
　　好像有人喜欢手执一柄团扇,
所以他储备了不少高加索美女,
　　专为国务会议后给自己消遣;
不过近来有一股不寻常的热情
或责任感,使他对妻子很倾心。

九二

现在他起来了,按照东方的习俗,
　　正式净过身,作过祷告,并履行了
其他敬神仪式的演习,这以后
　　他喝了至少六杯咖啡便去上朝,
听取了关于俄国人的军事胜利——
　　这在晚近的一朝是日渐其多了,
因此,喀萨琳①女皇至今被荣誉

---

① 喀萨琳大帝(1729—1796),俄国女皇,原为俄皇彼得三世之妻,一七六二年宫廷政变,彼得被杀,喀萨琳继位。她原为德国人,性暴虐,私生活淫乱。据传举行宫廷政变的近卫军,其中即有喀萨琳的情人。

尊为最伟大的大帝和——娼妓。

九三

哦,你堂堂正出的亚历山大陛下①,
　　她的皇子之子!别为那最后一言
感到难堪吧,假如你听到它的话——
　　现在诗歌居然传至彼得堡之远,
因此推动了喃喃的"自由"之波
　　纡回辗转,终至汇为可怕的呐喊,
并与波罗的海的咆哮合一;——所以,
就算你爸爸生的你,那也没关系。

九四

说人是私生子,或说他的母亲
　　和那憎恶人类的泰蒙②恰恰对立,
那是一种侮辱,是人身的诽谤,
　　或只要能押上韵的,什么都可以;
但名人的祖先只供历史的装点,
　　要是一个女人的失足竟会污及
所有的后代,那我倒愿意知道:
最高贵的门第能拿什么夸耀?

九五

假如喀萨琳和苏丹真正明白

---

① "堂堂正出的亚历山大",俄皇亚历山大一世之父为巴维尔,据传巴维尔不是喀萨琳和彼得三世所生。
② 泰蒙,纪元前五世纪的雅典人,以憎恶人类著称。

自己的利益所在,(但帝王往往
不懂这一点,除非是栽了跟斗,)
　解决他们的纠纷其实很便当,
若是他们同意,原无需靠什么
　亲王或特命全权大使的帮忙,
只消她撤去侍卫,他取缔后宫,
至于其他产业,那可以合并相共。

九六

但事与愿违,陛下每天得主持
　国务会议,费尽了心血来研究
如何对付那好动刀兵的女人,
　那个悍妇,和不可一世的皇后!
也不知国家的栋梁和重臣们
　伤透了多少脑筋!因为有时候
国家的重任压着他们的脊背
确实太重:不知怎样再征新税!

九七

古尔佩霞在她的皇上移驾后
　就回到自己的绣楼,那是一个
便于谈情或吃早点的好地方,
　清幽、舒适而僻静,有各种陈设
把它布置成一个华丽的香巢,
　屋顶宝石闪闪,各种样的花朵
被禁闭在成列的细瓷花瓶内,
这就是一个囚人所俘获的安慰。

九八

在这奢靡的一角,斑岩、珍珠母、
　和大理石斑斓争辉,光彩夺目,
窗外树丛中不乏歌鸟的鸣啭,
　日光透过彩玻璃射进这深屋
有色彩万千之妙;——但文字描写
　总把真正的印象弄得体无完肤;
我们别细讲吧,只消勾出轮廓,
富于幻想的读者自会想到其他。

九九

这时她召见了巴巴,吩咐他要
　把唐璜掌管住,而且她要知道
在女奴们就寝后发生了什么?
　是不是他在谁的床上睡了觉?
是不是他的化装已妥加防范?
　是否一切已照她的意旨办到?
而顶要紧的,她要知道他怎样
过的这一夜,又是在什么地方。

一〇〇

对这一连串好问而不好答的
　严厉的问题,巴巴有一点慌乱,
他回禀他是尽了最大的努力,
　一切已遵照娘娘的意旨去办;
但糟糕的是:他说话吞吞吐吐,
　反而显示他有什么隐而不言;

他尽在搔耳朵——那智谋的宝库,
凡是受窘的人都必向它求助。

一〇一

古尔佩霞可不是耐心的榜样,
　无论听话或行事都等待不了;
在一切会谈中她爱直截了当,
　所以当巴巴像是骏马跌了跤
那样答话时,她更连珠炮地问,
　直弄得他的言辞更迈不开脚。
她开始涨红了脸,目光亮闪闪
高高前额的青筋又鼓又发暗。

一〇二

当巴巴看到这征象时,他知道
　这对他不是好兆头,赶紧请求她
暂且息怒,并容许他把话说完——
　说固然要说,这种事可不是他
能够防止的;于是他终于提到
　如前所述,唐璜是和杜杜同榻;
但这绝不是他的错,他赌誓说,
凭《可兰经》,或凭那神圣的骆驼。

一〇三

那都是"奥达"的女总管决定的,
　因为宫女们一旦回到了后宫,
她就负起了一切管教之责,
　而巴巴的职守到门口就告终,——

何况那时他也不便横加干涉,
　　因为那就会引得人疑心重重,
本来这个秘密包得丝纹不透,
那样一来,岂不要把真情走漏?

一〇四

他希望,他的确认为,他能肯定:
　　唐璜并没有暴露自己的身份,
事实上也是,他的行为很纯洁,
　　因为只要他举止不端或失慎,
不但会住不下去,而且会使他
　　被人识破,立即装麻袋往海里沉。
这就是巴巴所禀的一切,只除了
杜杜的梦,因为那可不好玩笑。

一〇五

关于那个梦,他极力避而不谈,
　　只把话题扯开,也许会扯到现在;
因为作答可不简单,每一解释
　　都使古尔佩霞的面颊更为苍白,
眉头也更紧皱,仿佛使她受到了
　　突然的一击,耳鸣目眩得厉害;
心中的苦汁也迅速地涌到脸上,
像清早的百合花凝着露一样。

一〇六

虽然她不是动不动就昏厥的人,
　　但巴巴却错以为她就要晕倒;

其实只是一阵痉挛,虽然短暂
　　却难以描述。好在我们都知道
那种半死状态;有人事逢非常,
　　恐怕还许亲自尝过那种味道。
就以这瞬息的痛苦,古尔佩霞
表现了难言之隐,——我更何从表达?

一〇七

她站定一会,仿佛求神的女巫
　　站在三角坛上,那扭曲的面庞
充满了由苦难而得来的灵感,
　　而每根心弦像狂奔的野马一样
把心都撕裂;过一会,那些野马
　　好像迟缓下来,或不那么猖狂,
她就整个软瘫在她的座位里,
悸动的头直垂到颤抖的双膝。

一〇八

她的脸低得看不见,她的长发
　　杨柳一般垂下,绺绺儿扫到
座椅下的云石地面,(或毋宁说
　　是东方式的沙发,因为它铺了
枕垫,又软又矮,)而在她的胸中
　　漆黑的"绝望"翻腾得像海涛
直打到岸沿,因为被沙石所阻,
它就不顾一切冲得粉身碎骨。

一〇九

她的头低垂,柔长的头发随着
　　把脸儿遮住,比面纱遮得更好;
她软软落在长榻上的一只手
　　玉洁、柔滑、又苍白得像石膏;
呵,但愿我是画家,能把诗人的
　　琐琐碎碎的描述都一笔点到!
用彩涂多好!但这文字的色泽
也许能提供稍许暗示或轮廓。

一一〇

巴巴凭经验知道何时该动嘴,
　　何时该住口;所以现在他只静候
这一阵激情刮过去;无论说不说,
　　决不能和古尔佩霞的意志背拗;
终于她站了起来,依然不做一声,
　　开始在屋中慢慢踱着,她的眉头
倒舒展了,但眼睛的怒火未平,
好像海风虽息,波涛还在汹涌。

一一一

她站定了,抬起头来想说什么,
　　但欲说又罢;接着急走了几步,
又缓下来:显然是深心的热情
　　主使她进退。有时候你能看出

每一步都有感情,好似沙拉斯特①
所写的凯提林那样六神无主:
当人被各种情魔逼得不自在,
连步法都表现出它们在作怪。

一一二

她忽而停下,叫了声巴巴:"奴才!
把那两个奴隶带来!"语调虽低,
但巴巴却听得出它可碰不得;
不过他还是抖抖索索,像是有意
表示不愿遵办似的,他恳求娘娘
(虽然他很明白她那命令的含义,)
再明示所要的两个奴隶都是谁:
他怕出错,因为最近就错过一回。

一一三

"就是那乔治亚人和他的情妇,"
娘娘说,随着又加一句:"把小船
在那秘密的小门旁准备好吧,
其余的事你知道该怎样去办。"
尽管她的狠毒和自尊都不容,
这话声却哽住;巴巴抓住这一点,
于是凭着穆罕谟德的每根胡子
恳求娘娘收回他刚听到的懿旨。

---

① 该亚·沙拉斯特(纪元前86—前35),罗马史家,著有凯提林的阴谋史。其中有一段描写凯提林:"他有罪的灵魂与神人为敌,因此不能安宁:那负罪之感是如此猛烈地绞疼和撕裂他的心,因此他面色苍白,两眼失神,步子一会快,一会慢,他的整个神情是茫然失措的。"

一一四

"本来听到就得遵办,"他说,"不过,
　苏丹娘娘呵,还请三思而后行,
奴才并不是不愿意遵命去做,
　哪怕赴汤蹈火也绝不敢后人,
但草率行事难免结果不佳,
　甚至很可能不利于娘娘本身,
我还不是指处死会把事泄露,
要是万一有人没把秘密保住;

一一五

"我是指娘娘的感情。即便一切
　能被大海淹没无踪,就像以前
也有不少颗为爱情迷醉的心
　都已深深埋进那死寂的深渊——
可是您爱这年少的新客人呀,
　若竟对他采用这粗暴的手段——
请原谅我语言放肆,但我保证:
即使杀他也治不了您的心病。"

一一六

"你懂得什么爱情感情的,蠢材!
　去吧!"她叫道,冒火的目光闪闪,
"照我说的去办!"巴巴一溜烟跑了,
　因为看风色,他若再加以规劝,
结果就会给自己当了刽子手;
　尽管他真心想把这尴尬局面

收拾得不让一个人受委屈,
他毕竟对自己的脖子最珍惜。

一一七

于是他去办理他的差事,一路上
　用精粹的土耳其话嘟嘟囔囔,
把天下各种女人都数落了一遍,
　特别是苏丹娘娘的反复无常,
又执拗,又骄傲,还总三心二意,
　想什么事不到两天就变了花样,
她们由败德而惹起的种种纠纷
使他天天庆幸自己是中性的人。

一一八

他叫了伙伴来帮助处理一切,
　并派人去召唤那一对来觐见,
叫他们要立刻好好修饰起来,
　连头发也要梳得一丝不许乱,
因为苏丹娘娘曾经最慈爱地
　垂问到他们;唐璜对这种垂念
有些失措,杜杜则感到奇怪,
但不管是否愿意,他们也得来。

一一九

在这儿,我想腾出笔来,由他们
　慢慢打扮去行谒见皇后之礼;
至于古尔佩霞是否肯于开恩,
　或是照那儿狠毒夫人的惯例
把这一对男女都打发回老家,——
　这本是她动一动毛发就可以
决定的事,但事关女人的任性,
我可不能预见她选哪条途径。

一二〇

我怀着最好的愿望撇开他们,
　虽说对他们的命运不无疑虑;
下面我要安排历史的另一场景,
　以便换一道菜奉献给这筵席。
但愿唐璜不致葬身在鱼腹中,
　即使他的处境似乎又险又离奇。

这一节题外话大概还算公正,
缪斯接着要稍稍提一下战争。